Paris dos escritores americanos
1919-1939

Ralph Schor

Paris dos escritores americanos
1919-1939

Tradução de Joana Angélica d'Avila Melo

L&PM
EDITORES

Texto de acordo com a nova ortografia.

Título original: *Le Paris des écrivains américains: 1919-1939*
Tradução: Joana Angélica d'Avila Melo
Capa: Ivan Pinheiro Machado. *Ilustração*: iStock
Preparação: Mariana Donner da Costa
Revisão: Patrícia Yurgel

CIP-Brasil. Catalogação na publicação
Sindicato Nacional dos Editores de Livros, RJ.

S395p

Schor, Ralph, 1941-
　　Paris dos escritores americanos: 1919-1939 / Ralph Schor; tradução Joana Angélica d'Avila Melo. – 1. ed. – Porto Alegre [RS]: L&PM, 2023.
　　232 p. ; 21 cm.

　　Tradução de: *Le Paris des écrivains américains: 1919-1939*
　　ISBN 978-65-5666-360-9

　　1. Escritores americanos - Residências e lugares habituais - França - Paris - Séc. XX. 2. Paris (França) - Vida intelectual - Séc. XX. I. Melo, Joana Angélica d'Avila. II. Título.

23-83161　　　　CDD: 305.9809
　　　　　　　　CDU: 316.334.24:82.09

Meri Gleice Rodrigues de Souza - Bibliotecária - CRB-7/6439

© *Le Paris des écrivains américains 1919 -1939* © Perrin, Paris, 2021

Todos os direitos desta edição reservados a L&PM Editores
Rua Comendador Coruja, 314, loja 9 – Floresta – 90.220-180
Porto Alegre – RS – Brasil / Fone: 51.3225.5777

Pedidos & Depto. Comercial: vendas@lpm.com.br
Fale conosco: info@lpm.com.br
www.lpm.com.br

Impresso no Brasil
Outono de 2023

Sumário

Introdução 7

1. Os caminhos de Paris 13
   A crítica à civilização americana 14
   O alistamento na Grande Guerra (1914-1918) 19
   A francofilia dos negros 23

2. Descobrindo Paris 31
   Uma cidade de arte e de história 32
   Uma cidade popular 35
   Uma cidade em vias de americanização 41

3. Descobrindo os parisienses 49
   Um gênero de vida atraente 50
   Uma psicologia sedutora 54
   Os defeitos 59

4. A vida material dos americanos em Paris 65
   As condições econômicas 65
   Uma minoria: os favorecidos pela fortuna 67
   Uma maioria em dificuldades materiais 72

5. A sociabilidade do exílio e seus limites 79
   Os encontros 79
   Os locais de intercâmbio 85
   Os conflitos 95

6. Paris, uma escola de liberdade 101
   Um clima de tolerância 101
   As transgressões: álcool, drogas, sexo 105
   Raros engajamentos políticos 120

7. Paris, uma escola para o escritor 127
   O fermento parisiense 127
   Escrever 135
   Uma afirmação identitária 143

8. A edição americana em Paris 149
   Condições favoráveis à edição 149
   Revistas de vanguarda 152
   Editoras americanas não conformistas 155

Conclusão 163

Resumos biográficos 169
Notas 207
Fontes 216
Bibliografia 221
Índice remissivo 226

Introdução

John Steinbeck, estabelecido em Paris em meados dos anos 1950, dizia que sua estada era "feita de encantamento" e acrescentava que "nenhuma cidade foi mais bem amada nem mais festejada".[1] De fato, seus compatriotas do entreguerras, para nos limitarmos aos escritores desse período, teceram à Cidade-Luz uma série de elogios particularmente rica. Ernest Hemingway, por exemplo, em 1923 escreveu de Toronto à sua amiga Sylvia Beach: "Temos uma saudade terrível de Paris".[2] Sylvia Beach afirmou: "Eu não queria deixar esta cidade. Gostava tanto dela que, ao pensar em permanecer aqui e, por minha vez, me tornar parisiense, não hesitei mais".[3] Henry Miller multiplicou as declarações de amor por essa grande urbe, que ele denominava "umbigo do universo"[4]: "A cada viagem que faço, é sempre a Paris que sonho retornar"[5]; "Mais valia ser um mendigo em Paris do que um milionário em Nova York".[6] John Glassco revelou que, em Paris, tinha a "impressão de haver de algum modo chegado à sua casa".[7] O poeta William Carlos Williams, normalmente ponderado, experimentou ainda assim "uma paixão por Paris", chegando a se perguntar se podia se instalar na cidade e exercer ali sua profissão de pediatra.[8] Hugh Guiler, o marido de Anaïs Nin, banqueiro de profissão, recusou uma promoção em Nova

York porque sua esposa e ele mesmo gostavam tanto da capital francesa que preferiam continuar lá, embora isso fosse prejudicial à carreira de um homem de negócios. Paris inspirou outras apreciações elogiosas, antes e depois de 1945, apreciações que, aliás, não foram monopólio dos escritores. Por exemplo, em 2011, o cineasta nova-iorquino Woody Allen, em seu bem-sucedido filme *Meia-noite em Paris*, ao fazer reviverem Ernest Hemingway, Scott e Zelda Fitzgerald, Gertrude Stein, Djuna Barnes, assim como os amigos deles Cole Porter, Picasso, Matisse, Dalí, Buñuel, Man Ray, quis prestar uma homenagem consistente à Cidade-Luz e ao brilho da vida cultural que ali se desenvolveu durante os anos 1920. Mas a frequência excepcional e a intensidade dos elogios formulados no entreguerras conferiram à exaltação de Paris uma real singularidade e representaram um verdadeiro fenômeno de geração.

Os escritores americanos hóspedes de Paris no entreguerras e autores dessas considerações lisonjeiras foram situados pelos historiadores da literatura numa classe etária particular, a Geração Perdida. A paternidade dessa expressão é frequentemente atribuída a Ernest Hemingway, que a inscreveu como epígrafe em seu célebre romance *O sol também se levanta* e a retomou em *Paris é uma festa*: "Vocês, jovens que fizeram a guerra, são todos uma geração perdida".[9] Na verdade, porém, o autor de *O sol também se levanta* não é o inventor dela. A origem dessa expressão que entrou para a história mostra-se totalmente fortuita e deve ser atribuída à escritora Gertrude Stein. Esta última havia levado a uma oficina o seu automóvel, um Ford T, que estava com defeito. O proprietário pediu a um jovem mecânico que fizesse o conserto, mas, após um momento, o empregado confessou que não estava encontrando a causa do problema. O dono suspirou então: "Vocês são todos uma geração perdida". Gertrude Stein lhe perguntou o sentido dessas palavras e ele explicou que em 1914 o mecânico havia partido para a guerra sem terminar sua formação profissional, e que o mesmo ocorria em todas as faixas sociais, porque a explosão do conflito interrompera os estudos e as capacitações. Gertrude Stein achou que aquela expressão também se aplicava aos escritores americanos que se haviam alistado no exército dos Estados Unidos em 1917 ou que, depois de 1918, tinham deixado voluntariamente seu país a fim de ir para a França, onde esperavam encontrar possibilidades de crescimento e de realização intelectual desconhecidas do outro lado do Atlântico.

Os escritores americanos que permaneceram em Paris após o retorno da paz, ou que vieram em seguida, realmente formavam uma geração unida pela idade. De fato, quase 60% deles haviam nascido depois de 1890, e tinham portanto menos de trinta anos no fim da guerra. Se acrescentarmos a esse grupo os escritores nascidos na década 1880-1890, a porcentagem se eleva para 93%. Ou seja, a enorme maioria dos artistas da Geração Perdida tinha menos de quarenta anos em 1920. Nessa data, Ernest Hemingway estava com 21 anos; Scott Fitzgerald, John Dos Passos, Louis Bromfield chegavam justamente aos 24 anos. Quanto aos mais velhos, minoritários, instalados em Paris antes de 1914, ainda estavam na força da idade: as brilhantes intelectuais Natalie Barney e Gertrude Stein, cada uma das quais mantinha um salão na capital, tinham menos de cinquenta anos. As americanas, mais numerosas do que suas colegas francesas no domínio da criação literária, constituíam um terço do total. Muitas explicavam sua ida para a França pelo fato de que as ocupações ligadas à cultura e às artes não se beneficiavam de nenhuma consideração no país do dólar. Desse modo, esperavam encontrar no exílio uma abertura intelectual e um estatuto social que os Estados Unidos lhes recusavam.

Os escritores da Geração Perdida representavam em Paris um grupo de aproximadamente duzentas pessoas. Esse total pode parecer pequeno em relação aos cerca de 25 mil americanos que moravam no departamento de La Seine nos anos 1920. Mas, como lembrou retrospectivamente um contemporâneo, o jornalista William Bird, a Cidade-Luz era o lugar de uma excepcional "concentração do gênio literário americano".[10] Aliás, três dos escritores pertencentes à Geração Perdida ou aparentados com ela, Ernest Hemingway, T.S. Eliot e Sinclair Lewis, obtiveram posteriormente o prêmio Nobel de Literatura. Esses homens e essas mulheres, de personalidades e aptidões diversas, multiplicaram as criações, poemas, romances, peças de teatro, artigos de imprensa, críticas literárias, ensaios, memórias e pensamentos... Para divulgar suas obras, criaram editoras e gráficas, livrarias, revistas. Também se beneficiaram de uma rica vida de relacionamentos, não somente nos conselhos editoriais, mas também em salões literários às vezes muito influentes, sem contar os múltiplos encontros informais, especialmente nos cafés, restaurantes e bares dos bairros nos quais gostavam de se reunir, Montparnasse ou os arredores do bulevar Saint-Germain. Assim, os numerosos escritos dos autores da Geração Perdida oferecem um rico testemunho, direto ou indireto, sobre seu destino parisiense, suas preocupações, impressões e experiências, sua vida material e intelectual, seus intercâmbios, suas alegrias e dores, suas esperanças e decepções, suas evoluções identitárias. Além disso, através das vivências deles, os americanos esboçaram um retrato de Paris e de seus habitantes. Eles descreveram os monumentos e as ruas da grande cidade, os grupos sociais e suas ocupações, os costumes públicos e privados, a criação artística e literária. O colorido dos quadros, a precisão de certos julgamentos e mesmo as impressões fugidias fornecem uma imagem da capital francesa alternadamente conforme àquilo que ainda se pode observar hoje ou então obsoleta, como que apagada pela passagem do tempo.

O que os escritores americanos viram e sentiram em Paris contribui bastante para o conhecimento da época. Há muito tempo os historiadores recorrem aos escritores para compreender o passado. Pouco importa o talento do autor, seja ele uma mente sutil que transpõe as aparências e faz o leitor penetrar atrás do cenário, ou um redator banal que não decifra a realidade e fornece desta última uma simples fotografia. Em qualquer dos casos, a literatura enriquece o conhecimento do mundo ao redor. Proporciona muitas informações sobre a paisagem mental de uma época e sobre as representações sociais, os valores, as crenças, as normas que ela constrói e veicula. A literatura fornece igualmente uma ampla coleta de informações sobre a vida cotidiana, sobre as cores, os odores, o espírito do tempo, a atmosfera; informações que os arquivos raramente transcrevem.

Os numerosíssimos textos deixados pelos jovens da Geração Perdida vibram com toda a vivência desses escritores, outras tantas indicações que devem ser cruzadas e situadas em seu contexto sócio-histórico. Revela-se muito preciosa a confrontação dos escritos íntimos, diários, memórias e correspondências com as obras, tais como os romances e as novelas, destinadas originariamente ao público. O exame, em paralelo, dos textos ditos de foro íntimo e das obras de ficção permite detectar a percepção do autor, sua vontade de utilizar a própria vivência de maneira fiel ou transposta. Em certos casos, será instrutivo comparar os jovens americanos de Paris aos mais velhos do que eles, com os quais às vezes estiveram em contato, como Edith Wharton, nascida em

1862. Também parece interessante a abertura em direção a escritores não americanos, mas próximos da Geração Perdida à qual eles se agregaram, a exemplo do canadense anglófono John Glassco.

Para Henry Miller, a França se tornara "uma mãe, uma amante, um lar e uma musa". Paris, acrescentava ele, havia saciado, para além de suas esperanças, sua "fome de sensualidade, de calor e de compreensão humana, de inspiração e de iluminação".[11] Nem todos os escritores se mostraram tão ditirâmbicos assim, e alguns, após um período de entusiasmo, atenuaram seu julgamento. Porém, fosse qual fosse a apreciação final, todos reconheceram unanimemente que sua estada em Paris havia constituído para eles uma etapa decisiva em sua maneira de escrever e na formação de sua identidade.

1
Os caminhos de Paris

Partir, distanciar-se dos Estados Unidos, criticar mais ou menos vivamente esse país, às vezes renegá-lo. Todas essas atitudes, comuns aos escritores da Geração Perdida, revelavam um verdadeiro mal-estar da juventude intelectual que sofria por viver numa sociedade considerada materialista e opressora. Os negros, vítimas da segregação racial, mostravam-se particularmente duros em relação a um país que os encerrava numa espécie de gueto. Paris, capital de uma França vista como a mãe dos direitos humanos, Paris, capital do intelecto e da cultura, Paris, capital das liberdades de todo tipo, oferecia uma imagem aparentemente oposta à dos Estados Unidos, e assim seduzia os que buscavam novos horizontes. A entrada dos Estados Unidos na guerra em 1917 deu aos jovens uma oportunidade de tentar a aventura do exílio, o que explica a quantidade dos alistamentos voluntários no exército. Desse modo, os intelectuais americanos puderam comparar o mito parisiense à realidade vivida.

A crítica à civilização americana

Os escritores da Geração Perdida formularam numerosas críticas que visavam particularmente à civilização americana. O poeta e editor Harry Crosby rejeitava seu país a tal ponto que preferia passar o verão em Paris a acompanhar a esposa, Caresse, que atravessava regularmente o Atlântico para rever sua família.

Primeira queixa: os Estados Unidos eram um país jovem demais, desprovido de uma cultura antiga, que mergulhasse suas raízes num passado longínquo. Disso resultavam, segundo os exilados, uma imaturidade e mesmo um infantilismo que impediam o surgimento de uma civilização digna desse nome e não ofereciam aos intelectuais um clima favorável ao crescimento deles. Djuna Barnes, tendo voltado ao seu país em 1931, revelou sua impressão de haver voltado à infância, uma infância sem relação com a riqueza cultural da velha Europa. Harold Stearns e sua equipe, autores de uma grande pesquisa publicada em 1922, *Civilization in the United States. An Enquiry by Thirty Americans*, fizeram um balanço muito negativo, e até violento, quanto à vida intelectual nos Estados Unidos. A jornalista Janet Flanner confidenciava ter deixado sua pátria "para satisfazer um desejo poderoso", a vontade de viver numa terra de beleza e de cultura onde iria conhecer poetas, palácios e jardins: "Eu queria uma beleza com B maiúsculo, algo que não encontrava de modo algum em Indiana".[1]

Em contraposição, a França e particularmente Paris se mostravam carregadas de um excepcional peso humano, histórico e cultural. Henry Miller achava que os Estados Unidos encarnavam o "vazio", um universo banal ou feio, porque "as pessoas não encararam as coisas por tempo suficiente ou com bastante intensidade", ao passo que a França e sua capital tinham sido moldadas por gerações apaixonadas; estas últimas se haviam identificado com cada ponto do território que elas tinham construído, amado, considerado, defendido pelas armas, "irrigado com prantos de alegria e com rios de sangue".[2] Os jovens escritores americanos dirigiam ao seu país outra crítica que lhes parecia importante: eles consideravam que os Estados Unidos reverenciavam exclusivamente os valores materialistas sustentados pelo culto ao dólar, às máquinas, à padronização, a uma modernidade sem alma. Scott Fitzgerald levava um de seus personagens, orgulhoso de ser americano, a declarar: "O dinheiro é o poder [...], o dinheiro fez este país".[3] O dólar domara as forças da natureza, criara as indústrias e as máquinas, cobrira o território com uma rede de vias de transporte única no mundo. Viver nos Estados Unidos significava possuir "um carro agradável e um refrigerador e todo o tipo de máquinas bizarras para substituir os criados".[4] Muitos intelectuais enfatizavam com amargura que haviam sido formados na ideia de que seu dever não era pensar ou cultivar-se, mas subir na escala social graças a uma incessante labuta.

Esse universo acarretava, segundo os jovens americanos, o aparecimento de uma sociedade de autômatos preocupados exclusivamente com adquirir automóveis de luxo e roupas bonitas; era, dizia Henry Miller, "a morte daquilo que é sensível",[5] a recusa a toda busca intelectual, a repressão do espírito. Sinclair Lewis, na maioria dos seus romances, *Rua Principal*, *Babbitt*, *Arrowsmith*, *Elmer Gantry*, estigmatizou severamente os falsos valores nos quais seu país se fechava, um consumismo vão, uma mediocridade sufocante, uma vida artificial feita de aparências e de uniformidade. Segundo ele, os americanos aparentavam felicidade, retidão moral e sociabilidade a fim de mascarar seu desassossego e o vazio de sua existência. Um dos protagonistas de Lewis, Sam Dodsworth, tendo ido a Paris, tomava consciência de que os trepidantes lazeres aos quais se entregavam seus compatriotas, recepções, drinques, golfe e outros esportes, na verdade não constituíam momentos de descontração: "Essas distrações não eram prazeres, mas maneiras de permanecer tão ocupados que eles não se apercebiam de seu tédio, da futilidade de sua ambição".[6] Sherwood Anderson, em *Winesburg, Ohio*, ressaltou os tabus e as frustrações sexuais de seus compatriotas. Louis Bromfield mencionou ironicamente a falta de cultura dos habitantes do Novo Mundo; sobre um dos personagens de *The Green Bay Tree*, americano nascido e criado na França, dizia: "Ele não era americano: gostava de música, de pintura e mesmo de poesia".[7] Ludwig Lewisohn, em seu romance *Le Destin de M. Crump* (1926, *The Case of Mr. Crump*), redigiu uma filípica tão violenta contra as aparências enganosas, as convenções hipócritas, o conformismo, o puritanismo da sociedade americana, que os editores de além-Atlântico se recusaram unanimemente a publicar o livro. Por essa razão, este último foi lançado em Paris em 1931, com um prefácio de Thomas Mann, e só saiu nos Estados Unidos em 1947, numa versão expurgada.

Em um universo materialista, lamentavam-se os jovens criadores americanos, as obras de arte eram estimadas unicamente em função de seu valor de mercado. Os escritores, os pintores, os escultores, os músicos que não sabiam monetizar seus trabalhos eram vistos nos Estados Unidos como incapazes e relegados ao nível mais baixo da sociedade. Os jovens pensavam que na Europa o artista pobre era somente considerado uma vítima da má sorte, ao passo que, no Novo Mundo, era encarado como portador de uma imperdoável falha moral. Sem dúvida, a arte era objeto de ensino nas escolas americanas, mas as obras e os conceitos tratados eram apresentados, asseguravam os exilados, como coisas mortas, derivadas de longínquos modelos europeus, separadas da verdadeira vida, úteis unicamente para serem expostas nos museus. Era particularmente esse desprezo pela arte que parecia criar a impressão de vazio criticada com tanta frequência nos Estados Unidos. Numa carta de 1920, Scott Fitzgerald sentenciava: "Nunca acontece nada no domínio da arte na América, porque a história da América é a história da lua que nunca nasceu".[8] Assim é que o autor do *Gatsby*, embora menos seduzido por Paris do que seus confrades, chegou a confidenciar, numa carta da primavera de 1925: "Comecei a amar a França [...]. No conjunto, os americanos me enojam".[9] A revista *transition*, porta-voz da vanguarda americana, fazia este balanço sombrio: "Sentimo-nos decepcionados por constatar que nos Estados Unidos a visão criativa está no fundo do poço. Onde se encontram os universitários, os obscuros apreciadores, os cínicos, os rebeldes, os importunos? Onde estão os poetas?".[10]

Segundo Henry Miller, nos ateliês de arte, os modelos franceses que posavam para os pintores se interessavam pela qualidade da obra em curso e com frequência faziam comentários pertinentes, "mas o modelo americano só trata exclusivamente de dinheiro [...]; para ele, tanto faz que você seja um bom ou um mau pintor".[11]

Nessas condições, os criadores, mergulhados numa sociedade materialista e insípida, que visava unicamente a alcançar a perfeição tecnológica e a conquistar o máximo de lucros, não podiam senão escolher o exílio para expressar sua frustração ou sua revolta. A célebre livreira Sylvia Beach, em cujo estabelecimento se reunia a maior parte dos escritores da Geração Perdida, relatou a decisão que seu amigo Sherwood Anderson tomara: "Ele me contou que, certa manhã, abandonara sua casa e sua fábrica de tintas em plena atividade. Simplesmente partira, livrando-se para sempre do peso da respeitabilidade burguesa e da segurança material que ele já suportara o suficiente".[12] Os escritores da Geração Perdida denunciavam enfim o puritanismo americano, as restrições morais, psicológicas, sexuais, artísticas, as intrusões na vida privada, a repressão às ideias e aos comportamentos que escapavam aos caminhos tradicionais. Natalie Barney, muito revoltada contra o puritanismo de seu país natal, dizia que as mulheres americanas haviam todas engolido uma bíblia ao nascerem. Os artistas se indignavam com a proibição do álcool e com a onipresença da censura. Um personagem de Fitzgerald, falando dos Estados Unidos, constatava: "Lá, todo mundo tem uma mente muito estreita".[13] Se tantos peregrinos atravessavam o Atlântico, observava Sylvia Beach, era para escapar à censura que atingia os escritos deles nos Estados Unidos. Gertrude Stein chamou a atenção para um curioso paradoxo: a América, que dizia ser a vanguarda do mundo moderno, conservava uma mentalidade de outra época, valores moralizadores, provincianos, estreitos, de essência vitoriana. Por isso os escritores desfrutavam avidamente da liberdade adquirida em Paris. Robert McAlmon assegurava que a Europa abrigava "menos cretinos e menos carolice".[14] Miller devotava uma alucinada gratidão a Paris, porque, "não tendo conseguido florescer no oásis embolorado da América",[15] pudera crescer na Cidade-Luz; e empregava termos fortes: "Se tivesse sido expulso da França, deportado para a América, eu choraria [...]. Eu já não sou americano".[16]

A vontade de sair, às vezes de fugir, dos Estados Unidos e de tudo o que o país representava se traduziu pelo alistamento de numerosos jovens intelectuais no front europeu durante a Grande Guerra.

O alistamento na Grande Guerra (1914-1918)

Antes de 1917, data da entrada dos Estados Unidos no conflito mundial, raros foram os americanos que participaram do confronto. Contudo, alguns jovens idealistas, em ruptura mais ou menos forte com seu país, e admiradores da França se alistaram na Legião Estrangeira. A figura emblemática desse primeiro grupo de combatentes foi, sem dúvida, Alan Seeger. Chegado a Paris em 1912, ele pode ser considerado, sob vários pontos de vista, como um precursor da Geração Perdida. Apaixonado por poesia, entregue a uma vida de boêmio, assíduo frequentador dos cafés de Montparnasse, recebido nos salões literários de suas compatriotas Gertrude Stein e Natalie Barney, ele afirmava procurar na capital francesa um reflexo do passado que a demasiado jovem América lhe recusava. Alistado desde 1914 na Legião Estrangeira, morreu em ação durante a batalha do Somme, em 4 de julho de 1916, à idade de 28 anos, pouco depois de ter escrito o poema *J'ai rendez-vous avec la mort*.

Quando os Estados Unidos entraram na guerra, em abril de 1917, seu exército, muito fraco, compreendia apenas 128 mil homens. Faltava construir todo o aparato militar. A convocação foi organizada pela lei de 18 de maio de 1917. Os prazos necessários à formação das tropas combatentes explicam o fato de as iniciativas privadas se terem multiplicado. Os jovens, apressados por deixar seu país, alistaram-se como voluntários. Muitos deles escolheram as unidades de ambulâncias que levavam socorro aos feridos nos campos de batalha. Surgiram duas organizações principais. O American Ambulance Field Service (AAFS), cuja sede ficava em Paris, à rue Raynouard, 21, foi fundado por estudantes, e por isso boa parte do recrutamento se fez nas universidades. Os jovens deviam financiar seu uniforme e sua viagem para a Europa.

Quando, em 1917, foi integrado ao US Army Ambulance Service, o AAFS contava 2.437 homens; 127 deles encontraram a morte antes do fim da guerra. A segunda organização, o Norton-Harjes Ambulance Corps (NHAC), fora criado em 1914, em associação com a Cruz Vermelha britânica, por dois ricos filantropos que lhe deram seus sobrenomes. Em 1914, o NHAC tinha duas ambulâncias e quatro socorristas; em 1917, possuía trezentos veículos, servidos por seiscentos socorristas.

No seio do AAFS encontraram-se grandes nomes da Geração Perdida, como Ernest Hemingway, Harry Crosby, Malcolm Cowley, William Seabrook e Louis Bromfield, o qual será contemplado com a Legião de Honra e a Cruz de Guerra. O NHAC reuniu, entre outros, John Dos Passos, E.E. Cummings e seu amigo Slater Brown. Archibald MacLeish se alistou como socorrista de ambulância e depois se tornou oficial de artilharia. Robert McAlmon foi incorporado à Força Aérea, mas não participou dos combates. O mesmo ocorreu com John Bishop, designado para a guarda dos prisioneiros de guerra e depois para a desmobilização de seus companheiros. Harold Loeb, de igual modo, vestiu o uniforme, mas permaneceu em uma repartição militar nos Estados Unidos. Muitos outros escritores foram auxiliar os exércitos franceses. Não podem ser incluídos na Geração Perdida porque ficaram muito pouco tempo na Europa. Ainda assim, o nome deles ilustra o mal-estar de uma parte da juventude americana. Sem dúvida, esta última se alistava por ideal consciente e vontade de servir a uma grande causa. É inegável, porém, que ao mesmo tempo a guerra oferecia a esses jovens uma oportunidade de descobrir outro mundo, de diversificar suas experiências, de abandonar provisoriamente uma sociedade enfadonha. Entre os escritores que passaram por Paris sem se instalar ali longamente, podem ser citados Francis Van Wyck Mason, oficial de artilharia, condecorado pela Legião de Honra, Russel Davenport, que recebeu a Cruz de Guerra, Charles Nordhoff, tenente do exército americano, os socorristas Robert Hillyer, futuro ganhador do prêmio Pulitzer, John Howard Lawson, Robert Binkley, Charles MacArthur, Sidney Howard, Ramon Guthrie, Amos Wilder, poeta e teólogo, condecorado com a Cruz de Guerra. As mulheres não ficaram atrás. Gertrude Stein conduziu ambulâncias, Sylvia Beach se alistou como voluntária agrícola na província de Touraine, Edith Wharton multiplicou as ações filantrópicas, o que lhe valeu a Legião de Honra. A jornalista Mildred Aldrich recebeu a mesma condecoração em virtude de suas campanhas na imprensa para incitar os Estados Unidos a entrarem na guerra. Membros de grandes famílias americanas criaram instituições de caridade; Anne Morgan, por exemplo, enviou material médico e encomendas postais para os soldados; e também ofereceu fundos importantíssimos para reconstruir as habitações dos civis que moravam na zona do front. Todas essas ações fizeram dela a primeira americana a se tornar comandante da Legião de Honra. A rica herdeira das máquinas de costura Singer, mais tarde princesa de Polignac por seu casamento, ajudou Marie Curie a preparar veículos radiológicos enviados ao front.

    Foi provavelmente Willa Cather que, em seu romance de 1922, *One of Ours*, analisou mais sutilmente a trajetória psicológica que levava um jovem a deixar bruscamente seu ambiente familiar para enfrentar o perigo dos campos de batalha na França. O protagonista do romance, Claude Wheeler, era originário do Nebraska, onde explorava uma fazenda em nome de seu pai. Sensível e reservado, Claude não estava abertamente em revolta, mas sofria por viver num meio tacanho e por ter feito estudos demasiado curtos numa escola religiosa de ambições limitadas, sem poder entrar para a universidade.

Diferente, frustrado, abatido pelo tédio, levando uma vida sem relevo numa sociedade obediente a códigos imperiosos, ele via na guerra uma oportunidade para evitar o aniquilamento. De fato, Willa Cather mostrava como seu personagem se enriquecia ao contato das populações francesas e de seus colegas americanos; muito particularmente, Claude se ligava a um jovem violinista que encarnava tudo o que ele não pudera se tornar em razão dos fardos sociais. Mas os escritores não forneceram uma imagem idealizada da guerra. Muito significativamente, Claude Wheeler morria de armas em punho no final de *One of Ours*. Na realidade, o quadro se revelava muito corrosivo. *Adeus às armas* (1929), de Hemingway, cujo enredo se desenvolvia no front italiano, ressaltou o cinismo dos homens, a brutalidade e o absurdo dos combates. John Dos Passos, em seu *Três soldados* (1921), pulverizou o mito da epopeia guerreira enumerando a pequenez das ambições, o reinado da injustiça e da estupidez, a inanidade da máquina militar que tritura os homens e suas aspirações mais nobres. E.E. Cummings relatou sua própria desventura em *O quarto enorme* (1922): tendo-se mantido solidário ao seu amigo William Slater Brown, que havia feito afirmações consideradas suspeitas pela censura francesa, ele foi encarcerado durante três meses no campo de triagem de La Ferté-Macé, na Normandia. Descrevendo em tom aparentemente neutro a temporada na prisão, a promiscuidade com cerca de sessenta detidos, a falta de higiene, as humilhações impostas por carcereiros obtusos, ele traçava um quadro desolador da desumanização infligida pela guerra e tomava a defesa do indivíduo contra a sociedade. De maneira geral, os americanos que foram lutar na França saíam muito marcados pela terrível experiência que tinham vivido, frequentemente acabrunhados, abalados em sua fé na inteligência humana, às vezes sem esperança na bondade divina. Na retaguarda, muitos intelectuais também comunicavam suas desilusões. Edith Wharton, embora muito prolixa, pensou em encerrar sua atividade de escritora e anotou com tristeza: "Tornava-se evidente para mim que o universo onde eu crescera e que havia me formado fora destruído em 1914".[17]

O clima de desencanto, o declínio das tradições e dos valores antigos não podiam senão acelerar o êxodo dos escritores americanos. Estes, considerando que a razão, a ordem social e moral, as vantagens de uma modernidade considerada benéfica – princípios, todos eles, exaltados na América – não tinham podido impedir o cataclismo, viam-se disponíveis para experimentar outras maneiras de pensar e de viver. A França, sobre a qual haviam observado *in loco* o quanto diferia dos Estados Unidos, oferecia um novo terreno de experiências. Os jovens conheciam Paris por terem passado temporadas ali enquanto esperavam sua destinação militar ou por ocasião das licenças. Sentiam ter direitos sobre a capital pois haviam contribuído para a defesa dela. Sabiam que a liberdade inerente a essa cidade autorizava todas as audácias. Assim, os mais aventurosos ou os mais decepcionados pelo estilo de vida americano imaginaram naturalmente instalar-se na Cidade-Luz para desfrutar da liberdade, elaborar modelos inovadores, encontrar uma inspiração original, definir novas maneiras de escrever.

A *francofilia dos negros*

A Primeira Guerra Mundial constituiu uma importante etapa durante a qual foi transmitida aos negros uma imagem positiva da França, o que convenceu alguns deles a estabelecer-se no país.

Após a entrada dos Estados Unidos na guerra, em 1917, várias centenas de milhares de afro-americanos foram encaminhados para o lado europeu do Atlântico, como integrantes do exército americano. Habituadas às práticas da segregação racial, as autoridades americanas, que receavam ou desprezavam seus compatriotas negros, temiam que os franceses não tivessem as mesmas reações. Assim, na intenção de limitar os contatos com os *poilus** brancos, os americanos tinham previsto não enfileirar os soldados negros no front e limitá-los a tarefas auxiliares de terraplenagem ou de manutenção. Mas o estado-maior francês, que demandava guerreiros, insistiu em que os recém-chegados ficassem nas unidades de combate. O comando americano, após discussões e hesitações, finalmente aceitou que os batalhões negros fossem postos à disposição dos franceses e colocados sob as ordens destes últimos. Contudo, os americanos acharam conveniente advertir seus aliados quanto aos perigos que os soldados de cor representavam: não convinha considerá-los como iguais, acostumá-los a maus hábitos, apertar-lhes a mão; era preciso limitar os contatos ao estritamente necessário imposto pelo serviço e evitar que se criassem aproximações com as mulheres brancas. Essas diretivas foram denunciadas com indignação por franceses negros, representantes do povo, como o deputado Blaise Diagne, originário do Senegal, e René Boisneuf, deputado e prefeito de Pointe-à-Pitre. No campo de batalha, os oficiais franceses não levaram em conta as instruções racistas que lhes tinham sido transmitidas: trataram os americanos negros como tratavam os outros combatentes, elogiaram o ardor deles na luta e lhes atribuíram condecorações. Um médico militar francês deu a Gertrude Stein a seguinte resposta, a qual, sem justificar o racismo branco americano, lhe explicava o princípio de tal comportamento: "Não é uma atitude muito civilizada".[18]

---

* "Peludos", "cabeludos", apelido dado aos soldados franceses na Primeira Guerra Mundial, em alusão à sua valentia. (N.T.)

Os civis, por sua vez, reservaram uma excelente acolhida aos afro-americanos vindos de longe para defender a França. Um episódio, célebre na época, ilustrou a cordialidade das relações que se estabeleceram: uma unidade negra, acantonada num vilarejo dos Vosges e que criara vínculos de simpatia com seus anfitriões, foi substituída por um contingente branco que demonstrou grande arrogância. Assim, o prefeito da comuna solicitou a partida dos recém-chegados e o retorno dos "verdadeiros americanos, os negros". Essa iniciativa, amplamente repercutida na imprensa afro-americana, simbolizou a imagem de uma França aberta e generosa, que respeitava os direitos humanos. Essa reputação foi largamente difundida pelas cartas que os soldados negros enviavam às suas famílias, pelas conversas deles e pelos livros nos quais relataram sua experiência francesa. O escritor Eddy Harris resumiu essa experiência evocando seu tio, que se apaixonara pelo país pelo qual havia combatido: "Ele fora à guerra para libertar a França, mas foi ele quem se libertou".[19]

Apesar da incontestável cordialidade das relações estabelecidas entre os soldados afro-americanos e os franceses durante a Grande Guerra, certos habitantes do país dos direitos humanos não estavam isentos de um racismo que se manifestou com alguma frequência após o retorno da paz. A romancista Louise Faure-Favier observava tristemente: "Em 1925, a raça branca continua a desprezar a raça negra, a considerá-la inferior".[20] O racismo podia se expressar por trás de uma condescendência benevolente; os negros eram então vistos como crianças grandes, que escondiam, sob um corpo atlético e um sorriso radiante, uma alma primitiva. Mas o desprezo também podia se mostrar em tom violento ou visar a uma teorização. O ensaísta Jean Pluyette, por exemplo, assegurava: "A desigualdade das civilizações repousa sobre uma desigualdade natural nas aptidões humanas para as necessidades da vida social [...]. É preciso reconhecer numa certa raça, a raça norte-europeia, qualidades naturais de energia e aptidões especiais para o comando".[21] Paul Souday, eminente crítico literário que escrevia para o *Le Temps*, jornal de referência, afirmava: "Foi de fato a raça branca que criou a civilização, e as outras só se cultivam em sua escola. Acreditarei na igualdade quando todas as raças tiverem produzido um Platão e um Sófocles, um Descartes e um Voltaire".[22] Paul Morand assegurava: "Pode-se rever a risota beiçuda dos negros à cabeceira de todas as moribundas civilizações brancas".[23]

Mas os afro-americanos não viam esses traços negativos, ou se recusavam a levá-los em consideração, porque a vida na França, do modo como a conheciam, parecia-lhes agradável. Para eles, era essencial que nenhuma lei racial organizasse a vida social no país dos direitos humanos, que cada um, sem restrições, pudesse frequentar os locais públicos, alojar-se onde melhor lhe parecesse, assistir aos espetáculos, utilizar o transporte público, entrar nos restaurantes. Joséphine Baker repetiu muitas vezes que, em Paris, já não temia as humilhações que sofrera nos Estados Unidos por causa da cor de sua pele; gostava de lembrar que um dia, num restaurante parisiense, uma americana que ocupava uma mesa vizinha à dela pedira que expulsassem aquela "negra" que deveria ser relegada à cozinha; pois bem, o gerente do estabelecimento convidara a madame descontente a deixar o lugar. Os americanos residentes na capital observavam também que negros tinham assento no Parlamento francês ou trabalhavam na alta administração. Os afro-americanos deram uma atenção especial a um tipo de incidente recorrente no pós-guerra: turistas brancos vindos do outro lado do Atlântico, chocados por terem que conviver com negros nos locais públicos, se encolerizavam e às vezes atacavam fisicamente as pessoas a quem desprezavam. Esses tumultos adquiriram uma intensidade inquietante no verão de 1923. Raymond Poincaré, ex-presidente da República e então presidente do Conselho, assim como Gratien Candace, deputado de Guadalupe, subiram à tribuna do Palais-Bourbon para condenar firmemente esses comportamentos racistas. A imprensa também deu provas de uma virtuosa indignação, e o diário *La Croix* proclamou vigorosamente: "O cidadão francês não tem nenhuma cor específica".[24] Um dos sinais da abertura de espírito da França, considerado extremamente positivo pelos negros, foi a atribuição do prestigioso prêmio Goncourt, em 1921, ao martinicano René Maran, por *Batouala. Véritable roman nègre*. Essa recompensa, outorgada pela primeira vez a um homem de cor, marcou profundamente os intelectuais negros de todos os países e fortaleceu, aos olhos deles, a reputação lisonjeira da França.

Em última análise, a ida dos negros para o país muitas vezes obedecia a motivações semelhantes às de seus confrades brancos: desfrutar de uma liberdade desconhecida nos Estados Unidos, encontrar possibilidades de crescimento, responder a questões existenciais. Assim, numerosos intelectuais negros pertencentes à Geração Perdida atravessaram o Atlântico e se instalaram em Paris durante períodos mais ou menos longos. A maioria desses novos visitantes militava nas fileiras do movimento denominado Renascimento do Harlem. Nesse bairro de Nova York se reuniram, durante os anos de 1920 e 1930, diversos artistas negros com frequência diplomados, escritores, poetas, pintores, musicistas, fotógrafos, que publicaram, compuseram, criaram associações e jornais. Visavam a três objetivos principais: denunciar a condição social dos negros, recuperar sua herança africana e, ao mesmo tempo, reivindicar sua identidade americana. Vários desses artistas, em suma, desejavam trabalhar pela emancipação dos homens de cor e pensavam que uma temporada em Paris, símbolo, para eles, de liberdade e de conhecimento, iria ajudá-los em sua busca. Entre os principais militantes do Renascimento do Harlem figurava William Du Bois, historiador e sociólogo, diplomado pela universidade Harvard. Ele foi o principal organizador do primeiro congresso pan-africano que se realizou em Paris, à margem da Conferência de Paz, de 19 a 21 de fevereiro de 1919, no Grand Hôtel, situado no bulevar des Capucines, número 12. Du Bois conseguira o apoio do deputado Blaise Diagne, que convenceu Georges Clemenceau, chefe do governo francês, a autorizar a reunião. Clemenceau concordou, sob a condição de que a colonização não fosse evocada; além disso, não o desagradava a ideia de beneficiar a imagem liberal da França e de contrapor-se ao Reino Unido e aos Estados Unidos, hostis à realização do congresso. Este último reuniu 57 delegados que representavam os Estados Unidos, o Haiti e várias colônias africanas; o deputado guadalupense Gratien Candace participou igualmente dos trabalhos. Du Bois, a quem o governo de Washington recusara a concessão de um passaporte, driblou a proibição credenciando-se na capital francesa como jornalista. O congresso pan-africano pedia a emancipação dos povos de cor por meio da educação, a igualdade entre os colonos, o controle das terras, uma evolução política rumo à autonomia. Du Bois discernia bem os excessos da colonização francesa, mas aceitou não os denunciar violentamente e, assim como os deputados negros franceses e René Maran, admitiu que a política de assimilação cultural praticada pela França constituía uma espécie de igualdade que oferecia às pessoas de cor do império uma condição social superior àquela que os negros americanos conheciam. Os outros intelectuais do

Harlem que também foram à França, como Alain Locke ou Charles Johnson, adotaram em geral a mesma posição.

Entre os outros peregrinos do Renascimento do Harlem encontravam-se alguns dos maiores escritores do movimento, a exemplo dos três ex-alunos da Sorbonne Jessie Fauset, Gwendolyn Bennett e John Matheus, assim como Langston Hughes e Countee Cullen, o qual retornava a Paris quase todo ano no verão. Claude McKay intercalou sua estada parisiense com longas viagens ao exterior e a outras cidades francesas, especialmente Marselha, que lhe inspirou seu grande romance, *Banjo* (1929).

Os escritores negros foram acompanhados por pintores e escultores, também integrantes do Renascimento do Harlem, atraídos pelos numerosos ateliês, academias, escolas de arte e exposições estabelecidos em Paris. Eram também encorajados a empreender a viagem pelo sucesso francês de seu antecessor, o pintor Henry Tanner, mais velho que eles, chegado à Cidade-Luz já em 1891, reconhecido oficialmente e condecorado com a Legião de Honra em 1923. Entre esses artistas que permaneceram em Paris por temporadas em geral mais longas do que as dos escritores podem ser citados os pintores Palmer Hayden, Hale Woodruff e Lois Jones, além das escultoras Augusta Savage e Elizabeth Prophet.

Constituiu-se assim, em Paris, uma microssociedade artística afro-americana, ao lado dos escritores brancos. Desde sua instalação, todos partiram rumo à descoberta da capital, de sua singularidade, dos recursos que ela oferecia aos artistas vindos de longe.

2
Descobrindo Paris

Os escritores americanos exploravam Paris com método, como se seguissem um plano preestabelecido, ou então deixando-se guiar pelo acaso de peregrinações improvisadas. Suas obras fervilham de nomes de lugares. Em *O sol também se levanta*, por exemplo, Ernest Hemingway enumera, entre outras, a avenida de l'Opéra, a rue des Pyramides, a rue de Rivoli, as Tulherias, a rue des Saints-Pères, a rue Mouffetard, a avenida des Gobelins, o bulevar Saint-Michel, a rue Soufflot, a praça Denfert-Rochereau, o Quai d'Orsay... De igual modo, Zelda Fitzgerald, ao longo de sua novela "Um casal de loucos" ("A couple of nuts"), que figura em *Pedaços do paraíso*, menciona muitas artérias da *rive droite*. A maioria dos autores procurava organizar esse catálogo heterogêneo. Era clássica a distinção feita entre as duas margens do Sena: à direita, os bairros chiques, nobremente habitados; à esquerda, uma Paris simultaneamente popular e cosmopolita. Muitos insistiam no contraste que opunha a animação própria de uma grande cidade e o encanto tranquilo, até mesmo campestre, de diversos bairros. Sinclair Lewis, por sua vez, enumerava seis Paris: a primeira era a dos turistas, limitada aos grandes monumentos, às lojas de luxo, ao teatro de revista libertino; a segunda, a Paris dos estudantes em torno da Sorbonne, "muito sisuda e usuária de óculos"; a terceira, a Paris dos falsos artistas, "muito literária, bêbada e cheia de teorias"; a quarta Paris era a dos verdadeiros artistas, "escondida, ativa e silenciosa"; a Paris cosmopolita, muito mundana, constituía um quinto microcosmo; por fim, destacava-se uma sexta Paris "onde não mora ninguém, à exceção de 3 milhões de franceses", um setor desconhecido onde viviam eletricistas, empreiteiros, avôs e avós, cães "e outros seres tão pouco românticos quanto aqueles de nosso país".[1]

Na verdade, todas essas observações podem conduzir a uma distinção entre duas cidades: a Paris dos locais emblemáticos, herdados de um passado longínquo, e a Paris popular, cheia de charme, ao mesmo tempo tocante e ambígua.

Uma cidade de arte e de história

Quando chegou a Paris, em dezembro de 1923, o afro-americano Langston Hughes reservou sua primeira visita aos cais do Sena, a Notre-Dame e ao Louvre. A maioria dos seus compatriotas dava prioridade, como ele, à descoberta dos bairros e dos monumentos mais famosos, símbolos de um patrimônio excepcional. E quase sempre as primeiras impressões se revelavam entusiásticas. Alfred Perlès declarava a seu amigo Henry Miller que, em matéria de arte, "Paris era, sem discussão, o centro do mundo".[2] Sinclair Lewis acrescentava: "O Casanova das cidades".[3]

Para os americanos, a beleza de Paris se formara progressivamente ao longo de uma história multissecular. Edith Wharton considerava a cultura francesa a mais homogênea e mais ininterrupta do mundo. A capital, encarnação dessa continuidade, adquirira assim um cunho único ao qual Anaïs Nin sempre se mostrou sensível: "A França é velha. Tem o perfume, o sabor, a essência, a pátina das coisas antigas. Ela tem humanidade, o que Nova York não tem [...]. Ao caminhar da Opéra até o parque Montsouris, compreendi que Paris era construída para a eternidade e Nova York somente para o presente".[4]

Henry Miller adorava perder-se pelas ruas, nas quais cada desvio reservava uma surpresa encantadora, uma perspectiva, um monumento, uma fachada original: "As ruas cantam, as pedras falam. As casas transpiram história, glória, charme".[5] As placas comemorativas o encantavam particularmente, e ao vê-las ele concluía: "Aqui ninguém morre".[6] Scott Fitzgerald admirava uma morada cuja antiguidade era inimaginável nos Estados Unidos: "Sua casa, à rue Monsieur, era um apartamento de pé-direito alto desmembrado do palácio de um cardeal do Renascimento".[7]

O legado do passado e a harmonia das paisagens da Île-de-France conferiam à capital uma perfeição inimitável, até mesmo sobrenatural. John Glassco celebrou essa exceção: "Era um sonho de excelência e de beleza que não se realiza em nenhum lugar na vida de verdade".[8] Paris aparecia aos seus admiradores americanos como um cenário suntuoso. Este se erguia sob um céu cujas infinitas nuanças e cuja claridade perolada haviam sido admiravelmente compreendidas e representadas pelos pintores impressionistas. Os jogos de luz se refletiam com mil matizes sobre o Sena, muitas vezes evocado pelos escritores. Os textos deles descreviam com numerosos detalhes a reverberação do sol sobre o rio, os clarões coloridos ao longo do dia e as escamas de prata que animavam a superfície no crepúsculo, o reflexo das árvores remexido pela suave brisa. Em seguida o olhar dos artistas subia à altura das velhas pontes que transpunham o rio e dos cais contornados por belas residências que se apoiavam umas às outras e acompanhavam a curvatura das margens. Frequentemente os escritores comparavam o Sena aos rios americanos. Estes últimos, asseguravam eles, carregavam águas escuras e inquietantes, escoando entre margens sem graça onde se elevavam tristes hangares e construções degradadas. Em contraposição, os parisienses, inspirados por um indiscutível bom gosto, haviam emoldurado o Sena com robustos cais de pedra encimados por belas moradas e nobres monumentos que magnificavam a beleza do lugar.

Os mesmos autores, erguendo o olhar acima do Sena, descobriam a Notre-Dame, que lhes arrancava um grito unânime de admiração: "Estou à beira das lágrimas. Tamanha beleza me tira o fôlego", confidenciava Henry Miller.[9] Os americanos tentavam definir os sentimentos que a grande nave de pedra lhes inspirava: por seu porte majestoso, ela fazia compreender a grandeza de um passado glorioso, oferecia uma imagem de força e de resistência aos imprevistos da história; por sua antiguidade, transmitia uma ideia da eternidade e lembrava aos homens que eles estavam somente de passagem neste mundo aqui embaixo.

Os americanos faziam comentários sobre muitos outros locais emblemáticos de Paris. Scott Fitzgerald comparava a Place de la Concorde, impressionante e majestosa, com a *rive gauche*, de atmosfera provinciana. Miller subia ao Sacré-Cœur para desfrutar do panorama e, apesar da invasão turística, permanecia sensível ao charme da Place du Tertre. Djuna Barnes, sempre inesperada, admirava o lago das Tulherias e, meditando sobre os suicídios, lamentava que os desesperados preferissem jogar-se no Sena, e não "num lago tão perfeito quanto este".[10]

Os americanos apreciavam também a presença da natureza na grande cidade, os plátanos e os castanheiros margeando as avenidas, as *paulownias** odoríferas da Place d'Italie, os bosques de Boulogne e de Vincennes. Essa abundância de vegetação, observavam, mais uma vez opunha Paris e Nova York, a qual, à exceção do Central Park, era consagrada ao asfalto e ao concreto. Os escritores exploravam os bosques e as florestas que cercavam a capital. Também ali, reencontravam a marca do passado; era, nas palavras de Edith Wharton, "um universo antigo onde as grandes árvores vergavam sob o peso do passado";[11] revestidas por uma "majestade meditativa", elas dominavam clareiras que podíamos imaginar atravessadas por cavalgadas régias ou lendárias. O carvalho sob o qual São Luís distribuía a justiça nunca estava longe... Anaïs Nin, por sua vez, meditava sobre a floresta que rodeava sua casa de Louveciennes, floresta onde outrora os reis da França caçavam. A própria cidadezinha, sobre a qual pairava a lembrança de uma ilustre residente, Madame du Barry, era "antiga, e a vida moderna a deixou intacta".[12]

Esse constante retorno ao passado, matriz da grandeza de Paris, levava certos escritores a visões oníricas. Para Henry Miller, ao cair da noite, quando o céu se avermelhava, era como se as chamas do inferno reconduzissem a uma vida efêmera os incontáveis homens que haviam consagrado seu tempo à construção da cidade mágica: "De Clichy a Barbès, era uma cinzeladura de tumbas abertas".[13]

Uma cidade popular

Depois de admirar as grandes artérias e os monumentos mais famosos, os americanos, quase todos *flâneurs* infatigáveis, partiam para a descoberta da Paris popular, onde com frequência estabeleciam seu domicílio por causa dos aluguéis baratos.

---

* Nome científico da árvore popularmente conhecida como kiri-japonês. (N.T.)

Alguns acabavam pensando que as ruazinhas desconhecidas dos turistas encarnavam a verdadeira Paris; por essa razão, passavam a evitar os lugares muito concorridos, considerados sobrevalorizados e artificiais. Sam Dodsworth, personagem epônimo do romance de Sinclair Lewis, fazia uma observação confirmada pela maioria dos americanos: Paris se estruturava em bairros muito diferentes uns dos outros, autônomos, com poucas relações entre si. A Paris popular se assemelhava a uma série de tranquilos vilarejos justapostos, constituídos de ruas estreitas e de pequenos comércios. Henry Miller confidencia em *Remember to remember* que, muitos anos após ter deixado a capital, gostava de abrir um mapa da cidade e procurar os lugares que ele conhecia. Afirmava empolgar-se quando uma estação de metrô ou um nome de rua fazia surgir, do fundo de sua memória, um momento do passado. Por exemplo, recordava que um dia, depois de percorrer o cais de Jemmapes, perdera-se nos engarrafamentos da Gare de l'Est, desembocara na rue Saint-Maur, e depois se dirigira a Belleville e Ménilmontant. Sempre debruçado sobre seu mapa, Miller via reaparecer a rue du Cotentin, que ele acreditava ter esquecido. O escritor, bom guia, também arrastava seu leitor rumo ao subúrbio, Montrouge, Gentilly, o Kremlin-Bicêtre, Ivry... Ao longo do caminho, Miller multiplicava as observações: detalhes arquitetônicos, lojas estranhas, tetos encimados por bizarras chaminés negras, vãos envidraçados de ateliês, vestígios de apartamentos desaparecidos nas paredes-meias de imóveis destruídos, estátuas perdidas e às vezes feias, mas bem integradas no cenário... Particularmente celebrada por Miller, mas também por Hemingway, Glassco e outros, era a rue Mouffetard, "uma maravilhosa rua de comércio, estreita e muito transitada, que leva à Place de la Contrescarpe".[14]

Entre os lugares mais emblemáticos da Paris popular estavam os cafés, que frequentemente os americanos chamavam pelos nomes franceses familiares: *bistrots, zincs, bois et charbon*... Muitas vezes os escritores se mostravam fascinados por esses estabelecimentos cuja atmosfera lhes recordava os quadros de Van Gogh e de Cézanne ou, referência literária dada por Anaïs Nin, "os cafés à la Francis Carco, onde os cafetões jogam baralho vigiando as mulheres no *trottoir*".[15] Nesses lugares, os memorialistas detalhavam os elementos particulares que criavam um ambiente muito característico, desconhecido nos Estados Unidos: serragem no chão, lâmpadas elétricas suspensas do teto por longos fios, o ronco de uma estufa barriguda encimada por um longo tubo, dobrado em cotovelo, que desaparecia numa parede, às vezes um cardápio meticulosamente caligrafado a mão, a fumaça, o vapor úmido nas vidraças. John Dos Passos fazia o roteiro dos bistrôs com seu amigo Blaise Cendrars. Hemingway sentia ao mesmo tempo atração e repulsa por um certo Café des Amateurs onde ele não ousava entrar, apesar de sua curiosidade, porque o lugar era triste, malcuidado, invadido por bêbados, impregnado pelo odor dos corpos mediocremente lavados e pelo cheiro azedo do vinho ruim que serviam ali. Em suma, ele preferia uma *guinguette** do Bas-Meudon, La Pêche Miraculeuse, onde bebia um delicioso vinho branco semelhante ao *muscadet*.

Os americanos ficavam impressionados com a presença do campo ao redor do coração da grande cidade. Nos anos 1920 e 1930, eles viam carroças de feno percorrendo as ruas, e camponeses, com seus oscilantes carrinhos de mão, vendendo frutas e legumes recém-colhidos e ainda úmidos do orvalho matinal. Vários deles, para sua grande surpresa, depararam com

---

* Termo usado para indicar, nos subúrbios de Paris, uma espécie de café dançante ao ar livre. (N.T.)

um pastor que conduzia um rebanho de cabras em plena Paris: o homem assinalava a própria presença ao som de uma flautinha, e as donas de casa desciam à rua munidas de um recipiente no qual recolhiam o leite tirado especialmente para elas. Durante suas longas peregrinações, os americanos descobriam, ao lado dos bistrôs, uma multidão de lojinhas vendendo objetos que os desconcertavam: jaquetas em couro de gato, chicotes para fustigar crianças desobedientes, instrumentos de música exóticos, acessórios eróticos e roupas de baixo transparentes, objetos antigos recobertos de pátina pelo tempo e cujo uso às vezes permanecia obscuro.

Depois de fixar em cores vivas o cenário da Paris popular, os americanos evocavam a gente humilde que ali vivia. Henry Miller gostava de ir ao encontro dos mendigos e de outros esfarrapados nos quais afirmava encontrar "a humanidade em estado bruto" com sua dimensão grotesca: "Os anões débeis de Velásquez, os pobres-diabos e os enfermos de Fantin-Latour, os idiotas de Chagall, os monstros de Goya desfilam diante de mim agora, manuseando seus repugnantes andrajos, resmungam, cantam, praguejam, titubeiam sob pesados fardos ou se detêm para recolher na sarjeta um pedaço de pão endurecido".[16]

Muitas outras silhuetas eram esboçadas: *clochards** metidos em trajes de teatro recuperados nas lixeiras da Opéra-Comique, prostitutas exaustas tocaiando o cliente na soleira de hotéis encimados pela tradicional luz vermelha, operários ainda meio adormecidos tomando de madrugada um copo de vinho branco para animar-se antes de irem para o trabalho, donas de casa munidas de seus cestos de compras, policiais brandindo um "ridículo bastão branco",[17] artistas à moda antiga trajando orgulhosamente uma capa e um chapelão, estudantes vestidos em aventais negros e calçados com galochas cujas solas

---

* Sem-teto, moradores de rua. (N.T.)

de madeira crepitavam no chão quando eles perseguiam uns aos outros, um ancião varrendo tristemente a calçada.

Para gente humilde, ofícios humildes. Os escritores apresentavam outras enumerações pitorescas, agora no domínio profissional: às margens do Sena, simpáticos buquinistas e marinheiros trabalhando nas *péniches*,* vendedores de balões para crianças, outros apregoando jornais e bilhetes de loteria. Anaïs Nin consagrou longas descrições aos habitantes de La Zone, faixa de terrenos baldios situados diante das antigas muralhas de Paris. Ali ciganos que moravam em carroças ladeavam trapeiros amontoados numa favela sórdida; esses abandonados pela sociedade selecionavam e revendiam os rejeitos da grande cidade: "Os caminhos têm um metro de largura e tapumes em cada lado, fabricados com dormentes de ferrovia apodrecidos. Barracas oscilantes e tortas, abertas ao frio e ao vento. Homens e mulheres vivem na lama, dormem sobre pilhas de molambos. Bebês deitados sobre sacos de batatas. Todo o refugo da cidade empilhado em montículos, trapos, bonecas desarticuladas, pedaços de cano, garrafas, objetos sem forma nem cor, detritos, pedaços de móveis, de roupas".[18]

As pessoas humildes iam e vinham, viviam, comiam, distraíam-se, o que inspirava aos escritores outras tantas cenas reproduzidas sem retoques. Eles descreviam os mercadinhos de bairro, com seus apetitosos odores de frutas frescas e de queijos. Espantavam-se com a existência das *vespasiennes*,** que lhes pareciam revelar um inesperado sentimento de conveniência. Olhavam com asco os *clochards* mais repulsivos e perscrutavam com certa inquietação as silhuetas suspeitas que assombravam as ruas ao cair da noite. Anaïs Nin descreve a

---
* Barcaças. (N.T.)
** Mictórios masculinos públicos. (N.T.)

execução pública de um condenado à morte, de manhã cedo, mas podemos perguntar-nos se a escritora realmente assistiu à cena, porque ela fala de um enforcamento, ao passo que, segundo a lei francesa, o condenado devia ser decapitado.[19] As diversões plebeias atraíam os americanos, os quais encontravam nelas mais uma oportunidade de mudança de ares. Gostavam de ir aos *bals musettes*.* Notavam que o salão ficava supercheio, invadido pela fumaça, que os casais se enlaçavam sem pudor, os homens sempre com seus chapéus na cabeça. A música, antiquada, favorecia as valsas fora de moda e a *java*;** contudo, o foxtrote surgia discretamente. Eram muito apreciadas as festas em feiras, com as fanfarras do carrossel, as ciganas prevendo o futuro, os jovens atirando de carabina sobre pombos de argila. Ernest Hemingway, em sua novela "My Old Man", evocou fielmente o mundo das corridas de cavalos, os hipódromos de Enghien, Saint-Cloud, Tremblay e mesmo Deauville. Mas ele era apaixonado sobretudo por boxe e ciclismo. Dos Passos o mostra, metido numa camiseta como as dos corredores do Tour de France, pedalando freneticamente nos bulevares periféricos, joelhos ao nível das orelhas e nariz sobre o guidom. Hemingway arrastava frequentemente seus amigos às competições do Velódromo de Inverno, cujo ambiente o inebriava: gritos da torcida, brados de estímulo lançados aos desportistas, anúncios tonitruantes feitos ao microfone pelo animador.

Não é exagero ressaltar a importância literária desse contato com a Paris popular. Ela fornecia aos escritores da Geração Perdida uma ampla colheita de símbolos, de metáforas, de sinais em correspondência com a vida deles ou com seu

---

* Bailes populares, nos quais as pessoas dançam ao som do acordeom. (N.T.)
** Derivada da mazurca, a java surgiu nos bailes populares de Paris, no início do século XX, como uma reação ao formalismo da valsa. (N.T.)

inconsciente. Por exemplo, em Anaïs Nin, o som queixoso de um velho realejo, ressoando numa rua da capital, assinalava o declínio do amor entre ela (Djuna em *Les Chambres du cœur*) e o guatemalteco Gonzalo Moré (Rango, nesse mesmo livro). As vielas cheias de imundícies e as prostitutas percorrendo esses lugares faziam pensar em doenças venéreas e davam uma imagem de morte. Mas a grande cidade podia também inspirar um arroubo poético e ganhar o esplendor de um tesouro, como sob a pena de Henry Miller em *Dias de paz em Clichy*: "À noite, Paris, vista de Montmartre, adquire um ar mágico; repousa no côncavo de uma tigela como uma enorme joia que tivesse explodido em estilhaços. Ao alvorecer, Montmartre adquire um encanto indescritível. Um fulgor róseo se espalha sobre a pálida brancura das paredes".

Uma cidade em vias de americanização

Como os próprios escritores americanos admitem, a dimensão poética da velha Paris ameaçava desaparecer. Essa mudança se mostrava no surgimento de uma moda, de um estilo de vida e de uma maneira de pensar provenientes do Novo Mundo. Por isso, aqueles que atravessavam o Atlântico e partiam para a descoberta da capital nem sempre ficavam tão exilados quanto haviam previsto. Um turista americano podia dizer: "Paris é uma das maiores, e certamente a mais agradável, das cidades americanas".[20] A jornalista Janet Flanner, correspondente da *New Yorker* em Paris, constatava: "Eu tinha a sensação de me encontrar ao mesmo tempo em casa e no estrangeiro".[21] Os afro-americanos que chegavam a Montmartre e Montparnasse topavam com negros músicos de jazz, porteiros de cabarés, copeiros, empregados diversos e, às vezes, turistas que, por sua presença, reproduziam o ambiente de certos bairros das cidades americanas. O paralelo estabelecido entre Paris e estas últimas via-se reforçado por uma observação frequente: a animação da capital francesa lembrava a das grandes urbes do Novo Mundo. Thomas Wolfe reencontrava na capital "as ruas fervilhantes, as multidões e a atividade" que ele conhecera em seu país natal.[22] Para Sinclair Lewis, era "um filme produzido por um asilo de alienados, um terremoto com uma erupção vulcânica".[23]

Para além das primeiras impressões, a americanização resultava de fatores objetivos. Em primeiro lugar, o capitalismo, a tecnologia, os métodos da padronização e do taylorismo, vindos dos Estados Unidos, penetravam cada vez mais na França e sobretudo em Paris. A Câmara de Comércio Americana da capital francesa exercia um papel de regente de orquestra; orientava cerca de 3 mil empresas, cujas sedes ficavam do outro lado do Atlântico e que se haviam estabelecido em Paris. Antes de 1914, as firmas estrangeiras recorriam frequentemente a prepostos franceses. Depois dessa data, instalavam-se exatamente na capital com diretores, altos executivos, representantes comerciais, que difundiam em grande escala seus produtos no mercado nacional. Com esses produtos, espalhava-se rapidamente um novo modo de viver. Cerca de cinquenta bancos, entre os quais o American Express, o Chase Bank, o National City Bank de Nova York, o First National Bank de Boston, concorriam para empreender a conquista do consumidor francês. As exportações americanas ou os objetos confeccionados na própria França se revelavam muito diversos: máquinas-ferramentas, locomotivas, automóveis, linotipos, prensas rotativas, telefones Bell, gasolina e bombas automáticas, máquinas de escrever Remington, canetas-tinteiro Parker, máquinas de costura Singer, barbeadores Gillette, goma de mascar, bebidas gaseificadas, cigarros Chesterfield... As firmas americanas se dirigiam particularmente à dona de casa francesa e lhe prometiam uma vida maravilhosa graças a múltiplos aparelhos domésticos, refrigeradores, aspiradores e ferros de passar elétricos. Por ocasião do Salão de Artes Domésticas, organizado no Grand Palais em 1926, as empresas americanas reconstituíram uma verdadeira residência de além-Atlântico, dotada do mais moderno conforto, a fim de seduzir a compradora parisiense. Em seu livro *Flirting at the Bon Marché*, Gertrude Stein compreendeu que seus compatriotas exportavam para a França uma sociedade de consumo ornada de todas as seduções da publicidade e de uma atraente apresentação dos artigos sugeridos para venda: "Tudo está mudando porque o lugar onde as pessoas fazem suas compras é um lugar onde todo mundo é obrigado a descobrir que existem maneiras de viver que não são tediosas".[24]

Se a tecnologia americana podia às vezes insinuar-se discretamente na vida cotidiana dos parisienses, a arte vinda do Novo Mundo adquiria formas muito mais visíveis. As grandes manifestações da capital – Salão de Primavera, Salão de Outono, Salão dos Artistas Franceses, Salão da Sociedade Nacional de Belas-Artes, Salão dos Artistas Independentes – eram abertas aos artistas plásticos oriundos do exterior. Exposições específicas foram consagradas à arte americana. A primeira inaugurada pelo então presidente da República, Raymond Poincaré, ocorreu em 1919 no palácio do Luxemburgo e exibiu pinturas figurativas. Em contrapartida, uma seção da Exposição Universal de 1937 apresentou obras modernas, assinadas em especial por Alexander Calder e Man Ray. Em 1938, os parisienses puderam visitar a maior exposição de arte americana já organizada na capital. Essa exposição de prestígio, feita sob o patrocínio do ministro da Educação Nacional e de Belas-Artes, Jean Zay, e do embaixador dos Estados

Unidos, William Bullitt, mostrou três séculos de arte americana nos mais variados domínios: pintura, escultura, arquitetura, fotografia, cinema, tradições regionais e folclóricas, artesanato... Galerias dentre as mais renomadas, como Durand-Ruel, Bernheim-Jeune, Paul Rosenberg, também acolhiam os artistas do Novo Mundo, como o excêntrico Edward Buk, que adotara um traje que misturava os estilos "caubói" e "índio". Particularmente apreciado pelos meios vanguardistas parisienses era o pintor Gerald Murphy, amigo de Fernand Léger e de Pablo Picasso, a quem ele ajudou a pintar cenários de balé.

A arte americana se exibia também no domínio da arquitetura. Os meios parisienses modernistas admiravam a audácia dos arranha-céus nova-iorquinos, mas esse tipo de edificação ainda não se impunha, exceto em alguns setores localizados, como em Villeurbanne. Em compensação, os criadores franceses, adotando o espírito americano, elevaram na capital casas de inspiração racional e de aparência despojada. Uma das realizações mais destacadas foi a do arquiteto Pierre Patout, que construiu imóveis que evocavam o estilo dos grandes navios de luxo, por exemplo no bulevar Victor, nº 3, no 15º *arrondissement*.

A moda americana devia muito à música e à revolução do jazz. Esse gênero não era totalmente desconhecido, pois demonstrações de *ragtime* haviam sido apresentadas durante a Exposição Universal de Paris em 1900. Mas foi a Grande Guerra que constituiu a etapa essencial. Com as tropas negras, chegaram músicos de jazz, entre os quais os célebres Harlem Hellfighters de James Reese Europe. A progressão dos novos ritmos foi rápida. Formações como a Scrap Iron Jazz Band ou a New York Southern Syncopated Orchestra foram apresentar-se em Paris, assim como Duke Ellington ou Paul Robeson. Do lado francês, Erik Satie, precursor, compôs o balé *Parade*, apresentado em 18 de maio de 1917, no Théâtre du Châtelet, com cenários e figurinos de Picasso. Essa obra compreendia um *ragtime* e era acompanhada por sons que evocavam a América moderna: motores de aeroplanos, tinidos de máquina de escrever, sirenes de fábrica. Os ritmos de jazz foram retomados por Darius Milhaud, em seu balé *La Création du monde*, estreado em 25 de outubro de 1923 no Théâtre des Champs-Élysées, com cenários de Fernand Léger. O momento essencial na difusão da música vinda da América foi a *Revue nègre*, cuja *première* ocorreu em 2 de outubro de 1925 no mesmo teatro. A ideia vinha de Fernand Léger, apaixonado por arte africana e desejoso de mostrar um espetáculo inteiramente negro. Para esse efeito, foi recrutada uma trupe nos Estados Unidos, com músicos como Sidney Bechet, e bailarinos afro-americanos. Desde a estreia, Joséphine Baker, então com dezoito anos de idade, causou sensação: relativamente despida, cabelos cortados à *la garçonne*, dançando com um gestual endiabrado e às vezes erótico, ela parecia simbolizar a emancipação da mulher. No ano seguinte, Baker se apresentou nas Folies Bergère com seu célebre saiote de bananas em torno dos quadris. A partir de então, sua carreira ganhou um impulso extraordinário.

O mundo da noite adquiriu um estilo novo. Diversas casas noturnas da moda recriavam um ambiente americano: foi o caso da Jungle, do Zelli's, do Jockey Club, decorado com pinturas que mostravam caubóis e índios, ou do Select, primeiro café parisiense aberto a noite inteira e que incluía entre seus clientes Hemingway, Miller, McAlmon. No Bœuf sur le Toit, ponto de encontro de *Tout-Paris*,* Jean Wiener tocava obras de

---

* A expressão (algo como "Paris inteira") refere-se ao conjunto de personalidades mais ou menos célebres que, numa determinada época, frequentam manifestações mundanas e lugares da moda na capital francesa. (N.T.)

Gershwin. Estabelecimentos mais modestos contratavam pelo menos um pianista negro para atrair a clientela. No domínio das variedades, os compositores-intérpretes Mireille e Charles Trénet modernizaram a canção francesa com base no modelo americano do jazz. Os músicos ditos "sérios" aderiram também à escola do jazz, a exemplo, como vimos, de Satie e Milhaud; o mesmo ocorreu com o jovem Francis Poulenc, autor de uma *Rhapsodie nègre* (1917), Igor Stravinski, que compôs um *Ragtime pour onze instruments* (1917-1918), Maurice Ravel, que introduziu ritmos de jazz em sua sonata para violino e piano (1926-1927), assim como em seu concerto para piano em sol (1929-1931). O mundo da noite incluía também as salas obscuras onde triunfavam Charlie Chaplin, Buster Keaton, Douglas Fairbanks, Mary Pickford, Mae West e, mais tarde, com o cinema falado, Al Jolson, que interpretava, com o rosto pintado de preto, seu próprio personagem de cantor de jazz no filme epônimo de 1927.

A americanização da sociedade se apoiava em porta-vozes franceses fascinados pelo Novo Mundo, que lhes parecia encarnar a juventude, a audácia, a inovação. Paul Morand observava: "Nosso povo tem somente uma palavra na boca: 'à americana'". E acrescentava: "A Nova York de 1930 é, para nossos jovens artistas, o que Roma era para Corot ou Poussin".[25] Élie Faure considerava que Charlie Chaplin era o Shakespeare dos tempos modernos. Philippe Soupault explorava as possibilidades que os Estados Unidos ofereciam no sentido de ultrapassar tradições europeias. Fernand Léger apreciava a dimensão funcional da arte americana, a utilização de materiais brutos, a rejeição ao romantismo que essas orientações novas representavam. No campo político, André Tardieu, quando dirigiu o governo francês por três vezes entre 1929 e 1932, tentou implementar um grande plano de modernização econômica da França, inspirando-se nos objetivos e métodos apreciados nos Estados Unidos.

Em contraposição, numerosos intelectuais franceses, como Luc Durtain, Jean Prévost, André Maurois, Jules Romains, André Siegfried, alertavam seus compatriotas contra a civilização americana, considerada fundamentalmente materialista. O perigo dessa fascinação foi particularmente ressaltado por Robert Aron e Arnaud Dandieu no livro escrito pelos dois sob o título explícito de *Le Cancer américain* (1931): segundo eles, o capitalismo atravessava o Atlântico para espalhar suas células mortais no organismo europeu. O livro mais destacado foi o de Georges Duhamel, *Scènes de la vie future* (1930), cujo sucesso se revelou imenso: teve 150 reimpressões nos meses que se seguiram ao lançamento e foi premiado pela Academia Francesa. Duhamel voltara horrorizado de uma viagem aos Estados Unidos, onde observara uma sociedade subjugada ao consumo, massacrada pela racionalização, pela padronização, pela publicidade qualificada de "masturbação visual". O reinado da máquina resultava numa total desumanização.

Vários escritores da Geração Perdida, instalados em Paris, fizeram coro a essas críticas. De saída, a irritação deles se dirigia aos seus compatriotas que iam à capital francesa como turistas, chegando a mais de 200 mil por ano. Os escritores apaixonados pela Cidade-Luz não encontravam palavras suficientemente severas para menosprezar a arrogância, o nacionalismo, o racismo, o desprezo para com artistas e intelectuais, as contradições e, em suma, todo o comportamento ridículo que caracterizava os americanos de passagem. Certos turistas descritos por Thomas Wolfe se indignavam com o fato de que os franceses pudessem comer cavalos e escargots; esses mesmos visitantes declaravam sentir repulsa por esses "pratinhos com seus molhos complicados e seus nomes incompreensíveis". Na verdade, os franceses "não têm uma só coisa – nenhuma coisa mesmo – que nós não tenhamos em casa, e dez vezes melhor".[26] Esses boçais que repassavam em Paris o jornal de sua cidade do Meio-Oeste buscavam somente um restaurante que servisse os pratos e as bebidas de seu país de origem, pensavam que os bidês eram destinados ao banho das crianças, sustentavam que a França vivia unicamente graças aos empréstimos americanos, viam Paris como um parque de diversões. Segundo Scott Fitzgerald, esses turistas, em última análise, tinham o valor humano de um mexilhão ou de um pequinês, e eram indesejáveis.

Basicamente, os escritores americanos queriam rejeitar a influência cultural de seu país, a qual, segundo eles, surgia com peso e ameaçava a própria identidade de Paris. Henry Miller condenava a "inerte pressão de uma disciplina obtusa como em Nova York" e acrescentava: "Sinto profundamente, hoje, o quanto é perniciosa a influência de nosso país. Constato seus efeitos paralisantes, embrutecedores".[27] Assim, os americanos se regozijavam quando os parisienses defendiam sua singularidade, e repetiam que "as pessoas da França deveriam ser francesas".[28] Os membros da Geração Perdida pleiteavam que fossem preservados os bairros pitorescos da capital, os mercados, os cafés populares, o tipo de vida tradicional. Um dos personagens de Sinclair Lewis se declarava feliz por ter conhecido americanos que vinham, com grande modéstia, instruir-se na Europa, e esperava que o Velho Mundo levasse a melhor sobre a América, tal como a cultura grega triunfara sobre Roma, a conquistadora: *Græcia capta ferum victorem cepit* (A Grécia subjugada subjugou seu feroz vencedor).

3
Descobrindo os parisienses

Os escritores americanos buscavam compreender a psicologia e a arte de viver dos parisienses. Para isso, multiplicavam as observações, as quais muitas vezes detectavam posturas contraditórias. De fato, segundo os americanos, os habitantes da capital se mostravam ao mesmo tempo sensuais e apaixonados por espiritualidade, audaciosos e encerrados numa rotina quase engessada, formados em um nobre racionalismo e arrastados pela paixão xenófoba, dotados de um vivo espírito crítico e incapazes de aplicá-lo a si mesmos, liberais e desejosos de enquadrar os recém-chegados em seus próprios critérios de vida, reivindicantes de uma cultura de alto nível e ávidos por prazeres materiais. Na verdade, essas oposições refletiam as incontáveis experiências às quais eram confrontados os americanos. Estes, alternadamente encantados, chocados, confirmados em seus *a priori*, desconcertados, reagiam de maneiras diversas conforme as circunstâncias nas quais se viam mergulhados. Assim, as opiniões dos escritores adotavam as ricas e variadas cores da vida parisiense.

Um gênero de vida atraente

Em 1922, Ernest Hemingway, correspondente em Paris do *Toronto Star*, escreveu no jornal que não conhecia país mais sedutor do que a França. Sob sua pena, assim como sob a de muitos de seus colegas, tal declaração de amor retornava sempre, com uma argumentação peremptória: a França, e particularmente sua capital, ofereciam uma arte de viver desconhecida no resto do mundo.

Na primeira parte do século XX, muitos intelectuais franceses, empolgados com a psicologia social, debruçaram-se sobre o conceito obscuro e polissêmico de identidade nacional e acreditaram ser possível definir a personalidade coletiva dos franceses.[1] Todos se referiam mais ou menos a uma célebre conferência na qual, em 1882, Ernest Renan se empenhara em caracterizar a ideia de nação: "É uma alma, um princípio espiritual [...], a posse em comum de um rico legado de lembranças, o consenso efetivo, o desejo de viverem juntos. A existência de uma nação é um plebiscito de todos os dias".[2]

Assim como seus colegas franceses, os escritores da Geração Perdida estavam manifestamente convencidos quanto à existência de uma identidade própria do país onde se haviam instalado e, a partir de suas experiências parisienses, extraíam um retrato de conjunto de seus anfitriões, retrato que não evitava certos clichês ou generalizações audaciosas. O tão agradável modo de existência que experimentavam em Paris vinha sobretudo, segundo eles, do clima liberal que os habitantes da capital faziam reinar: "Paris é sorridente, acolhe você sem distinção de raça, de crença ou de cor", anotava Henry Miller.[3] Cada um podia pensar, sentir, amar, criar à sua maneira, sem que uma ideologia ou que tradições exteriores viessem impor regras autoritárias. A ausência de constrangimentos supostamente proporcionava aos franceses um clima de incomparável descontração. O mesmo

Miller destacava esse traço: "Os franceses parecem usufruir do cotidiano tal como este se apresenta, deleitando-se com simplicidade e sem cerimônia, não pedindo nada além de estar juntos, de conversar uns com os outros, de beber bons vinhos, de comprazer-se com seu saboroso idioma".[4]

Edith Wharton confirmava as observações do colega mais novo: o francês "desfruta da vida e tem um senso extraordinariamente saudável e preciso daquilo que constitui a vida de verdade: aproveitar as boas coisas fugazes".[5] E todos enumeravam algumas dessas boas coisas fugazes: flanar, descer o Sena de *bateau-mouche*,* ir ao teatro, ler o jornal na *terrasse*** de um café, conversar, jogar cartas ou dominó, buscar constantemente o equilíbrio e a paz. Dos Passos, percorrendo o Jardin du Luxembourg, espantou-se ao ver senhores idosos, bem-vestidos e barbudos, tranquilamente jogando *croquet*. Sinclair Lewis observava casais respeitáveis frequentando com naturalidade os cafés parisienses, ao passo que os americanos "consideravam o *saloon* como o antro da abominação".[6] Em suma, o conjunto desses prazeres simples parecia representar tudo o que se opunha à civilização técnica, utilitária e moralizante da sociedade americana.

O fato de os franceses aproveitarem a vida, acrescentavam os americanos, não significava que esse povo hedonista fosse insensível à ciência e ao progresso modernos. Mas ele sabia onde se situava a prioridade, observava Gertrude Stein: "A razão pela qual vir morar na França nos pareceu natural é que a França tem métodos científicos, máquinas e eletricidade, mas não acredita

---

* Embarcação (literalmente, "barco-mosca") destinada a fazer passeios turísticos ao longo de vias fluviais, especialmente o rio Sena. O nome é marca registrada da empresa proprietária desses barcos. (N.T.)

** Não se trata exatamente de um terraço ou varanda, mas da calçada coberta, bem típica dos cafés, bares e restaurantes de Paris. (N.T.)

realmente que essas coisas tenham alguma relação com o verdadeiro fato de viver. A vida é tradição e natureza humana".⁷

Os escritores americanos zombavam de seus obtusos compatriotas que criticavam os franceses por perderem tempo consagrando-se longamente ao lazer e, particularmente, a refeições tão complicadas quanto intermináveis. Na verdade, esses escritores estavam convencidos de que a gastronomia francesa não era um mito. Henry Miller ficava fascinado pelos nomes rutilantes dos pratos que ele notava nos cardápios, enguias Pompadour ou *flamri de semoule*;* não conhecia a composição dessas iguarias, mas sentia-se extasiado pela magia das palavras. O jornalista Abbott Joseph Liebling talvez tenha sido o melhor especialista e o maior admirador da culinária francesa. Consagrou a maior parte de seu tempo à exploração dos restaurantes, aliás em detrimento de sua saúde, porque engordou demais e passou a sofrer de gota. Em contrapartida, mostrava-se expert em *civets*, chouriços, pernis de carneiro, aves, *tripes, pot-au-feu*.** Conhecia maravilhosamente os vinhos e a arte de combiná-los com os pratos. Assim, consagrou páginas eruditas aos *côte-rotie, corton-charlemagne* e outros *beaujolais*. Mostrava-se capaz de desenvolver doutas comparações entre *calvados* e conhaques. Podia dissertar sobre certos estabelecimentos que apreciava, especialmente o Maillabuau, situado à rue Sainte-Anne. Ali, não havia nenhum luxo nem refinamento na decoração; as toalhas eram até mesmo gastas e remendadas. O dono explicava que o dinheiro economizado graças a essa

---

* Flan de sêmola. (N.T.)
** Civets: guisado de caça, especialmente lebre, com vinho tinto, cebola e toucinho; no final, o caldo do cozimento é misturado com o sangue do animal. Tripes: espécie de dobradinha, mas que também inclui mocotó e temperos especiais. Pot-au-feu: cozido de carne de boi com legumes. O nome significa, literalmente, "panela no fogo". (N.T.)

sobriedade lhe permitia adquirir os melhores produtos e os vinhos mais finos: "Por isso, cobrava duas vezes mais caro do que os outros restaurantes parisienses".[8] Na primeira vez em que jantou nesse lugar, em 1926, Liebling degustou uma truta à maneira de Grenoble, acompanhada de um *muscadet*, e um frango à Henri IV combinado com um *chambertin*, inimitáveis. Mais tarde, regalou-se na mesma mesa com outras maravilhas, entre as quais filés de boi do Charolais, "tão notáveis que eu nunca mais comi um *steak* sem considerá-lo medíocre".[9]

Outros americanos, demonstrando gostos culinários mais simples, apreciavam o salame e o queijo, irrigados por um bom vinhozinho. Dos Passos ia até Sceau-Robinson, onde conhecia um pequeno estabelecimento que servia um peixe frito delicioso. Hemingway salivava quando descobria que, num de seus restaurantes favoritos, o prato do dia era *cassoulet*. Janet Flanner experimentava uma satisfação sensual ao pedir um simples prato de carne acompanhado de pão francês e um gole de vinho. Todos louvavam os franceses que possuíam vinícolas excepcionais e prestavam homenagem a essas bebidas divinas. William Carlos Williams observava, com bom humor, que "os franceses só se suicidam depois de esvaziarem a adega".[10] Edith Wharton, representante da elite da fortuna e do bom gosto, acrescentava, ao caráter estritamente alimentar, uma dimensão cultural. Para ela, se o jantar assumia na França uma importância quase sacramental, também implicava que fosse acompanhado por satisfações intelectuais: seleção dos convivas para equilibrar as opiniões e evitar os confrontos verbais, estratégias sutis para impedir um dos comensais de monopolizar a palavra, diversificação dos temas de conversa.

Os escritores não queriam dar a entender que o gênero de vida dos franceses repousava unicamente sobre ocupações plácidas e sedentárias: os franceses sabiam fazer festas e ofereciam, àqueles que assim desejassem, um verdadeiro furor de viver. Langston Hughes confidenciou: "Eu escrevi pouquíssimos poemas em Paris, porque me diverti bastante por lá".[11] Contentou-se com alguns versos que resumiam suas impressões: "*Montmartre / Numa garrafa de champanhe / Pigalle / Um rosa de neon*".[12] Quanto a Man Ray, este foi acolhido, no mesmo dia de sua chegada a Paris, pelo grupo dos surrealistas, Breton, Aragon, Éluard, Soupault, que o convidaram para acompanhá-los a uma festa em uma feira. O americano os viu divertir-se simplesmente, subir ao carrossel, entregar-se à brincadeira da pescaria misteriosa: "Eu os olhava, estarrecido pela alegria e pela descontração daquelas pessoas que, por outro lado, se levavam tão a sério e exerciam uma influência revolucionária sobre a arte e o pensamento de uma nova geração".[13]

Uma psicologia sedutora

A análise psicológica dos parisienses, apresentada pelos escritores americanos, aparecia como um longínquo prefácio à definição que o historiador Fernand Braudel dará mais tarde: "O resultado vivo daquilo que o interminável passado depositou pacientemente em camadas sucessivas [...]. Em suma, um resíduo, um amálgama, adições, misturas. Reconhecer-se em mil testes, crenças, discursos, álibis, vasto inconsciente sem margens, obscuras confluências, ideologias, mitos, fantasias".[14] De fato, para os americanos, a personalidade coletiva de seus anfitriões era apoiada no passado e na tradição, os quais, segundo eles, geravam maturidade, equilíbrio, tolerância, refinamento. Gertrude Stein afirmava peremptoriamente que "os franceses nunca abandonam de bom grado o passado. Na verdade, eles nunca o abandonam".[15]

Os parisienses eram vistos como desconfiados quanto aos entusiasmos instintivos, às aventuras sinônimos de riscos, às reformas cujos efeitos não tinham sido testados. Para certos escritores, o parisiense recuava espontaneamente diante das novidades, como um caracol cujas antenas se retraem ao contato de um obstáculo inusual. Contudo, não parecia definitivamente fechado à inovação: aceitava as novas técnicas e as ideias vindas de longe, mas somente após um cuidadoso exame crítico. Depois disso, integrava tão bem o objeto importado que este se tornava tipicamente parisiense. Por exemplo, comentavam os americanos, os confeiteiros da capital haviam acolhido e experimentado o croissant, vindo da Europa Central sob o Antigo Regime, e tinham feito dele um componente essencial do desjejum francês; o mesmo se dava com o *baba au rhum*, polonês na origem, e adotado sob o nome de *savarin*.

Considerava-se que um longo enraizamento no passado, matriz de uma civilização rica, complexa, solidamente cristalizada, havia conferido aos parisienses uma maturidade excepcional. Tudo neles revelava uma mentalidade adulta. Raros eram os indivíduos, mesmo os de origem humilde, que, segundo os americanos, não conseguiam expressar uma opinião sagaz. As francesas, embora não desfrutassem da igualdade civil, comportavam-se como adultas: "Comparadas às mulheres da França", assegurava Edith Wharton, "as americanas médias ainda estão no jardim de infância".[16] Eis por que, pensava Henry Miller, um ou uma parisiense comum não podia ser comparado ao seu equivalente estrangeiro: "Um *qualquer*, na França, não é um nada. É um ser humano como um outro, mas que tem atrás de si uma história, uma tradição, a vida de uma raça, muitas coisas que lhe dão um valor superior ao dos autoproclamados senhores *Alguém* dos outros países".[17]

Os americanos encontravam mais um ponto positivo na ancoragem dos parisienses numa história plurissecular. A experiência herdada do tempo passado parecia conferir sabedoria e equilíbrio aos habitantes da capital; em suma, garantia Scott Fitzgerald, inteligência. Ele acrescentava que os americanos mais dotados achavam natural viver num país contemplado por todos os dons do espírito. O senso de medida, atribuído aos franceses, era às vezes relacionado à geografia do país, ao papel exercido por um meio natural distante dos rigores climáticos do Norte, das brumas glaciais da Alemanha, da umidade britânica e do calor esmagador do Sul. Talvez, supunham os americanos, a harmonia das paisagens, a amenidade das temperaturas, a abertura às influências naturais e culturais vindas de fora tivessem contribuído para gratificar a Île-de-France com um espírito de justo equilíbrio. Edith Wharton, sem recuar diante das generalizações e dos clichês, afirmava que o ser humano podia tornar-se austero e grosseiro no Norte, preguiçoso e imprevidente no Sul, mas ponderado no centro da França. Miller, seduzido pela moderação de seus anfitriões, tão distanciados dos extremos, condenava por contraste aquilo que ele denominava "a histeria americana" e o pretenso dinamismo de sua pátria.[18] Os americanos destacavam diversos sinais do equilíbrio francês. Assim, os parisienses, que moravam numa cidade de arte, que viviam ao lado das maiores mentes da época e possuíam as mais prestigiosas instituições culturais, demonstravam ao mesmo tempo um temperamento alegre e rabelaisiano, apreciavam os prazeres materiais, falavam abertamente, mas com finura, das coisas do sexo. Outra prova de equilíbrio: os parisienses, habitantes de uma grande cidade moderna, muitas vezes eram de origem rural, visitavam seus parentes no interior e, quando aposentados, retiravam-se para sua aldeia natal, onde cultivavam amorosamente seu jardim.

Mais um sinal de equilíbrio: se os franceses, solidamente estabelecidos nas províncias e fiéis às suas tradições ancestrais, geralmente davam provas de moderação, os habitantes da capital se mostravam muito mais audaciosos, dispostos às experiências inéditas, benevolentes em relação aos artistas mais extravagantes que se encontravam nas margens do Sena. Acreditava-se que os parisienses, formados por um longo passado no qual tinham alternado os períodos de glória e os momentos de fracasso, as experiências de grandeza e as de declínio, haviam extraído de tudo isso um vivo espírito crítico. Assim, os americanos pensavam que os habitantes da capital analisavam geralmente com cuidado as ideias com as quais se comprometiam, e distinguiam também cuidadosamente entre a realidade e as aparências, a inteligência e a erudição trivial, a sinceridade política e a demagogia. Sua visão penetrante e seu espírito aguçado lhes conferiam um sólido senso da realidade. Sua lúcida análise da vivência coletiva "enobrece-os na derrota", avaliava Miller, "e torna-os imprevisíveis nas crises". Disso resultava que "a nação em seu conjunto até pode estar ferrada, mas o indivíduo, nunca".[19]

O espírito crítico, por implicar uma análise metódica de todas as coisas, revelava outro traço considerado fundamental pelos americanos: o racionalismo do caráter francês. Eis por que os estrangeiros davam tanto valor à liberdade intelectual e artística da qual desfrutavam em Paris. Eles consideravam que essa acolhida liberal não era fruto de uma moda, de uma empolgação superficial e passageira, mas o sinal de uma adesão profunda e de uma simpatia racionalmente ancorada. Assim, William Carlos Williams se dizia "em êxtase" diante dos parisienses, da tolerância e da cortesia destes: "Em nenhum outro lugar se encontravam essa reserva, esse respeito à liberdade do indivíduo, permitindo que criaturas como nós, americanos, bêbados, ruidosos, muitas vezes obscenos, vivêssemos na cidade deles".[20] O crítico de arte Anatole Jakovski louvava particularmente a acolhida reservada por Montmartre aos estrangeiros: "Bairro sem preconceitos, facilitava-lhes a existência na medida de suas possibilidades. Os proprietários e os hoteleiros eram pacientes, as padarias e as leiterias vendiam a crédito". Jakovski acrescentava que a palavra "meteco", sinal da xenofobia dos extremistas da Action Française, "jamais conseguiu transpor a barreira do restaurante La Closerie des Lilas".[21]

Os escritores americanos gratificavam os parisienses com outra qualidade preciosa: o refinamento. Este último, consideravam, encarnava-se num gosto seguro e natural, que inspirava todos os atos da vida privada e pública. Os parisienses mostravam um apego absoluto à forma e não admitiam fazer um gesto ou pronunciar uma palavra que não fossem impregnados de elegância. Isso explicava a beleza da cidade. Esse refinamento, asseguravam os admirativos visitantes, caracterizava particularmente a arte da conversação. Ezra Pound sublinhava a importância do "salão onde as pessoas conversam", que se perpetuava naturalmente no tempo.[22] Em tais condições, o debate lhe parecia refletir uma liberdade de tom única no mundo: "Os franceses não têm o ódio inglês às ideias, não têm o instinto inglês de alertá-los contra as possíveis dificuldades materiais que podem decorrer do funcionamento de uma determinada ideia, e, mesmo que uma ideia seja rotulada como perigosa, os franceses continuarão a discussão".[23]

As conversas não se limitavam aos salões onde se reunia uma sociedade seleta. Os escritores, que frequentavam a gente comum, comerciantes, guardas noturnos, modestos mensageiros, prostitutas, relatavam o teor dos intercâmbios interessantes, instrutivos, divertidos, que estabeleciam com seus interlocutores parisienses. A estes últimos, eram creditadas sucessivamente observações pertinentes, réplicas brilhantes, tiradas de humor, provas de um refinamento inato.

Os defeitos

Os americanos, por mais laudatórios que fossem, não perdiam o espírito crítico ante os parisienses, e volta e meia entravam em flagrante contradição com os elogios generosamente concedidos em outros momentos. Às vezes, bastava uma experiência infeliz para que o retrato se tornasse ácido. Em certos casos, as oscilações de humor não eram verdadeiramente fundamentadas. Era assim com Scott Fitzgerald, que sem dúvida reconhecia, se fosse o caso, algumas qualidades em seus anfitriões; porém, mais frequentemente, criticava-os ou sentia desconfiança em relação a eles. Na verdade, seu medíocre conhecimento da língua francesa o predispunha aos mal-entendidos, e sua frequente embriaguez perturbava seu discernimento, estimulava sua cólera ou sua incompreensão. Por conseguinte, ele questionava, às vezes violentamente, os *maîtres* e os garçons cujas informações não entendia bem, os comerciantes a quem considerava ladrões e até os médicos que lhe pareciam incompetentes.

Outros americanos, mais sóbrios e equilibrados, também emitiam críticas que mereciam exame e relativizavam os numerosos elogios formulados em ocasiões diversas. Certos recém-chegados a Paris acreditavam encontrar na capital uma prova do declínio da Europa ou da inadaptação desta ao mundo moderno. De fato, os parisienses eram descritos como incapazes de superar a desordem da sociedade na qual viviam. Pareciam indiferentes ao desconforto de suas moradias, exíguas e desprovidas de instalações que oferecessem um mínimo de comodidade. Por isso, como às vezes ignoravam os benefícios da água corrente e dos toaletes situados no interior dos apartamentos, eram considerados sujos. Muitos americanos se indignavam por terem geralmente de pagar para frequentar os sanitários públicos. No total, os parisienses pareciam enclausurados numa sombria rotina que denotava sua estreiteza de espírito. Um amigo americano de Henry Miller mostrava-se exasperado por sua amiga francesa que consertava pacientemente as camisas dele, pedia-lhe que fosse razoável e fizesse economia. Essa moral pequeno-burguesa lhe era totalmente estranha: "Não quero ser razoável nem lógico! Tenho horror a isso! Quero explodir tudo! Quero me divertir!". À tranquilidade estéril dos franceses, ele preferia o entusiasmo ianque: "Mais vale fazer bobagens do que não fazer nada".[24]

Outra queixa expressada com frequência: a frieza e a indiferença dos parisienses, preocupados unicamente com seus próprios assuntos. Para Dos Passos, "os franceses são as pessoas menos hospitaleiras do mundo";[25] "o povo mais egoísta da Terra", reiterava Miller, que, no entanto, muitas vezes revelava uma viva admiração por seus anfitriões;[26] "a gente mais pão-dura, mais sovina", especificava Langston Hughes.[27] Por essa razão, era inútil pedir uma ajuda material a pessoas tão avaras, ou ter esperança em um convite. Os americanos observavam frequentemente que o lar de uma família francesa constituía uma fortaleza cuja porta jamais se abria.

Esse fechamento, notavam eles, fazia-se acompanhar de uma hostilidade disfarçada, ou mesmo exposta às claras. Funcionários de hotel, garçons de restaurante e certos comerciantes eram acusados de manifestar um frio desdém ante esses clientes que se expressavam numa língua desconhecida. Para uma prostituta, assegurava Miller, o qual conhecia bem as pessoas dessa profissão, quem quer que falasse inglês era um "degenerado".[28] Não eram raros os insultos ferinos. O amante de Anaïs Nin, Gonzalo Moré, guatemalteco de pele acobreada, foi tratado de "pardo imundo" por um bêbado parisiense.[29] Numa atitude várias vezes relatada por americanos, os parisienses com motivos para se queixar de um estrangeiro se abrigavam atrás de sua identidade nacional para marcar a distância imensa que os separava dos de outra origem e expressar a estes últimos todo o seu desprezo. Por exemplo, a prostituta Ginette, de punho erguido para um ianque, bradava: "Você me paga, seu brutalhão! Você vai ver! Uma francesa honesta não admite ser tratada assim por um meteco".[30]

Os enfrentamentos se generalizavam quando a conjuntura política ou econômica opunha a França e os Estados Unidos. O auge foi atingido no verão de 1926, quando o franco despencou diante do dólar e da libra esterlina. Entre os dias 13 e 21 de julho, a verdinha passou de 40 a 50 francos, e a libra, de 196 a 243 francos. Os parisienses expressavam sua inquietação sob a forma de uma xenofobia voltada contra os estrangeiros portadores de divisas fortes. A maioria dos jornais publicados na capital fazia campanha contra os turistas, especialmente os 400 mil americanos contabilizados nos hotéis em 1926. O escritor Jean-José Frappa, que publicou, em novembro de 1926, um livro de título eloquente, *À Paris sous l'œil des métèques*, descreveu nestes termos a invasão: "Os navios e os trens derramavam sobre o desgraçado país uma multidão inumerável de metecos alegres, ruidosos, frequentemente insolentes e regateadores, que, fortalecidos por sua moeda hipertrofiada, assumiam ares de conquistadores, tratando cada francês como se este fosse um mendigo ou um ladrão".[31]

Gustave Téry, diretor do grande jornal radical *L'Œuvre*, achava que o dinheiro estrangeiro contribuía para a ruína da França: "Pouco importa que os americanos de vocês pareçam deixar entre nós 15 bilhões, se eles consomem ou levam consigo mercadorias que valem 50 bilhões, estimadas ao seu verdadeiro preço".³² William Carlos Williams conheceu um parisiense que "cobriu de injúrias esses americanos ricos que nadam em ouro e só vêm à França, país pobre, para tirar proveito do câmbio".³³ Os incidentes culminaram em julho de 1926, precisamente no momento em que a crise financeira se revelou a mais grave. Os cançonetistas compuseram então quadrinhas vingativas contra os americanos, os jornalistas publicaram artigos hostis, os transeuntes lançaram comentários acerbos e insultos aos visitantes, acusados de mostrar-se zombeteiros ou depreciativos em relação aos parisienses. Nos grandes bulevares, os ônibus de turistas foram vaiados por multidões estimadas em vários milhares de pessoas. William Carlos Williams, tendo pedido num restaurante uma garrafa de *meursault*, ouviu um cliente, instalado a uma mesa vizinha, exclamar: "Repugnante!". Williams detectou uma espécie de desprezo na face do parisiense, significando que o considerava um bárbaro por consumir, pagando pouco, um vinho excepcional, cuja qualidade ele não saberia apreciar.³⁴

Na verdade, a dimensão financeira parecia sempre presente, presente demais, nas relações com os parisienses. Segundo Thomas Wolfe, os americanos não francófonos não podiam ignorar as diversas maneiras de dizer: "Solte a grana".³⁵ A maioria dos escritores constatava que não era possível obter nada de um parisiense se não lhe fosse dada uma gorjeta importante. Hemingway, tendo retornado da Espanha, onde não soubera avaliar a opinião dos habitantes a seu respeito, tranquilizou-se ao reencontrar o solo francês, onde tudo repousava sobre claras bases financeiras. Ele ponderava, com ironia, que era muito mais fácil viver em condições desprovidas de ambiguidades: "Gastei um pouco de dinheiro e o garçom gostou de mim. Apreciou meu valor mercantil. Ele ficaria feliz por me rever".[36] Para Scott Fitzgerald, de volta a Paris após a derrocada de Wall Street em 1929, a crise tivera ao menos um efeito positivo: um americano podia entrar numa loja sem ser imediatamente considerado um milionário a quem convinha explorar. "Nós sofremos com a crise, como todo mundo, mas agora, precisamente, somos como todo mundo."[37]

4
A vida material dos americanos em Paris

A Paris do entreguerras proporcionava aos americanos uma vantagem apreciável: o elevado poder de compra graças à taxa de câmbio muito favorável, já que o franco era uma moeda fraca em relação ao dólar. Mas essa circunstância não repercutia de maneira igual sobre todas as categorias de residentes. Na verdade, os ricos dispunham de rendas tão significativas que pouco lhes importava a taxa de câmbio. Eles podiam instalar-se nas residências mais faustosas, ser servidos por uma numerosa criadagem, levar uma vida de luxo e de ócio, pontuada por festas brilhantes. Em contraposição, os americanos mais pobres eram muito sensíveis à escala dos preços praticados em Paris. Seus recursos se revelavam tão reduzidos que eles não podiam aproveitar todas as facilidades materiais oferecidas pela capital.

As condições econômicas

Aos fatores culturais que favoreciam a ida dos americanos para Paris acrescentava-se uma circunstância decisiva: o aspecto atraente dos preços franceses. Ernest Hemingway salientou várias vezes essa situação vantajosa para seus compatriotas: "Em Paris, naquela época, você podia viver muito bem por quase nada".[1] Numa carta privada, ele anotava mais diretamente: "A vida é baratíssima [...]. Viva a França".[2]

Na verdade, a França havia sido arruinada pela Grande Guerra. O conflito custara cerca de 200 bilhões de francos e fora financiado em 80% por empréstimos obtidos especialmente junto aos Estados Unidos. A inadimplência da Alemanha, que não pagou as indenizações relativas às destruições pelas quais fora declarada responsável, a exigência do governo americano, que não pretendia renunciar a nenhum dos seus créditos, a inquietação gerada pela eleição de uma maioria de esquerda em 1924: todos esses fatores agravaram a depreciação do franco. Este, entre 1914 e abril de 1920, perdera 70% de seu valor em relação ao dólar. A crise financeira se agravou ao longo dos anos seguintes e culminou em 1926. Assim, em 1928, Raymond Poincaré estabilizou a moeda nacional em um quinto de seu nível de antes da guerra. Após as desvalorizações promovidas pela Frente Popular, o franco ainda perdeu 75% de seu valor entre 1936 e 1939.

Nessas condições, John Glassco podia observar: "Nunca é exagero dizer que o câmbio é um dos elementos constitutivos do charme parisiense. Creio que nós apreciávamos a cidade tanto mais quanto podíamos comer e beber quase à vontade".[3] Em sua correspondência e em suas lembranças, os americanos recordam com uma espécie de deslumbramento tudo o que eles podiam se oferecer na capital. Em 1921, Hemingway escreveu a um amigo que pagava por uma refeição entre 12 e 14 francos, ou seja, 50 *cents* por pessoa. Em 1930, Henry Miller calculou que, com 40 dólares por semana, "você pode levar a vida na flauta": com isso, queria dizer que era lícito embriagar-se toda noite, comprar livros e objetos de arte "e tudo o que seu coraçãozinho desejar".[4] William Carlos Williams, cujas rendas eram as de um médico mediano que clinicava no subúrbio de Nova York, instalou-se, sem desequilibrar seu orçamento, em um grande hotel da *rive gauche*, o Lutetia. Querendo oferecer um ramo de acácia-mimosa à sua esposa, ficou tão espantado pela modicidade do preço que comprou todo o estoque da florista, até mesmo elevando a soma pedida: "Um casal que passava por ali me olhou com repulsa, deplorando a meia-voz a idiotice desses americanos que estragavam Paris".[5]

Uma minoria: os favorecidos pela fortuna

Uma pequena parte dos escritores americanos que viviam em Paris não se preocupava muito com as taxas de câmbio, tamanha era sua fortuna. Vários se alinhavam na categoria dos ricos herdeiros. Por exemplo, Edith Wharton, oriunda da alta sociedade nova-iorquina, passara uma infância luxuosa e despreocupada nos palácios de Paris, de Florença e das grandes cidades alemãs e espanholas. O pai de Natalie Barney havia reunido uma enorme fortuna graças à construção das ferrovias americanas. Harry Crosby, cuja família era vinculada aos banqueiros mais poderosos, como John Pierpont Morgan, magnata das finanças, fora criado em Boston numa mansão aristocrática, ornada de retratos de ancestrais e dotada de um salão de baile que podia acolher 150 pessoas. Outros, que não eram nascidos em famílias abastadas, haviam obtido conforto como resultado de seu trabalho. O melhor exemplo disso era Scott Fitzgerald, escritor reconhecido que, no momento em que chegou a Paris, no início dos anos 1920, ganhava perto de 30 mil dólares por ano graças aos direitos autorais, algo que representava 25 vezes mais do que a renda de um americano médio; ele recebia até 4 mil dólares pela publicação de uma simples novela. Anaïs Nin era mantida pelo marido rico, Hugh Guiler, vice-presidente da sucursal parisiense do First National Bank. Por último, um número bem pequeno de intelectuais devia sua riqueza a circunstâncias fortuitas. Esse era o caso de Robert McAlmon, que havia desposado uma jovem inglesa que escrevia sob o pseudônimo de Bryher. Na verdade, ela era filha de sir John Ellerman, riquíssimo homem de negócios e proprietário de uma companhia de transatlânticos. Bryher desejava esconder dos parentes que ela era lésbica e vivia com a escritora Hilda Doolittle: seu casamento de fachada com McAlmon destinava-se a manter as aparências; o marido foi indenizado desse subterfúgio por uma renda considerável que a família da cônjuge lhe pagou.

Os ricos americanos, livres das restrições materiais, levavam uma vida luxuosa. A maioria deles vivia nos opulentos *arrondissements*: 16º, 17º, 8º, às vezes no 6º e no 7º, na *rive gauche*. Alguns residentes abastados passavam longas temporadas em palácios como os hotéis Ritz, na Place Vendôme, o Crillon, na Place de la Concorde, ou o Plaza Athénée, na avenida Montaigne. Contudo, os que previam ficar muito tempo na capital preferiam montar suas próprias casas, nos mesmos bairros. Anaïs Nin, em visita ao pai, que morava numa rua de Passy, observava a calma reinante naquele lugar onde não se viam nem *clochards* nem crianças brincando ao ar livre; a única animação era oferecida pelos criados que poliam as maçanetas, pelos motoristas à espera dos patrões, ao volante de suntuosos automóveis, pelos "leões de pedra observando mulheres de casaco de pele darem beijos em cachorrinhos".[6] Edith Wharton dividia seu tempo entre três residências: um vasto apartamento à rue de Varennes, 58, o Pavillon Colombe, em Saint-Brice-sous-Forêt, e o Castel Sainte-Claire, em Hyères. Os Crosby, além de sua casa de campo – o Moulin du Soleil, perto de Ermenonville, onde pairavam as sombras de antigos ocupantes: Cagliostro e Jean-Jacques Rousseau –, viviam em Paris num vasto palacete de três andares, construído no século XVIII, ornado de lambris e colunas de arenito, com uma biblioteca que ocupava todo o terceiro piso. A imensidão do imóvel permitia isolar bem longe e confiar a babás os dois filhos, nascidos de um primeiro casamento de Caresse Crosby, porque o novo marido desta, Harry, não queria ser incomodado pelos gritos e brincadeiras ou mesmo pelas demonstrações de afeto dos pré-adolescentes.

Os escritores descreviam o interior de seus belos domicílios: altas janelas, frequentemente guarnecidas de vitrais, pisos luzidios, móveis antigos, sofás pousados sobre tapetes orientais, luzes difusas, livros preciosos. Anaïs Nin se instalou em 1930 numa velha residência de Louveciennes, coberta de hera e líquen. Para Henry Miller e seu amigo Alfred Perlès, frequentemente convidados pela dona da casa, essa propriedade evocava a moradia de sonho descrita em *O bosque das ilusões perdidas*, de Alain Fournier, e sua atmosfera feérica. Anaïs servia o café em seu escritório, cuja refinada decoração espanhola encantava os visitantes: "As paredes eram forradas de painéis de mogno, as janelas guarnecidas de vidro colorido, como em Granada; divãs baixos, cobertos de almofadas de seda, lanternas mouriscas, mesas incrustadas com mosaicos de pedra e vidro completavam o cenário. O café turco e os licores espanhóis agridoces eram servidos em bandejas de cobre folheado. Em um cantinho escuro, queimava-se incenso".[7]

A amplitude das residências e o padrão de vida exigido pelos americanos endinheirados implicavam a presença de uma importante criadagem. Edith Wharton, que vivia sozinha, empregava uma secretária, Anna Bahlmann, seu braço direito, a serviço dela desde a infância; um afetado mordomo inglês, chamado White; uma camareira; o motorista Cook, importantíssimo para Edith, que vivia em trânsito entre suas casas e era apaixonada por viagens. Em torno desse núcleo central, gravitavam jardineiros, cozinheiras, lavadeiras, cuidadores de cães... A solteira Natalie Barney, instalada em sua bela moradia à rue Jacob, 20, foi servida durante 45 anos pela insubstituível Berthe Cleyrergue, cujas funções ela definiu numa dedicatória de 1929: "Minha bibliotecária, gerente, telefonista, enfermeira, faz-tudo, cozinheira, camareira e braço direito, companheira de meus invernos e de todos os aborrecimentos que ela me ajuda a resolver".[8] Berthe era auxiliada por uma camareira, por dois indochineses alternadamente cozinheiros e mordomos, e por um motorista.

As belas habitações serviam de cenário a brilhantes recepções. Algumas destas eram de um caráter muito mundano e até pedante. Era esse o caso na residência de Edith Wharton, que respeitava estritamente o protocolo estabelecendo distribuições bastante precisas de lugares à mesa, para não ferir as suscetibilidades dos cardeais, embaixadores, acadêmicos e outras personalidades que ela convidava. Entre os *habitués* que se encontravam em sua casa figuravam escritores, muitos dos quais eram membros da Academia Francesa, a exemplo de Paul Bourget, Henri de Régnier ou Abel Bonnard, os embaixadores Jules Cambon e Maurice Paléologue, figuras do Faubourg Saint-Germain como a condessa de Fitz-James, que animava um salão famoso, jovens esperanças das letras cuja figura de proa era Jean Cocteau, o influente político André Tardieu... Por contraste, outras recepções se revelavam muito mais descontraídas, inclusive a ponto de às vezes derivarem para verdadeiras orgias que duravam vários dias: os convidados dormiam no local ou voltavam para suas casas, substituídos por recém-chegados. Entre os mecenas menos formalistas encontravam-se Robert

McAlmon e sobretudo o casal Harry e Caresse Crosby, em cuja residência flanqueavam-se André Gide, Pierre Drieu La Rochelle, aristocratas desejosos de se adequar aos costumes modernos, personalidades do espetáculo, manequins e aventureiros que se faziam notar naquele momento. Durante os anos 1920, desenvolveu-se a moda das *péniches* nas quais os ricos estrangeiros viviam ou organizavam festas. Anaïs Nin alugou sucessivamente duas dessas embarcações para abrigar alguns de seus amores adulterinos. Os Crosby, assim como Scott Fitzgerald e sua mulher Zelda, receberam amigos em *péniches* alugadas para eventos festivos. A noite mais memorável desse tipo foi proporcionada por Gerald e Sara Murphy. Esse casal riquíssimo – o marido recebia a renda de uma cadeia de grandes lojas americanas, e a esposa era herdeira de um opulento homem de negócios de Cincinnati – se instalara em Paris em 1921, no Quai des Grands-Augustins, 23, a fim de desfrutar na capital francesa de uma liberdade que seu país e suas famílias lhes recusavam. Gerald pintava interessantes quadros de inspiração cubista e prefigurativos da *pop art*. O casal foi considerado como um dos mais brilhantes representantes da Geração Perdida. Ambos, adeptos da arte moderna, quiseram celebrar a estreia do balé *Les Noces*, composto por Igor Stravinski e criado em 13 de junho de 1923 pelos Ballets Russes. No domingo seguinte, os Murphy convidaram, para uma *péniche* atracada perto da Câmara dos Deputados, os músicos e os bailarinos, além de Serguei Diaghilev, diretor da companhia, Stravinski, Pablo Picasso, Fernand Léger, Tristan Tzara e diversos outros amigos. A qualidade da recepção, da decoração, das iguarias servidas, das atrações, revelou-se tão excepcional que essa festa entrou para os anais. Jean Cocteau dirá mais tarde que a noite comemorativa de *Les Noces* era a mais bela que ele vivera desde sua primeira comunhão!

A fortuna dos americanos mais favorecidos permitia-lhes oferecer a si mesmos o que desejassem. A caderneta de endereços parisienses de Zelda Fitzgerald que foi conservada inclui numerosíssimos nomes de lojas prestigiosas nos domínios da alta costura, das peles, da lingerie, dos chapéus, dos sapatos, dos perfumes, sem esquecer as agências fornecedoras de pessoal doméstico. Na entrada de seu apartamento, os Fitzgerald deixavam uma bandeja guarnecida de dinheiro na qual os entregadores podiam pegar a gorjeta que acreditavam merecer. Anaïs Nin, nos dias em que se sentia de mau humor, ia visitar os antiquários da rue des Saints-Pères e as butiques de moda da rue Saint-Honoré. Certas despesas se mantinham no domínio cultural. Por exemplo, Robert McAlmon, graças à substancial dotação proporcionada por seu sogro, criou uma importante editora para publicar suas próprias obras e as de seus amigos, sem precisar se preocupar muito com o balanço comercial da empresa. McAlmon se mostrava igualmente generoso com os escritores menos prósperos do que ele. Tendo-se tornado próximo do irlandês James Joyce, de quem era admirador, dava mensalmente a este último uma soma, qualificada de "crédito", que chegava a 150 dólares. Joyce, que vivia de diversos empréstimos, jamais reembolsados, apelidou seu mecenas de "Mac Alimony", o que significava "minha pensão alimentícia".

Uma maioria em dificuldades materiais

Parafraseando o título em francês de um célebre romance de Edith Wharton,[9] nem todos os escritores da Geração Perdida pertenciam aos *"heureux du monde"*, longe disso. A maioria deles levava uma vida precária, alojava-se nos bairros populares, nem sempre comia o suficiente para matar a fome, frequentava os ambientes mais boêmios. Segundo o testemunho de Alfred Perlès, os amigos de Miller eram "pseudo-escritores, pseudopoetas, perturbados, neurastênicos e birutas de todas as espécies, beberrões e outros farrapos humanos".[10] Ezra Pound estabelecia um vínculo entre a criação e a pobreza, pois achava que esta última estimulava a inspiração: "Para que as artes existam, precisa-se de águas-furtadas a preço baixo e de um pão de cada dia barato".[11] Se tal fosse o caso, Paris respondia a essas exigências, mas também oferecia "bicos" que garantiam um mínimo de recursos.

As lembranças dos escritores desprovidos de renda regular desfiam longas listas de empregos mal remunerados que eles exerceram: lavadores de pratos em restaurantes, mascates, homens-sanduíche, cúmplices de charlatães que apregoavam produtos miraculosos, *ghost writers* de autores sem inspiração... O afro-americano Langston Hughes foi inicialmente leão de chácara numa boate da rue Fontaine, lavador de pratos e em seguida copeiro no cabaré Le Grand-Duc. Claude McKay foi contratado como camareiro, servente de pedreiro numa obra, modelo num ateliê de pintura mal aquecido, onde, posando nu em pleno inverno, contraiu uma pneumonia; um amigo nova-iorquino de passagem, tendo-o descoberto tiritando numa hospedaria de péssima qualidade, alertou todas as suas relações, que juntaram uma soma para que ele se cuidasse. Harold Stearns vendia "barbadas" nos hipódromos. A poeta Mina Loy confeccionava curiosos abajures parecidos com seus chapéus. Henry Miller, no início de sua temporada parisiense, varreu carpetes imundos e lavou louça em pequenos restaurantes; o bombástico título de "redator de publicidade" para um bordel significava que ele redigia pequenos anúncios; e quando se tornou "diretor financeiro adjunto" da edição parisiense do *Chicago Tribune*, na verdade exerceu a simples função de revisor de provas.

Já que as rendas proporcionadas pelos pequenos ofícios não bastavam, os americanos também viviam de empréstimos e de expedientes diversos. Nesse domínio, Henry Miller, chegado a Paris em março de 1930, revelava-se um modelo de organização. Sem dúvida, admitia alguns sacrifícios em matéria de roupas e de alojamento, mas queria comer mais ou menos corretamente, ir ao cinema e aos cafés, frequentar prostitutas. Então pedia subsídios à sua mulher, June, assim como aos seus velhos amigos, Joe O'Regan e sobretudo Emil Schnellock, que haviam permanecido em Nova York. Miller agradecia a Emil por meio de cartas nas quais relatava suas experiências e impressões parisienses. Ele complementava seus recursos graças às diversas relações que sabia estabelecer. Seus compatriotas de Paris, Michael Fraenkel, Walter Lowenfels, Richard Osborn, garantiam-lhe, segundo o caso, um "empréstimo" em dinheiro, a refeição e o leito: "Lowenfels, o poeta, possui uma pequena cama de campanha na cozinha, mas há também camundongos e as roupas úmidas do bebê".[12] Miller havia criado um engenhoso procedimento: depois de selecionar entre seus conhecidos os catorze lares mais confortáveis e mais satisfatórios em matéria de alimentação, estabeleceu uma rotação segundo a qual comparecia alternadamente a um ou a outro. Agradecia aos hospedeiros com o charme de sua conversa, com a ajuda em tirar a mesa, lavar a louça ou levar as crianças da casa para passear. Sua situação melhorou quando Alfred Perlès lhe arranjou um emprego de revisor de provas no *Chicago Tribune*, com um salário mensal de 45 dólares. Os dois homens puderam então dividir o aluguel de uma moradia medíocre no bairro operário de Clichy. A grande sorte de Miller foi seu encontro com Anaïs Nin, no final de 1931. A jovem foi seduzida não pelo físico daquele aprendiz de escritor, baixinho, míope, careca, que se expressava com um sotaque do Brooklyn demasiado vulgar para a refinada Anaïs. O que pesou foi o encontro intelectual desses dois seres em busca de algo, a similaridade de suas concepções artísticas, sem esquecer certos talentos de Henry, que se tornou amante de sua anfitriã. Esta o convidava regularmente à sua casa em Louveciennes, fornecendo-lhe as passagens de trem necessárias ao deslocamento, servindo-lhe refeições que ela mesma qualificava de "suntuosas", oferecendo-lhe uma máquina de escrever, arranjando-lhe um alojamento confortável, perto do parque Montsouris, à rue Villa Seurat, 18, área de artistas onde também moravam Dalí, Gromaire, Soutine, Chana Orloff... Anaïs Nin havia dito de seu protegido, que ela iria sustentar praticamente até a guerra: "Eu gostaria de lhe proporcionar um lar, uma renda, a segurança para que possa trabalhar".[13]

Nem todos os escritores pobres tinham, como Miller, a sorte de encontrar uma amiga generosa que os instalasse num apartamento de qualidade. Por isso, passavam longas temporadas em hoteizinhos extremamente modestos. Janet Flanner e sua amiga Solita Solano, hospedadas no Napoléon Bonaparte, à rue Bonaparte, 36, pagavam pelo quarto, cada uma, um dólar por dia. Também nesse aspecto, Henry Miller se revela um bom guia, através da evocação dos primeiros locais mobiliados que ocupou. Ele multiplica os detalhes sobre as manchas na forração das paredes, a ausência de carpetes, o cheiro de mofo, as escadas íngremes para chegar a uma água-furtada com uma pequena lucarna sobre um beiral inclinado. Também descreve o frio, o barulho que subia da rua, a banheira coletiva, situada no patamar, utilizável à razão de cinco francos por vez. Miller apreciava relativamente a colheita de experiências que um tal alojamento lhe oferecia: "Gosto bastante do tráfego, dos odores, do suor, da sujeira, ao menos durante um certo tempo".[14] Os outros americanos confirmavam essas impressões. Man

Ray, por exemplo, foi acolhido em seu hotel "por um forte odor de urina e de desinfetante".[15] Langston Hughes dormiu sucessivamente num quarto lastimável à rue des Trois-Frères, em Montmartre, e num minúsculo reduto onde só cabia um leito, que ele dividia com uma bailarina russa desempregada. Em geral, aqueles que alugavam um apartamento não recebiam propriamente o melhor quinhão. Hemingway, por ocasião de sua primeira estada em Paris, instalou-se de início num hotel, à rue Jacob, e em seguida, de janeiro de 1922 a agosto de 1923, num apartamento à rue du Cardinal-Lemoine, 74: dois cômodos, uma cozinha exígua, sem água quente e tampouco banheiro e sanitários exclusivos. Ele detalha: "As velhas casas comportavam, perto da escada, uma privada turca por patamar, dotada nas laterais do buraco de cimento em forma de sola de sapato, para impedir que algum locatário escorregasse; bombas esvaziavam as fossas durante a noite, em carros-tanque puxados por cavalos. No verão, quando todas as janelas ficavam abertas, escutávamos o barulho das bombas, e um violento odor se espalhava".[16]

Os utensílios eram rudimentares. No alojamento de Miller, em Clichy, Anaïs Nin enumerou "algumas panelas, pratos desencontrados, adquiridos de segunda mão, velhas camisas que serviam de esfregão".[17] O ocupante do local completava: "Os móveis se acabavam em pedaços, os ladrilhos estavam quebrados, o colchonete rasgado e sujo; não havia água corrente".[18] Ezra Pound, instalado à rue Notre-Dame-des-Champs, 70 bis, preparava as refeições num *réchaud* a álcool e confeccionou ele mesmo a maior parte dos móveis, usando caixotes de embalagem e tábuas de pinheiro.

Os americanos, quer fossem ricos ou pobres, consideravam que sua instalação em Paris os transformara, oferecendo-lhes uma extraordinária mudança de ares cultural. Mas a confrontação com o ambiente francês revelava-se mais fácil para os primeiros do que para os segundos. De novo, é Henry Miller quem esclarece as apostas e o sentido da mutação para um intelectual submetido a rudes provações cotidianas. O escritor sempre repetiu que Paris lhe permitira tornar-se ele mesmo e encontrar seu caminho, graças aos seus dois primeiros anos de miséria. Mas esse período lhe parecia suficiente; ele confidenciou ao seu amigo Emil: "Estou cansado de colecionar experiências. Gostaria de viver aqui para sempre – mas não como um *clochard*. Esses dois anos de perambulação me custaram muito. Também me foram proveitosos, mas agora preciso de tranquilidade, de alguma segurança para trabalhar".[19]

5
A sociabilidade do exílio e seus limites

Os escritores americanos que atravessavam o Atlântico buscavam contatos de todo tipo. Por isso, consagravam grande parte do seu tempo à vida social, com os compatriotas ou com os franceses. Amizades espontâneas nasciam da simpatia inspirada por certas personalidades e da convergência dos centros de interesse intelectual. Os encontros ocorriam em locais públicos, cafés, bares, cabarés, livrarias, e em círculos privados, os salões animados por anfitriãs que brilhavam em registros diversos. Contudo, as relações entre os artistas podiam resultar em conflitos alimentados por decepções, rivalidades, divergências de julgamento ou de gosto.

Os encontros

"Em Paris, tínhamos certeza de encontrar todos os que desejávamos ver", afirmava William Carlos Williams.[1] Essa era uma das razões que atraíam para a capital muitos jovens escritores em início de carreira, escritores que eram, como revelava Henry Miller num autorretrato, "entusiásticos, receptivos como uma esponja, interessados em tudo".² Literatos, mas também artistas plásticos e músicos conviviam na capital e geralmente se mostravam ávidos por contatos. As relações se estabeleciam de várias maneiras. Raramente acontecia que os americanos já se conhecessem antes de chegarem a Paris. Esse, porém, era o caso de Robert McAlmon e William Carlos Williams, ligados, desde sua juventude nova-iorquina, por uma sólida amizade que mantiveram até o fim de seus dias. Quando Williams se instalou em Paris, McAlmon, que o precedera, organizou em homenagem a ele um grande jantar no restaurante Trianon, para o qual foram convidados, entre outros, os americanos Harold Loeb, Man Ray, Sylvia Beach, o irlandês James Joyce, os franceses Louis Aragon e Marcel Duchamp.

Na maioria das vezes, era fora de qualquer contexto preexistente que entre os escritores nasciam simpatias que podiam transformar-se em amizades. Assim, Ernest Hemingway e John Dos Passos, os quais, em 1918, tinham-se deparado superficialmente na cidade de Schio, no Vêneto, reaproximaram-se de maneira natural. Adquiriram o hábito de encontrar-se na Closerie des Lilas, no bulevar de Montparnasse. Ali, falavam de literatura e confrontavam suas avaliações sobre o Antigo Testamento, que ambos haviam começado a ler no início dos anos 1920. Depois, Hem, como o chamavam os íntimos, arrastava Dos Passos ao Vélodrome d'Hiver. A amizade podia nascer do encontro de duas personalidades que, *a priori*, não pareciam destinadas a combinar entre si. Em janeiro de 1922, o jovem Hemingway, ainda desconhecido, exceto pelos leitores dos jornais publicados em Kansas City e em Toronto, apresentou-se na livraria Shakespeare and Company, mantida por Sylvia Beach. Entre o jovem ambicioso, viril, desportista, a livreira lésbica e sua companheira, a cultíssima Adrienne Monnier, teceram-se vínculos indestrutíveis, tanto ao longo de suas conversas como por ocasião das corridas de ciclismo e das lutas de boxe em Ménilmontant, para as quais Hem convidava suas duas amigas. Robert McAlmon, conhecido como Bob, transmitia um charme ao qual muitos escritores franceses e americanos se mostravam sensíveis. Sylvia Beach, em cuja livraria Bob havia estabelecido seu quartel-general, era muito próxima dele e o descreveu bem: os olhos azuis, a maneira de falar, a generosidade, a acuidade intelectual lhe conferiam um singular poder de sedução. Ele se tornara o líder de um grupo de escritores apelidado de "o bando": "Bastava que ele honrasse com sua assiduidade qualquer bar ou café para que logo aparecesse ali todo aquele bando. Se ele passasse a frequentar habitualmente outro lugar, todos o seguiam".[3] Rico, graças ao seu casamento de conveniência com Bryher, editor perspicaz que foi o primeiro a publicar Hemingway, escritor dotado, McAlmon atuava mais pelos amigos do que por seu próprio sucesso.

Se é possível falar de charme a respeito de McAlmon, magnetismo talvez seja o termo adequado para qualificar o casal Sara e Gerald Murphy. Dos Passos afirma que, quando jovem, afetava desprezar as vãs riquezas do mundo, ao mesmo tempo reconhecendo que Gerald e Sara gastavam sua considerável fortuna com elegância, profusão e inteligência. E acrescenta: "Os Murphy eram ricos. Eram bonitos. Vestiam-se com capricho. Conheciam as artes. Tinham o dom das recepções. Tinham filhos adoráveis. Eles haviam atingido o grau superior da escala humana".[4]

Dividindo seu tempo entre Paris e Cap d'Antibes, onde haviam reformado a suntuosa *villa* America, os Murphy estudavam balé e pintura com Natalia Gontcharova, cenógrafa dos Ballets Russes e professora de artes plásticas. Apaixonavam-se pela criação moderna em todas as áreas. Gerald pintava quadros muito apreciados, que foram expostos nos salões e na galeria Georges Bernheim. Ele gostava de representar, num estilo inspirado nas histórias em quadrinhos, máquinas, objetos da vida moderna, barbeadores, canetas, caixas de fósforos, detalhes como chaminés ou escotilhas de embarcações. Desenhou cenários para os Ballets Russes de Diaghilev. Em 1923, imaginou o argumento de um balé, *Within the Quota*, e criou os respectivos cenários; essa obra, musicada por Cole Porter e dançada pelos Ballets Suédois, obteve grande sucesso no Théâtre des Champs-Élysées. Os Murphy organizavam festas muito concorridas, como a famosa recepção dada numa *péniche* após a estreia de *Les Noces* de Stravinski. Sua cultura, seu senso de acolhimento, a radiação calorosa que emanava do casal atraía todas as simpatias. Eles se situavam no centro de uma rede de amizades que ultrapassavam o estágio do simples mundanismo para atingir o de uma adesão profunda ao seu ser e à sua maneira de viver.

    A ajuda mútua se revelava muito frequente entre os jovens escritores da Geração Perdida e consolidava as amizades. Nesse particular, Ezra Pound alcançava o cume: "O escritor mais generoso que conheci, e o mais desinteressado [...]. Ele se preocupava com todo mundo", recorda Hemingway.[5] Pound, segundo a opinião geral, consagrava um quinto de seu tempo à escrita; nos outros quatro quintos ajudava os amigos, emprestava-lhes dinheiro, fazia publicar os textos deles, organizava os concertos dos músicos, redigia artigos favoráveis aos seus protegidos, cuidava deles, se necessário, e até apresentava-os a mulheres ricas. Foi Ezra Pound que, por ocasião de uma *soirée*, em 11 de julho de 1920, promoveu o encontro entre James Joyce, a cujos interesses se devotava, e Sylvia Beach. Esta última não possuía fortuna, mas foi ela que, ao preço de enormes dificuldades, editou o *Ulisses* de Joyce.

Entre os escritores que assumiam o papel de benfeitores de seus confrades, convém ressaltar a importância de Anaïs Nin. Quando acreditava haver reconhecido talento num intelectual, ela se transformava em conselheira e se colocava inteiramente a serviço do interessado, com o qual, geralmente, estabelecia também uma relação sentimental. Em sua lista de conquistas se encontram, entre outros, Antonin Artaud, o psicanalista Otto Rank e sobretudo Henry Miller. Embora este último e ela mesma pertencessem a meios sociais e culturais muito diferentes, Anaïs consagrou toda a sua energia, seu tempo e seu dinheiro a torná-lo conhecido e a ajudá-lo a publicar *Trópico de Câncer*.

Às vezes as relações se estabeleciam com base em afinidades outras que não as intelectuais. Por exemplo, os consumidores de álcool se encontravam em bares, frequentemente em companhia de Scott Fitzgerald, Robert McAlmon, Harry Crosby, Harold Stearns. Este último, tendo seguido para Paris depois que sua mulher morreu no parto, ganhava a vida como jornalista e se tornara especialista em corridas hípicas. O desespero que ele encarnava, sua frequente falta de dinheiro, seus excessos na bebida, sua vida feita de artimanhas o transformou mais ou menos em símbolo dos jovens da Geração Perdida.

Outra afinidade: a cor da pele. Os afro-americanos como Langston Hughes, Countee Cullen, Claude McKay, Jean Toomer, Alain Locke, Gwendolyn Bennett, Jessie Fauset, que compartilhavam a mesma luta pela emancipação dos negros, encontravam-se assiduamente ou frequentavam franceses oriundos do império colonial. Próximo deles era o príncipe Kojo Tovalou-Houenou, nascido numa grande família do Daomé, médico e advogado, fundador da Liga Universal pela Defesa da Raça Negra, muito inserido na Paris mundana dos anos 1920 e crítico da colonização. Os americanos também procuravam a martinicana Paulette Nardal, primeira antilhana a estudar na Sorbonne. Com suas irmãs, ela trabalhava pelo despertar de uma consciência negra; em seu salão, os americanos encontravam os bardos da negritude: Léopold Senghor, Aimé Césaire, Léon-Gontran Damas. O interlocutor mais procurado pelos americanos era o martinicano René Maran. Este, como vimos, desfrutava de grande prestígio, pois foi o primeiro negro a obter o prêmio Goncourt, em 1921, por seu romance *Batoula*, rapidamente traduzido para o inglês. Maran exercia um importante papel de intermediário entre os escritores negros francófonos e os afro-americanos; publicava as obras deles em várias revistas, especialmente a *Revue du Monde Noir*, que fundara com Paulette Nardal; também redigia críticas que popularizavam as ideias emancipadoras de seus amigos.

Certos americanos não queriam se fechar no círculo estreito dos compatriotas e desejavam estabelecer contatos com os franceses. William Carlos Williams, guiado por seu amigo McAlmon, conheceu muitos escritores e artistas plásticos, tais como Aragon, Soupault, Cocteau, Léger e Duchamp. Henry Miller também desejava relacionar-se com intelectuais franceses, os primeiros dos quais foram Blaise Cendrars e Raymond Queneau. Mas, paralelamente, convivia também com pessoas comuns, operários, pequenos comerciantes, prostitutas. O conhecimento da língua francesa, é lógico, facilitava os contatos com os parisienses e acelerava a integração no país de acolhida. Assim, Mary Jayne Gold, que frequentava essencialmente os locais, sentia-se em casa na capital. Ela observa: "Eu tinha vivido na França durante oito anos e me sentia fazendo parte desse país [...]. Se os franceses não viam inconvenientes em que eu ficasse, eu também não via".[6] Em 1939, ela decidiu permanecer no país de adoção, e em seguida, instalada em Marselha, participou da rede Varian Fry, que organizava a partida clandestina de intelectuais e artistas que fugiam dos nazistas. Em contraposição, Scott Fitzgerald, isolado por seu desconhecimento dos franceses e da língua destes, manteve-se desconfiado em relação ao país onde vivia, e até hostil em certos casos. Hemingway especifica: "Scott detestava os franceses, e como os únicos franceses que encontrava regularmente eram garçons que ele não compreendia, motoristas de táxi, mecânicos e proprietários, tinha inúmeras razões para falar muito mal deles e desancá-los". O autor de *Paris é uma festa* relativiza um pouco sua afirmação, acrescentando, com uma pontinha de perfídia: "Ele detestava os italianos ainda mais do que detestava os franceses e não conseguia falar deles com serenidade, mesmo quando não estava bêbado".[7]

Os locais de intercâmbio

Os americanos não deixavam que o acaso presidisse totalmente aos seus encontros. Frequentavam locais específicos de socialização, públicos ou privados, cafés, cabarés, bares de todo tipo, salões mais ou menos abertos, livrarias onde viam seus compatriotas, assim como artistas franceses. Os mais abastados recebiam com frequência em seus domicílios. Em contraposição, os outros gostavam de marcar seus compromissos nos cafés, ou então esperavam avistar nesses lugares algum rosto conhecido. Uns apresentavam os amigos aos outros e, desse modo, os círculos aumentavam sem parar. O preço das consumações era muito acessível; os clientes podiam solicitar um simples café, demorar-se à vontade e até pedir papel para escrever. Os horários de abertura eram muito amplos: desde a manhã bem cedo até 23 horas, em geral. Assim, os escritores se instalavam longamente em seus estabelecimentos favoritos, como confessa Peggy Guggenheim: "Passávamos nossas noites nos cafés de Montparnasse. Se eu somasse as horas gastas no Le Dôme, La Coupole, Le Select, Les Deux Magots, em Saint--Germain, ou ainda no Le Bœuf sur le Toit, obteria um total de muitos anos".[8]

Os estabelecimentos de Montparnasse atraíam particularmente os americanos, que os citavam com frequência em seus escritos, lembranças ou obras de ficção. O Select, por exemplo, primeiro café parisiense a permanecer aberto a noite inteira, aparece como um local recorrente de encontro em *O sol também se levanta*, de Hemingway, e em *Dodsworth*, de Sinclair Lewis. O mesmo se dá com Le Dôme, La Rotonde, La Coupole. Anatole Jakovski observa maliciosamente: "Fazer uma carreira nas letras ou nas artes consistia sobretudo no fato de empilhar as fichas de consumação nos três principais cafés de Montparnasse".[9] Até o início dos anos 1920, esses estabelecimentos haviam permanecido como modestos bistrôs de bairro, frequentados principalmente por operários. O afluxo da clientela americana aumentou o volume de negócios, e isso permitiu que os proprietários modernizassem a decoração de suas casas. A boate Jockey Club, aberta em 1923 na esquina do bulevar de Montparnasse com a rue Campagne-Première, oferecia uma ambientação de faroeste, com pinturas de caubóis e de índios enfeitando as paredes. A Jungle, no bulevar de Montparnasse, 127, exibia um toque ao mesmo tempo americano e africano graças às pinturas murais feitas por um especialista no gênero, o músico e artista plástico Hilaire Hiler, que trabalhou em muitos outros estabelecimentos parisienses. O Dingo, à rue Delambre, muito apreciado pelo casal Fitzgerald, servia pratos tipicamente americanos e se beneficiava da presença do barman Jimmy Charters, ex-boxeador irlandês, afável, confidente e até amigo de seus clientes. Se os Fitzgerald iam com frequência ao Dingo, Hemingway preferia jantar no Nègre de Toulouse, no bulevar de

Montparnasse, 157, e tomar um trago em La Closerie des Lilas, da qual adorava a calma e o charme, sobretudo na primavera, quando se instalava na *terrasse* sombreada.

Os americanos dirigiam seus passos também a outros bairros além de Montparnasse. No Pigalle, frequentavam os cabarés cosmopolitas Zelli's e o Grand-Duc, onde se apresentava a cantora negra Florence, que mais tarde abriu seu próprio estabelecimento. Em Saint-Germain-des-Prés, adoravam Les Deux Magots, o Café de Flore, a Brasserie Lipp. O hotel Foyot, à rue de Tournon, recebia os gastrônomos em seu renomado restaurante. Os amantes de coquetéis compareciam ao bairro da Opéra, sobretudo à rue Daunou, onde ficavam o Chatham, o New York Bar e o Harry's Bar, que fornecia diversas informações aos seus clientes e, por ocasião da eleição presidencial americana, organizava um escrutínio simulado, com resultado geralmente idêntico ao oficial. Os mais ricos iam ao Bœuf sur le Toit, inaugurado em 1922 à rue Boissy-d'Anglas, onde encontravam *Tout-Paris*, de Stravinski a Mistinguett e Maurice Chevalier, de Jean Cocteau a Joséphine Baker. Ali, Darius Milhaud conversava com o compositor americano Virgil Thomson; Jean Wiener executava ao piano as obras de George Gershwin, e Clément Doucet, as de Cole Porter.

Os amantes de jazz frequentavam os cabarés negros como o Grand-Duc e o Chez Florence, à rue Pigalle, a Cabane Cubaine, à rue Fontaine, a Boule Blanche, à rue Vavin, ou o célebre Bal Nègre da rue Blomet, onde se misturavam intelectuais, operários e soldados em licença. Um dos estabelecimentos mais apreciados era o Bricktop's, à rue Pigalle, que devia o nome à sua animadora, a negra Ada Smith, cujos cabelos eram tingidos de laranja. John Glassco, que frequentou esse cabaré com um *habitué* do local, Robert McAlmon, descreve Ada nestes termos: "Baixinha e roliça, radiante, uma negra de gaforinha flamejante acorreu".[10] Bricktop, calorosa e generosa, sabia o nome de seus clientes mais fiéis e lhes oferecia a primeira rodada. Cantora, dançarina, cheia de entusiasmo, ela contratava bons músicos e intérpretes, como Duke Ellington, Louis Armstrong, Fats Waller, Sidney Bechet, Django Reinhardt e Joséphine Baker.

Reinava nos cafés um ambiente especial. De manhã, a relativa calma permitia que os clientes tagarelassem tranquilamente, escrevessem, relaxassem, até mesmo cochilassem. A partir do meio da tarde, sobretudo na hora do aperitivo, e depois à noite, o tumulto se impunha. As orquestras vinculadas a certos estabelecimentos difundiam suas harmonias sonoras. No Jockey, a célebre modelo Kiki de Montparnasse, companheira de Man Ray, dançava e cantava. As conversas se misturavam: o escritor narrava o início de seu próximo romance, o músico cantarolava o tema da obra que estava compondo, o explorador contava suas últimas aventuras, especialistas mais ou menos competentes falavam do vudu, do ocultismo ou do pensamento hindu. Todos rivalizavam em extravagância: "Uma amante muito espalhafatosa, um *foulard* escarlate, um modo de falar grosseiro", recorda Anatole Jakovski.[11] "Eles tiveram tanto trabalho para obter um individualismo desleixado que chegaram a uma espécie de uniformidade na excentricidade", acrescentava Hemingway.[12] O barulho lembrava o viveiro de aves de um zoológico atravessado pelo movimento rápido dos garçons, cujo traje em preto e branco evocava a plumagem das pegas. Ao redor das *terrasses* movimentavam-se artistas carregando embaixo do braço grandes pastas com desenhos, magrebinos vendendo tapetes e amendoim, prostitutas audaciosas: "O ar ressoava com o grito rouco dos vendedores de jornais que exploravam alguma mínima crise internacional. Os mendigos se disfarçavam de acrobatas e faziam evoluções na calçada. Aquilo tudo cheirava a gasolina, café, álcool, suor, perfume, ambição, tabaco, cavalo-vapor, urina, frivolidade, pólvora de canhão e sexo".[13]

Quando não estavam nos cafés e nos cabarés, os americanos também encontravam artistas e intelectuais em espaços privados, mais ou menos formalizados, os quais, por comodidade e num sentido muito amplo, podemos chamar de salões. Os domicílios de Gerald e Sara Murphy, em Paris e em Cap d'Antibes, não podiam ser considerados como salões *stricto sensu*, mas, na medida em que os anfitriões favoreciam os encontros e as trocas entre personalidades diferentes, sem constrangimentos, na conversação e nos lazeres, podemos encarar o lar dos Murphy como aparentado aos cenáculos mais formais. Na casa deles se viam, entre outros, Hemingway, Dos Passos, Archibald MacLeish, Dorothy Parker, o compositor Cole Porter, antigo colega de estudos de Gerald, Erik Satie, Stravinski, Diaghilev e sua trupe de bailarinos, o cineasta Rex Ingram, o arquiteto Le Corbusier, Fernand Léger, Picasso, o qual sempre conservou preciosamente certas fotos que lhe recordavam os excepcionais momentos passados com seus amigos. Scott Fitzgerald se inspirou parcialmente em Gerald e Sara para conceber Nicole e Dick Diver, protagonistas de seu romance *Suave é a noite*.

Existiam salões mais organizados ou mais especializados do que as reuniões informais dos Murphy. Por exemplo, a riquíssima americana que se tornara princesa de Polignac por seu casamento, herdeira das máquinas de costura Singer, recebia sobretudo músicos. Jane Heap reunia em sua residência os adeptos do mago e guru Gurdjieff. Louis Bromfield, instalado em Senlis, convidava os amigos para almoços de domingo. O escritor antilhano René Maran não gostava de salões nem de cafés literários; contudo, em seu domicílio, à rue Bonaparte, 26, acolhia de bom grado os afro-americanos de passagem por Paris.

Dois salões se destacavam no enxame de cenáculos frequentados pelos americanos. O primeiro era o de Natalie Clifford Barney. Muito rica, criada por governantas francesas, formada nos mais aristocráticos pensionatos privados, bastante viajada, ela finalmente se instalara em Paris. Era muito favorecida pela natureza: a beleza, a elegância, a vivacidade de espírito e a curiosidade lhe haviam sido prodigalizadas. Em 1909, escolheu morar à rue Jacob, 20, num pavilhão edificado no século XVIII; no adjacente jardim de árvores esparsas elevava-se um pequeno templo neoclássico de quatro colunas, batizado de Templo da Amizade e datado provavelmente do início do século XIX. Nesse edifício, Natalie organizava festas lésbicas, mas, no salão que ela manteve, todas as sextas-feiras das 16h30 às 20h, de 1910 a 1970, o bom-tom e um ambiente comedido e tranquilo eram de rigor. Essa moderação não impedia que, nesse salão, fossem defendidas ideias literárias e artísticas modernas, assim como a causa feminista. Na casa de Natalie Barney, as mais diversas teorias podiam ser expostas, os heterossexuais e os homossexuais conviviam sem constrangimento, a tal ponto o tato e a inteligência da anfitriã faziam reinar um clima de abertura. É impossível listar todas as personalidades que compareceram à rue Jacob, tão numerosas foram elas. Entre os americanos podem ser citados Sinclair Lewis, Ezra Pound, William Carlos Williams, Gertrude Stein, Sylvia Beach. Entre os franceses, Paul Valéry, Blaise Cendrars, Anatole France, Max Jacob, Colette, Julien Benda, Philippe Soupault, Paul Morand, Henri Barbusse, Pierre Drieu La Rochelle, André Gide, Paul Claudel. Os políticos como Édouard Herriot, Louis Barthou, Philippe Berthelot eram igualmente convidados, além de músicos como Arthur Honegger, Darius

Milhaud, Virgil Thomson, sem esquecer, nas artes plásticas, Rodin e Van Dongen.

O segundo grande salão americano era animado por Gertrude Stein. Esta última e Natalie Barney diferiam em vários pontos. Gertrude, embora abastada, era menos rica do que sua vizinha. A anfitriã da rue Jacob multiplicava as conquistas femininas, ao passo que miss Stein, tendo conhecido Alice Toklas em 1909, fez dela a companheira única de sua vida. Natalie, esbelta e bela, contrastava inteiramente com a envergadura maciça de Gertrude. Hemingway descreve esta última como "muito forte, mas não muito alta, robusta como uma camponesa [...] com uma face rude de judia alemã".[14] Se Natalie se mostrava relativamente reservada, Gertrude acrescentava à sua inteligência uma grande autoridade; "ela falava sem parar", observa Hemingway. Queria impor suas opiniões e levar a geração jovem a aceitar suas escolhas em matéria de expressão literária. As contradições a exasperavam, o que podia, constatou Eugène Jolas, deixar "tensa e elétrica" a atmosfera de seu salão.[15] Instalada em Paris em 1903, ela havia constituído uma excepcional coleção de quadros, numa época em que os futuros mestres ainda praticavam preços razoáveis. Sua amiga Janet Flanner, encarregada em 1938 de fazer o inventário da coleção, enumerou 131 telas, a maioria das quais se revelou de fundamental importância: pinturas assinadas por Picasso, Cézanne, Matisse, Braque, Juan Gris, Picabia...

Esse verdadeiro museu privado incrementava bastante o interesse do salão mantido por Gertrude Stein em seu domicílio, à rue de Fleurus, 27, antes de se mudar em 1938 para um belo apartamento do século XVIII, à rue Christine, 5. Esse local de reflexão era mais voltado para a vanguarda do que o salão de Natalie Barney. Gertrude se vangloriava de ter contribuído para o nascimento da arte do século XX; era especialmente apaixonada pelo cubismo, que ela desejava transferir das artes plásticas para a escrita. Em sua casa encontravam-se diversas personalidades, tantas que nem poderíamos mencionar todas: os pintores cujas obras ornavam as paredes, a começar por Picasso, íntimo da anfitriã, o marchand Kahnweiler, o musicista Virgil Thomson, Man Ray; entre os escritores distinguiam-se Djuna Barnes, Ezra Pound, Dos Passos, Thornton Wilder, Janet Flanner, McAlmon, Cocteau, René Crevel, por quem Gertrude sentia uma ternura especial: "Penso que René foi meu preferido [...]. Ele era jovem e violento, doente e revolucionário, gentil e terno".[16] Sobre Fitzgerald, outro assíduo frequentador do salão, ela diz: "Ele criou a nova geração [...]. Fitzgerald será lido quando muitos de seus contemporâneos ilustres estiverem esquecidos".[17] Também acolheu Hemingway e sua primeira esposa, calorosamente, tanto mais quanto o jovem a escutou sensatamente: "Seus olhos irradiavam um interesse apaixonado, mais do que eram apaixonadamente interessantes", observou ela.[18] Após esse primeiro encontro, Hemingway anotou com humor, a respeito de Gertrude e da companheira desta, Alice: "Elas nos tratavam como crianças muito ajuizadas e bem-educadas [...]. Senti que nos perdoavam por estarmos casados e enamorados – o tempo daria um jeito nisso".[19] As relações que se estabeleceram entre o escritor, então com 23 anos, e a dona do local tiveram altos e baixos, mas nunca cessaram, pois cada um reconhecia as qualidades do outro.

As opiniões inspiradas pela forte personalidade de Gertrude Stein se revelavam à altura dela. Picasso se mostrava entusiástico: "Gertrude Stein é um ser extraordinário. Bastava que entrasse num aposento para que este ficasse cheio, mesmo que estivesse vazio. E ela compreendia a pintura. Comprou telas minhas quando mais ninguém no mundo as queria".[20] As esposas dos artistas convidados geralmente se decepcionavam por serem relegadas a um canto do salão, em companhia de Alice Toklas, que lhes falava de receitas culinárias, isso porque Gertrude queria reservar para si o convívio com os maridos. McAlmon acabou por afastar-se, criticando Gertrude por se comportar como um buldogue. De igual modo, Djuna Barnes julgava: "Ela era insuportável. Tinha necessidade de estar no centro de tudo".[21] John Glassco sentiu-se exasperado pela admiração religiosa que Gertrude despertava; depois de comparar os fortes tornozelos dela com os "pilares de um templo", acrescenta: "Eu sentia uma mistura de atração e repulsa, um singular sentimento de hostilidade instintiva mesclado de uma relutante veneração, como se ela fosse um ídolo pagão no qual eu não poderia acreditar".[22]

Sylvia Beach não suscitava sentimentos hostis. Sua livraria, Shakespeare and Company, cumpria uma função intermediária entre empresa comercial e salão literário, sem esquecer seu papel de agência de correio. Oriunda de uma família francófila de Nova Jersey, Sylvia Beach havia percorrido toda a Europa durante a infância e, além do francês, que ela dominava perfeitamente, falava italiano e espanhol. Havia descoberto Paris em 1902 quando seu pai, pastor, fora destinado à igreja presbiteriana. Em 1916, ela decidiu fixar-se definitivamente na capital francesa. Magra, dinâmica, vivaz, calorosa, feminista engajada, apaixonada por cultura, criou em 1919 uma livraria americana à rue Dupuytren, 8, e transferiu-a em 1921 para a rue de l'Odéon, 12. Travou conhecimento com sua vizinha, Adrienne Monnier, que mantinha uma livraria francesa, La Maison des Amis des Livres, à rue de l'Odéon, 7. Adrienne tornou-se companheira de Sylvia, deu-lhe inúmeros conselhos e lhe ensinou os rudimentos do ofício de livreira.

Em sua loja Sylvia Beach reuniu obras em língua inglesa, clássicas e sobretudo modernas, assim como revistas que apresentavam as últimas pesquisas em literatura. Mediante uma assinatura modesta, os clientes podiam também tomar emprestadas as obras que desejavam ler. Sylvia logo propôs aos americanos os serviços de uma posta-restante. Desse modo, o jovem que partia rumo a Paris sem saber onde ficaria alojado podia dar à família o endereço da Shakespeare and Company. Hemingway, que não gostava de comunicar suas coordenadas, fazia isso e passava regularmente por lá a fim de buscar sua correspondência. A inglesa Bryher, que vivia na Suíça com sua amiga Hilda Doolittle, pôde assim, durante anos, fazer sua família acreditar que ela residia em Paris com seu marido de conveniência, Robert McAlmon. Para essa livraria acolhedora, coberta de fotos dos autores mais apreciados, confluíram os leitores que se tornaram, quase todos, amigos de Sylvia: Gertrude Stein e Alice Toklas, Hemingway, Fitzgerald, Dos Passos, McKay, Gwendolyn Bennett, Pound, McAlmon, MacLeish, Wilder, o musicista George Antheil... Os franceses não ficaram atrás, a começar por André Gide e Paul Valéry, que comparecia às quintas-feiras, após a sessão da Academia Francesa.

 A situação financeira da Shakespeare and Company sempre fora tensa, e Sylvia Beach a enfrentara graças aos recursos que sua família lhe enviava dos Estados Unidos. Mas a quebra de Wall Street em 1929 reduziu o número de clientes, pois muitos americanos tinham decidido retornar ao seu país. Além disso, Sylvia, seduzida pelo *Ulisses* de Joyce, decidira publicar esse livro, mas o autor, não muito compreensivo, multiplicava as exigências financeiras e impunha sobre as provas do livro correções tão amplas que o preço final se elevava consideravelmente. Sylvia, à beira de enfrentar o fechamento de seu comércio, solicitou uma subvenção junto ao governo francês. Essa demanda era acompanhada por uma petição assinada notadamente por Herriot, Jouvenel, Gide, Duhamel, Giraudoux, Mauriac, Morand,

Romains, Paulhan e Valéry, os quais destacavam o insubstituível papel de intermediária que Sylvia exercia entre a cultura francesa e a cultura anglo-saxônica. O texto acrescentava que, num momento de tensões internacionais, os contatos intelectuais se revelavam mais necessários do que nunca. Como a resposta dos poderes públicos foi negativa, Gide tomou a iniciativa de criar uma associação, Les Amis de Shakespeare and Company, que lançou uma subscrição. Esta foi apoiada pelo editor William Bird, que publicou, em 22 de abril de 1936, um artigo no *New York Sun*. Com isso, americanos ricos enviaram sua contribuição, especialmente Helena Rubinstein e Anne Morgan, filha do célebre financista. Em Paris, a associação organizou, na própria livraria, conferências e leituras durante as quais os autores divulgavam suas obras inéditas. Em 1º de fevereiro de 1936, esse ciclo foi inaugurado por André Gide, a quem se seguiram Valéry, Schlumberger, Paulhan, Eliot, vindo da Inglaterra especialmente para tal fim, Hemingway... A Shakespeare and Company pôde assim continuar a servir à literatura e permaneceu, como diziam os escritores da Geração Perdida, uma espécie de clube onde eles podiam se encontrar no caloroso ambiente mantido por Sylvia Beach e Adrienne Monnier.

Os conflitos

Nem sempre os encontros se mostravam totalmente cordiais. O choque entre as personalidades, as experiências vividas, as suscetibilidades, os gostos literários, tudo isso provocava conflitos, maledicências e até mesmo insultos. Certos escritores americanos consagravam uma parte de seu tempo a criticar os compatriotas. Às vezes, a alfinetada assumia a forma de uma brincadeira mais ou menos pesada. Por exemplo, numa carta de março de 1924, Hemingway, para zombar de seu amigo Ezra

Pound, que era encantado pelo fascismo italiano, chamava-o de "caro Duce".[23] Em outra carta, de 1922, endereçada a Sherwood Anderson, ele debochava das preferências lésbicas de Gertrude Stein, com quem, no entanto, mantinha vínculos estreitos: "Gertrude e eu somos como rapazes irmãos"; acrescentava que as relações entre Gertrude e o tradutor Lewis Galantière tinham "chegado um tanto longe", de modo que "meus detetives vigiam de perto esse casal".[24] Hemingway podia se mostrar mais violento; qualificava Robert McAlmon de "unha encravada, filho da puta, desprezível lasca de unha do dedão".[25] Mesmo em suas obras publicadas, Hemingway exibia sem disfarce as próprias aversões, por exemplo em relação ao pintor e escritor anglo-americano Wyndham Lewis: "Não creio já ter visto alguém que tivesse um ar mais repugnante. Existem homens que carregam em si a marca do mal, como os puros-sangues exibem sua raça".[26]

Às vezes o julgamento negativo era produzido por uma admiração decepcionada. Por exemplo, Harry Crosby fazia uma alta ideia sobre D.H. Lawrence, de cuja *A serpente emplumada* havia gostado muito. Então, convidou o escritor para almoçar. Achou-o azedo e enfermiço – é verdade que seu convidado morreu dois anos mais tarde, em março de 1930. Sobretudo, Crosby não perdoou Lawrence por detestar a obra de Joyce, que ele mesmo situava no pináculo. Por essa razão, ao comparar o *Ulisses* de Joyce com *O amante de Lady Chatterley*, de Lawrence, concluiu que esta última obra expressava apenas uma sexualidade primária.

James Joyce, quisesse ou não, encontrava-se no centro de muitas controvérsias. Gertrude Stein via nele um rival literário e não o perdoava por suscitar uma adulação devota entre muitos de seus leitores. Os dois escritores se evitavam e, quando amigos comuns tentavam promover um encontro, um deles não comparecia. Na única vez em que se viram face a face, dialogaram somente por alguns segundos, trocando palavras breves e insignificantes. Depois Gertrude confidenciou a Alice Toklas que não tinha nada a dizer ao seu confrade. Reação reveladora: quando soube que Sylvia Beach se preparava para publicar *Ulisses*, Gertrude parou imediatamente de ir à livraria Shakespeare and Company, da qual era frequentadora assídua.

Muitas outras querelas literárias fracionavam a colônia americana. Os jovens, por exemplo, achavam obsoletos e empolados os romances de Edith Wharton, que pertencia à geração precedente. Porém, esses mesmos caçulas também se opunham uns aos outros. Hemingway, por exemplo, suscitava muitas antipatias entre seus contemporâneos. McAlmon, devolvendo a hostilidade, qualificava-o de "pobre sujeito vindo de sua roça", "falso ingênuo por excelência", destinado a ter sucesso, não por suas qualidades de escritor, mas porque possuía um "talento natural para chamar a atenção do público".[27] Henry Miller também sentia uma forte aversão por Hemingway, que lhe parecia um personagem fabricado, um falso durão lançando-se por fraqueza ou neurastenia em ações violentas, um presumido que se dava ares de beberrão, boxeador, arruaceiro, sedutor, caçador, guerreiro, um escritor superestimado que transmitia uma "estenografia do real traçada pelo olhar, à falta de cérebro".[28]

A ambivalência das relações que se estabeleceram entre duas das principais figuras da Geração Perdida, Fitzgerald e Hemingway, ilustra muito bem a complexidade das linhas divisórias que percorriam a colônia americana. No início, aureolado pelas numerosas críticas favoráveis que *O grande Gatsby* havia obtido, Scott, alçado às nuvens por Willa Cather, Sinclair Lewis, T.S. Eliot, Gertrude Stein, aparecia como o escritor de mais destaque. Ele desejava conhecer Ernest, cujo talento era considerado promissor. O encontro ocorreu em Montparnasse, no Dingo Bar, à rue Delambre, no final de abril de 1925. Logo de saída, as relações entre os dois homens mostraram-se ambíguas. Hemingway sentiu-se incomodado por seu interlocutor, que lhe fez perguntas indiscretas sobre sua vida íntima, pediu champanhe e passou mal logo após a primeira taça. Contudo, Hemingway apresentou Fitzgerald a vários escritores americanos, levou-o à casa de Gertrude Stein e, mais tarde, à de Sylvia Beach. Escutou os conselhos que Scott lhe deu a respeito de *O sol também se levanta*, cuja redação ele estava concluindo. Mas o viril Hemingway parecia embaraçado pela fragilidade que havia percebido em seu novo amigo e não demorou a cansar-se dos repetidos escândalos que Scott desencadeava por ocasião de suas crises de embriaguez. Além disso, uma antipatia recíproca opunha Hemingway e Zelda. Esta criticava Ernest por levar seu marido a abusar do álcool e em certos momentos deu a entender que uma tendência homossexual o impelia para Scott; Ernest, por sua vez, considerava que Zelda exercia um papel nefasto: acreditava-a ciumenta em relação a Scott e determinada a impedi-lo de escrever incitando-o a beber.

O grande sucesso obtido em 1926 por *O sol também se levanta* acarretou uma virada na situação. Hemingway tornou-se de imediato um escritor célebre, incensado pela crítica, convidado para todos os lugares, enquanto Fitzgerald, que não publicara mais nada de notável, passava ao segundo plano. Sem dúvida, Hemingway continuou a tratar Scott com deferência; numa carta de abril de 1926, chega a dizer-lhe que um dia ele poderia obter o prêmio Nobel. Tentava tranquilizá-lo, por exemplo após uma reunião no salão de Gertrude Stein, durante a qual Scott acreditara compreender, erroneamente, que a dona da casa preferia Ernest: "Qualquer comparação entre você e eu é uma estupidez. Nós enveredamos por caminhos inteiramente diferentes".[29] Hemingway, porém, assumia com certo prazer o primeiro lugar que conquistara. Adotando um tom paternalista, passou a fornecer a Scott conselhos relativos ao estilo de escrever deste último e a criticá-lo. Muitos anos após a morte de Fitzgerald, Hemingway concluiu: "Uma coisa eu sabia: não importava o que Scott fizesse nem o modo pelo qual o fizesse, eu deveria tratá-lo como um doente, ajudá-lo na medida do possível e tentar ser seu amigo".[30]

6
Paris, uma escola de liberdade

Os escritores americanos da Geração Perdida, que haviam se sentido limitados pelo conformismo e pelo moralismo reinantes nos Estados Unidos, com frequência experimentavam uma verdadeira euforia ao descobrirem a liberdade oferecida pelo meio parisiense. Aquilo que era transgressão no país de origem deles – álcool, drogas, certos comportamentos sexuais – em Paris geralmente se tornava banalidade. Por isso, a maior parte se empenhava em desfrutar das licenças permitidas pela cultura francesa. A única restrição se aplicava ao domínio político: na maioria das vezes, os americanos preferiam a neutralidade em vez dos engajamentos ideológicos visíveis.

Um clima de tolerância

"Paris sempre me pareceu a única cidade onde é possível viver e se expressar à vontade." Natalie Barney resumiu nesses termos a opinião da maior parte dos seus compatriotas.[1] Graças a esse clima de liberdade, ela podia concluir seu volume de pensamentos com este balanço: "Aproveitei a existência largamente, além da medida".[2]

Os americanos costumavam lembrar que os franceses obedeciam à sua divisa "Liberdade, Igualdade, Fraternidade" e assim repudiavam todos os conformismos, a começar pelo peso da religião. Hemingway, numa carta de 1923, confidenciava a uma amiga: "Santo Deus, como me chateia deixar Paris por Toronto, a cidade das igrejas".[3] Frequentemente os escritores convocavam suas lembranças para notar que nos Estados Unidos todo mundo evitava singularizar-se, lia os livros da moda e os jornais que melhor refletiam a opinião dominante. Scott Fitzgerald observava a mesmice na qual se refugiavam os alunos de Princeton, onde ele estudara: "Adotar uma posição firme a respeito de alguma coisa era só fingimento. Em suma, ter uma personalidade destacada não era tolerado".[4] Anos depois, Fitzgerald rememorou, especialmente em sua nostálgica "Babilônia revisitada" (1931), a displicente esbórnia à qual se lançara em Paris, as extravagâncias às quais não temera entregar-se, as duvidosas brincadeiras que se permitira na Cidade-Luz. Henry Miller pôs em cena seu amigo Richard Osborn, denominado Fillmore em *Trópico de Câncer*, encantado pela França, onde acreditava que eram possíveis todos os excessos: "Quando ele dizia França, isso significava vinho, mulheres, dinheiro fácil; significava bancar o arruaceiro, estar de férias".[5]

A liberdade em Paris se confundia frequentemente com cenas simples e naturais, como a de um casal de namorados beijando-se em público sem cerimônia. Mas, às vezes, a liberdade tendia à provocação deliberada que o ambiente parisiense facilitava. Assim, Anaïs Nin e a esposa de Henry Miller vinda a Paris, June, por quem Anaïs sentia uma confusa atração, ousaram dançar juntas num cabaré grã-fino, apesar da reprovação silenciosa dos abastados clientes: "Os homens de camisa social com peitilho, engomados, crispam-se ainda mais em seus assentos. As mulheres mordem os lábios [...]. O espetáculo provoca o efeito de uma bofetada nos pomposos clientes".⁶

O não conformismo dizia respeito particularmente à roupa. Os americanos garantiam que seus compatriotas tremiam à ideia de fazer-se notar na rua. Pois bem: tendo chegado a Paris, eles constatavam que os franceses não hesitavam em exibir suas diferenças de vestuário. Por isso, alguns dos recém-chegados, sentindo uma espécie de embriaguez de liberdade, singularizavam-se sem moderação. Ezra Pound era um desses: os amigos o descreviam enfarpelado como um artista dos anos 1830, usando um blusão de pintor ou um paletó de veludo com botões de madrepérola encimado por uma *lavallière*,* cabeça coberta por uma ampla boina, e manejando uma bengala com castão de marfim. Wyndham Lewis se vestia no mesmo estilo e fazia-se notar pelo chapelão preto de aba larga. O irmão da bailarina Isadora Duncan, Raymond, também bailarino, além de filósofo e escritor, que pregava o retorno a uma vida natural inspirada na Grécia antiga, exibia um traje que supostamente refletia suas ideias, traje que inspirou a John Glassco uma avaliação irônica: "Raymond era uma aberração ambulante, andava vestido numa toga grega tecida a mão e penteava o cabelo em longas tranças que desciam até a cintura".⁷ As mulheres também se liberavam de certas regras de indumentária. Algumas deixaram de usar roupa de baixo, o que na época parecia audacioso. Mina Loy confeccionava pessoalmente, com base no mesmo modelo, os abajures que vendia e os chapéus que usava. Certas mulheres se arrogavam o direito de fumar em público, algo que, nos Estados Unidos, suscitava reprovação, pelo menos nos meios mais tradicionais.

---

* Gravata ampla e frouxa, fechada em laço. (N.T.)

O clima de tolerância que reinava em Paris seduzia particularmente os negros. Todos evidenciavam o prazer que experimentavam em ser eles mesmos, longe dos preconceitos, dos impedimentos, da segregação que sofriam nos Estados Unidos. James Weldon Johnson observou que na França se sentia "livre, livre da sensação de um mal-estar iminente, de uma insegurança e de um perigo [...], livre para ser simplesmente um homem".[8] Langston Hughes, numa de suas crônicas no *Washington Post*, evocou um negro a proclamar que em Paris, "pela primeira vez na vida, se sentira um homem [...]. O que existe de maravilhoso na Europa é que um negro pode ir cortar os cabelos em qualquer lugar".[9]

Além da liberdade de movimentação nos locais públicos parisienses, os escritores de cor apreciavam ser reconhecidos de saída como artistas, e não como negros. Depois da guerra, Eddy Harris descreveu longamente essa realidade: "Em Paris, eu sou o que não sou no país que deveria ser o meu. Em Paris, sou americano – negro, mas americano. Em Paris, sou escritor – negro, mas escritor. Em Paris, eu sou, simplesmente. Nos Estados Unidos, permaneço, antes de tudo e para sempre, um negro".[10]

Countee Cullen se sentia tão bem na França que voltava ao país a cada verão para compartilhar da vida e dos valores de um povo que ele considerava liberal e acolhedor. Sonhava terminar seus dias nessa terra onde ressoavam os doces sons de um idioma sinônimo de liberdade: "Quisera eu viver ali meus últimos dias/ Enquanto soariam aos meus ouvidos esses ricos sons/ Que, mais do que qualquer outra coisa, me fizeram experimentar... a liberdade".[11]

As transgressões: álcool, drogas, sexo

Claro que as transgressões sociais e morais, os abusos de álcool e de drogas, as experiências sexuais aventurosas não eram impossíveis nos Estados Unidos. Porém, daquele lado do Atlântico, era mais complicado ir muito longe nos desvios: o clima geral de virtude, ao menos aparente, o olhar atento das pessoas mais próximas, as ameaças que pesavam sobre o futuro profissional ou simplesmente a reputação dos indivíduos impunham uma certa contenção. Além disso, a lei americana se empenhava em reprimir certos desregramentos. Por exemplo, a célebre 18ª emenda à Constituição, solicitada pelas ligas de temperança e datada de 29 de junho de 1919, proibia o consumo de álcool. Em contraposição, os americanos instalados em Paris, distantes de seus parentes, amigos e vizinhos, liberados da coerção jurídica puritana, beneficiavam-se de uma permissividade maior, que os deixava explorar caminhos até então parcialmente interditados.

O consumo de álcool não cumpria, entre os americanos, uma função mais singular do que entre os franceses. Em primeiro lugar, o fato de beber constituía um prazer banal e natural que cada um podia se oferecer, como observava frequentemente Ernest Hemingway: "Na Europa, nós considerávamos então o vinho como um alimento normal e saudável, e também como uma grande fonte de felicidade, de bem-estar e de prazer. Beber vinho não era sinal de esnobismo ou de refinamento, nem uma religião, era tão natural quanto comer".[12]

Os hábitos de Hemingway e sua falta de qualquer freio psicológico diante do álcool apareciam claramente em sua correspondência. Em 1922, ao guiar um casal de amigos pelos cabarés parisienses, ele observou que o homem, recém-casado, ficava sóbrio por respeito à esposa; Ernest acrescenta: "Mas eu, estando casado há muito tempo, me comportei como habitualmente".[13] Em 1925, escreveu a John Dos Passos: "Santo Deus, como eu queria que você estivesse aqui para podermos encher a cara, coisa que estou fazendo agora e que fiz com tanta frequência nestes últimos tempos".[14] E a Scott Fitzgerald, em 1929: "Estou aproveitando uma séria ressaca para responder a você".[15] Além do prazer, o consumo de vinhos e bebidas alcoólicas em geral podia responder a necessidades psicológicas variáveis, a depender dos indivíduos: compensar fracassos pessoais, esquecer angústias, aliviar um desespero ou preencher um vazio existencial.

Sem dúvida, os que podiam beber impunemente, sem consequências imediatas sobre sua lucidez, eram estimulados nessa propensão. Era o caso de Robert McAlmon, a respeito do qual John Glassco observa: "A resistência de McAlmon à bebida era espantosa: na meia hora que se seguiu, ele tomou seis uísques duplos sem mostrar qualquer reação".[16] Porém, certos escritores que toleravam mal o álcool não freavam seu consumo. Scott Fitzgerald, que mergulhava rapidamente na embriaguez quando bebia, nem por isso reduzia as doses, e não hesitava diante das mais audaciosas misturas. Sylvia Beach explicava tal comportamento em tom de brincadeira: o autor de *O grande Gatsby* ganhava tanto dinheiro que, para se livrar deste, era obrigado a entrar em todos os bares que encontrava. Hemingway deu várias vezes uma outra interpretação, ao mesmo tempo mais séria e mais grave: Scott tomava regularmente boas decisões no sentido de permanecer sóbrio a fim de poder trabalhar; mas sua esposa Zelda, com inveja do talento e do sucesso do marido, queria impedi-lo de escrever. Então, logo se queixava de estar sendo ignorada e de ficar entediada; ela tratava Scott "como um desmancha-prazeres, um chato", e acabava por "arrastá-lo a alguma bebedeira".[17]

Os americanos compravam garrafas que esvaziavam em casa, e isso permitia que Hemingway escrevesse: "Nosso quarto parece uma loja de bebidas alcoólicas".[18] Contudo, geralmente preferiam beber fora, nos cafés e cabarés. O leque das bebidas consumidas era bem amplo: coquetéis cuja moda vinha precisamente da América, vinho e particularmente champanhe para imitar os franceses, cerveja como os alemães, uísque à maneira dos ingleses. O Pernod obtinha grande sucesso, sobretudo junto às mulheres. Jack, o protagonista de *O sol também se levanta*, começava uma noitada por duas cervejas; como estas se revelavam de qualidade medíocre, ele tomava um conhaque para "fazê-las descer"; encontrava então um amigo em cuja companhia se regalava com uma *fine à l'eau** seguida por um brandy-soda. Certos escritores intrépidos, como fizeram certo dia Robert McAlmon e James Joyce, decidiam degustar, uma após a outra, todas as bebidas alcoólicas que figuravam no cardápio de um estabelecimento. Scott e Zelda Fitzgerald habitualmente iniciavam sua noitada no Dingo, onde discutiam com o simpático barman Jimmy Charters, e depois faziam paradas sucessivas no Select, no Dôme, na Lipp. Em seguida jantavam na *rive droite*, com frequência no Prunier, onde pediam uma *bouillabaisse*** acompanhada de vinho *pouilly-fuissé*. Mais tarde iam dançar no Claridge Champs-Élysées, e paravam no bar do Ritz ou no do Crillon para encontrar compatriotas. Pouco antes da meia-noite, dirigiam-se a Montmartre e entravam no Bricktop's, onde costumavam ficar, a não ser que fossem ao Perroquet, à rue de Clichy, ou ao Zelli's, à rue Fontaine. Cada uma dessas etapas era abundantemente irrigada.

---

* Grogue, coquetel preparado com alguma bebida alcoólica (rum, conhaque, aguardente) diluída em água quente com açúcar e casca de limão. Brandy-soda: conhaque com soda. (N.T.)
** Sopa de peixe e frutos do mar à provençal. (N.T.)

Nesse regime, os americanos rapidamente se tornavam finos conhecedores. Fitzgerald confidenciou que havia passado uma noitada ruim na casa de Louis Bromfield porque este servia um vinho ordinário. Henry Miller demonstrava um gosto seguro: entre os *crus* que ele apreciava e enumerava complacentemente em suas obras, figuravam nomes prestigiosos: *château-yquem, vosne-romanée, gevrey-chambertin, nuits-saint-georges, meursault...*

As consequências de um consumo excessivo de álcool podiam se revelar desastrosas para a saúde e o comportamento. Nesse domínio, mostra-se eloquente o exemplo de Scott Fitzgerald. Este conhecia bem os efeitos negativos da embriaguez. Em seu romance *Suave é a noite*, ele traçou o retrato de um personagem, Abe North, que parecia "coberto por uma leve camada de vinho" e mergulhava num profundo abatimento. Durante um período de abstinência, Scott escreveu a Hemingway: "Eu não bebi, não coloquei os pés num bar, nem estive no Dingo, nem no Dôme, nem no Select. Não vi ninguém. Não vou ver ninguém. Estou tentando a experiência incomum de ser um escritor que escreve".[19] Em "Babilônia revisitada", o personagem principal, decalque de Fitzgerald, encontrava-se em Paris alguns anos depois de ter caído na farra nessa cidade; perambulando por Pigalle, topava inopinadamente com um local que lhe era familiar: "Reconhecia o lugar; era o Bricktop, onde havia desperdiçado tantas noites e tanto dinheiro".[20]

Embora se mostrasse consciente das vantagens da sobriedade, Fitzgerald não sabia resistir bem ao álcool e acumulava comportamentos erráticos, que ele enumerava sem disfarces na correspondência e frequentemente transpunha para suas obras literárias: apavorar o pessoal do Ritz fazendo-o crer que o general Pershing, antigo comandante das tropas americanas na Europa, iria chegar; montar uma "armadilha para garotos" empilhando móveis num corredor de hotel; furtar um triciclo e, perseguido por dois policiais de bicicleta, contornar em grande velocidade a Place de la Concorde; desencadear tumultos insultando negros num cabaré; derrubar com um pontapé a bandeja de uma senhora que vendia cigarros e fósforos na porta de um restaurante. "Era difícil esquecer isso com uma risada", comentou em tom consternado John Dos Passos, testemunha da cena.[21] Fitzgerald parecia-se cada vez mais com seu confrade Harold Stearns, o qual, relata Dos Passos, "levava a vida patética de um pinguço".[22]

Muitas vezes, ao álcool acrescentava-se a droga, que circulava facilmente em Paris durante os Anos Loucos. Nos cabarés, os funcionários encarregados da manutenção dos lavabos, assim como certos garçons e vendedoras de cigarros, comercializavam, à vista de todos, ópio, haxixe, heroína e cocaína, denominada "camada de neve". Os preços se revelavam bastante acessíveis: uma dose de cocaína custava 10 *cents* e um cigarro de haxixe, 20 *cents*. Em tais condições, detalha Anatole Jakovski: "Fuma-se nos toaletes, nos táxis, nas escadas, sob as *portes-cochères* [...]. As pessoas se picam e cheiram".[23] Nas recepções dadas pelos americanos, especialmente Harry e Caresse Crosby, a droga circulava livremente. "Paris inteira está enfumaçada de ópio", observava, com certa ênfase, Anaïs Nin.[24]

Marcados pelo austero ambiente de sua pátria, que eles consideravam demasiado puritana, os americanos desfrutavam também de uma liberdade sexual da qual frequentemente se utilizavam com deleite. Sem dúvida, nesse aspecto a licenciosidade e os desvios não eram impossíveis nos Estados Unidos, mas pareciam mais dissimulados e hipócritas. Em Paris, em contraposição, todos os comportamentos se revelavam possíveis, mais ou menos como se fizessem parte da vida cotidiana. Henry Miller observou: "Eu nunca vi uma cidade como Paris quanto à variedade do pasto sexual".²⁵ Thomas Wolfe pensou que a prostituição era amplamente admitida na capital e adquirira ali uma certa legitimidade: "Era um mundo onde o milenar comércio do vício reinava em segurança, tinha a respeitabilidade que o assentimento geral determina, era uma profissão tão antiga, tão aceita, tão legitimada quanto a magistratura, a medicina ou a condição eclesiástica".²⁶

A julgar pelo que diziam os escritores americanos, o sexo teria sido onipresente na capital francesa. Por toda parte, vendedores clandestinos ofereciam cartões-postais licenciosos. Máquinas caça-níqueis projetavam filmes pornográficos em certas salas discretas. As paredes dos sanitários públicos, cobertas de grafites obscenos, frequentemente ganhavam buraquinhos que permitiam uma observação clandestina. Algumas lojas proporcionavam, a quem desejasse tais objetos, roupas íntimas provocantes, botinas, chicotes. Às vezes os cabeleireiros exerciam a função de alcoviteiros. As parisienses casadas tinham fama de buscar aventuras, entre 17h e 19h. "Às cinco da tarde, o ar de Paris parece impregnado de erotismo", assegurava Anaïs Nin; "às cinco horas, eu sentia em mim arrepios de sensualidade e os compartilhava com Paris."²⁷ As obras de Henry Miller, Anaïs Nin, Djuna Barnes, entre outras, fervilham de personagens qualificados essencialmente por sua natureza e suas práticas sexuais: prostitutas em primeiro lugar, mas também exibicionistas, travestis, fetichistas, *voyeurs*, ninfomaníacas, hermafroditas. Anaïs Nin traça o retrato de "Leila, cantora de cabaré muito conhecida, de sexo indeterminado".²⁸ Os colegas jornalistas de Henry Miller estavam "sempre buscando rabos de saia" e às vezes se viam todos doentes ao mesmo tempo, sofrendo de uma doença venérea por terem frequentado a mesma mulher, fonte da "epidemia".²⁹ Os americanos se vangloriavam de participar de orgias no Bois de Boulogne.

Fosse como fosse, alguns deles, sobretudo Harry e Caresse Crosby, promoviam bacanais, *mad parties*, durante as quais os convidados se misturavam: "Já não se consegue saber quem flerta com quem", registra Harry em seu diário.[30] A mansão dos Crosby tinha um amplo toalete equipado com uma imensa banheira na qual os convivas entravam juntos, bebendo grande quantidade de coquetéis, sem saber que podiam ser espiados graças a um olho-mágico escondido na parede.

Anaïs Nin, através das numerosas confidências anotadas escrupulosamente em seu diário, foi sem dúvida quem deixou mais detalhes a respeito de sua vida íntima e da verdadeira liberação sexual que a capital lhe proporcionou. Em fevereiro de 1932, disse: "O erotismo de Paris me despertou".[31] Segundo afirma, ela descobrira as realidades do sexo no primeiro apartamento que alugara com o marido, quando os dois chegaram a Paris, em 1924. De fato, o proprietário deixara uma biblioteca que continha diversos livros explícitos, graças aos quais a jovem obtivera um "diploma de ciência erótica".[32] Familiarizou-se assim com as roupas íntimas transparentes e outros acessórios estimulantes, espelhos situados no teto dos quartos, buraquinhos de observação providenciados nas paredes. Aprendeu a reconhecer as prostitutas, mesmo as mais discretas, enquanto percorria as ruas. Soube que as luminárias vermelhas penduradas acima de uma porta assinalavam uma casa de tolerância. Descobriu que existiam hotéis que alugavam quartos por hora, a fim de abrigar os amores passageiros. Ela mesma utilizou esse tipo de alojamento quando não podia receber seus amantes no domicílio conjugal; para esse mesmo fim, alugou sucessivamente duas *péniches* ancoradas no Sena. Experimentava uma particular fruição em obter seu prazer carnal num leito rodeado pela água do rio.

Anaïs Nin, lúcida consigo mesma, confessava que, em seu coração, "há muito espaço".[33] E acrescentava: "Nada na cabeça, o mundo entre as pernas".[34] Contudo, preocupada com poupar aqueles a quem amava, começando por seu marido, ela multiplicava as mentiras a fim de ocultar suas aventuras, o que lhe permitia traçar um autorretrato sublinhando a complexidade de sua personalidade: "Serei sempre a virgem puta, o anjo perverso, a mulher de duas caras, santa e demônio ao mesmo tempo".[35]

Anaïs sempre se manteve apegada ao marido, Hugh Guiler, que encarnava para ela uma imagem de ternura, de segurança moral e financeira. Nunca se divorciou dele, nem mesmo quando, em 1955, de volta aos Estados Unidos, desposou Rupert Pole, trapaceando a legislação. No diário, esclarecia que desejava preservar seu amor por Hugh, ao mesmo tempo liberando seus instintos. De fato, dizendo-se "amoral", ela não reprimia suas inclinações por outros homens e se declarava fiel unicamente ao amor. Seu amante mais conhecido foi Henry Miller, de quem se aproximou também nos planos intelectual e literário. Ficou igualmente fascinada pela primeira esposa de Miller, June, de passagem por Paris, "a mais bela mulher da terra [...]; eu era como um homem terrivelmente apaixonado por seu rosto e por seu corpo, repletos de promessas".[36] Anaïs também manteve uma longa ligação com Gonzalo Moré, meio escocês, meio índio guatemalteco, apelidado Rango nos livros da escritora, a qual foi sensível ao físico desse homem de alta estatura, pele muito morena, olhos amendoados cor de carvão, longa cabeleira desgrenhada, marxista furioso e inconstante. Anaïs talvez tenha estendido seu amor à esposa de Rango, a bailarina peruana Helba Huara, caprichosa e enfermiça. Entre os outros casos de Anaïs figuram seu primo Eduardo, muito ciumento, os escritores Antonin Artaud e

Gore Vidal, embora este último tenha negado a existência de tal ligação, o astrólogo Jean Casteret, que Anaïs se orgulhava de ter seduzido porque ele era homossexual. Ela foi amante dos dois psicanalistas a cujos cuidados recorreu, o dr. René Allendy e Otto Rank, discípulo direto de Freud; essas aventuras contrariavam os fundamentos da ciência psicanalítica, a qual proíbe que os analistas se envolvam pessoalmente na vida de seus pacientes. O poder de sedução de Anaïs Nin se estendeu até ao seu próprio pai, o célebre pianista e musicólogo Joaquín Nin, com quem ela teve uma ligação incestuosa. É verdade que Anaïs conhecia pouco esse homem, que abandonara a família quando a filha ainda era criança. Aliás, inicialmente ela empreendera a redação do diário para fazer com que esse pai ausente o lesse mais tarde, e assim manter um vínculo com ele. Os exegetas tentaram explicar essa relação tão contrária aos valores humanos. Anaïs, entregando-se ao autor dos seus dias, teria desejado, movida por um reflexo narcísico, amar-se a si mesma. Talvez estivesse seduzida pelo belíssimo homem que era Joaquín, pela elegância suprema e pelo refinamento que o caracterizavam. A não ser que pretendesse reconquistar um pai cuja partida a traumatizara. Quanto às motivações do pianista adulado, estas se revelam igualmente incertas. Testar suas faculdades de sedução lançando-se numa aventura proibida? Apimentar ainda mais uma vida sentimental já bastante preenchida? Acrescentar à sua lista de conquistas uma filha que começava a tornar-se conhecida no meio artístico?

    Os americanos de Paris ficavam espantados pela importância da prostituição, que frequentemente exercia sobre eles uma nebulosa sedução. Para compreender essa atração obscura, traçavam um paralelo entre o mercado do sexo nos Estados Unidos e na França. Asseguravam que, em seu país de origem, a prostituição, confinada a hoteizinhos sórdidos, aos galpões dos portos ou aos casebres do bairro negro, dava uma imagem de miséria. Sem dúvida, acrescentavam os americanos, na capital francesa o comércio da carne não apresentava um caráter mais romântico, mas as prostitutas não eram relegadas à margem da cidade, não hesitavam em percorrer os bairros chiques, como os Champs-Élysées, e em entrar nos rutilantes cafés dos grandes bulevares. Quanto aos pequenos bistrôs e aos modestos hotéis dos bairros populares, estes pareciam transmitir um atrativo inesperado, um "charme insidioso", dizia Henry Miller[37], porque a umidade das ruelas, a baça claridade proveniente das raras luminárias, as pequenas lanternas que marcavam a entrada dos estabelecimentos especializados, tudo isso compunha um cenário expressionista, pitoresco e autêntico, favorável à expansão de uma sexualidade espontânea, natural, desprovida de falsos pudores. Com o tempo, previa Miller, a "feiura sinistra" de um prostíbulo podia ser "encantadora, amigável, quase magnífica", tão intenso era o prazer que se obtinha ali.[38] Miller e Anaïs Nin, tendo comparecido como clientes a um bordel popular, pareceram viver uma aventura tão estética quanto sensual. Sobre essa experiência, Anaïs elaborou um relatório tal como poderiam tê-lo redigido um explorador ou um jornalista aficionado de pintura realista: "É como um café lotado de homens e mulheres, mas as mulheres estão nuas. Há uma fumaça espessa, muito barulho, e as mulheres se esforçam por chamar nossa atenção [...]. As mulheres dançam juntas. Algumas são bonitas, mas outras, murchas, cansadas e apáticas. Tantos corpos ao mesmo tempo, volumosos quadris, volumosas nádegas e volumosos peitos [...]. O quarto parece um porta-joias forrado de veludo. As paredes são cobertas de veludo vermelho. A cama é baixa, com um espelho no dossel".[39]

    John Glassco, anos após sua primeira visita a um bordel de cujo endereço ainda se lembrava, rue Sainte-Apolline, 25, concluía com estas palavras: "É bem simples: eu jamais tivera tanto prazer em toda a minha vida".[40]

A prostituição também era exercida em estabelecimentos de luxo que emanavam um outro atrativo com suas escadas majestosas, seus tapetes espessos, seus espelhos bisotados. Thomas Wolfe, ao introduzir numa dessas casas um personagem, dizia que este se encontrava "num mundo estranhamente sedutor, que perturbava seus sentidos sob o efeito dos culpáveis estímulos de um desejo invasivo e insaciável". Ali se misturavam, num elixir atordoante, "mistério, absoluta corrupção, carnal e inconcebível liberdade".[41]

A fascinação dos americanos pelo comércio do sexo vinha também da imagem estereotipada que eles faziam das prostitutas. Também nesse aspecto, traçavam um paralelo entre aquilo que Miller chamava de "maneirismos grosseiros, canhestros, demasiado peremptórios da mulher americana" e o comportamento da francesa.[42] Esta última brilhava sobretudo por seus talentos profissionais, cuja reputação, afirmava Anaïs Nin em *Delta de Vênus*, se estendia ao mundo inteiro. Mas o que impelia Miller a assegurar: "Quantas horas maravilhosas eu passei em companhia das putas[43]" era a personalidade atribuída a essas mulheres, a generosidade delas, sua paciência e mesmo sua cultura. Quando simpatizavam com um homem, as prostitutas tinham fama de lhe dar crédito se ele se encontrasse em má situação financeira, de adiantar-lhe o preço do quarto do hotel e de entregar-se com uma sinceridade tocante. Miller elogiava o bom senso de suas acompanhantes, a qualidade e a pureza do idioma que falavam: "Para mim, eram as pequenas rainhas da França, as filhas não reconhecidas da República, difundiam a luz e a alegria como resposta ao ultraje e à mortificação".[44] O jornalista Abbott Liebling manteve por toda a vida sua gratidão pela sagacidade de uma certa Angèle, que lhe evitou, dizia ele, as despesas de uma longa psicanálise ao declarar: "Você não é bonito, mas é passável". Se Angèle tivesse afirmado que ele era "sedutor", Liebling não iria acreditar; e detestaria que ela o qualificasse de "repugnante". Mas apreciava o fino discernimento de sua interlocutora: "Passável era o que eu esperava. Um rapaz busca desesperadamente ser considerado ao menos como uma possibilidade".[45]

No meio parisiense, mais permissivo do que o mundo anglo-saxão, a homossexualidade se liberava. Os escritores americanos haviam ficado desagradavelmente impressionados pelo processo, movido no Reino Unido, contra sua colega Radclyffe Hall, cujo romance *O poço da solidão*, publicado em 1928, narrava aventuras sáficas; o juiz condenara a obra por obscenidade e ordenara a destruição de todos os exemplares. Em Paris, nada disso. Em 1901, o público reservara grande sucesso a *Idylle saphique*, romance no qual a cortesã Liane de Pougy narrava sua ligação com Natalie Barney. De igual modo, as obras lésbicas de Djuna Barnes, *Ladies Almanack* (1928) e *Nightwood* (1936), não provocaram escândalo. Na vida cotidiana, eram banais os encontros aventurosos nas *vespasiennes*, em um salão de chá da rue de Rivoli ou nos cabarés especializados. Os comportamentos equívocos, como "as olhadelas fugidias e os pequenos gestos assustados e ao mesmo tempo provocantes" que Anaïs Nin notava em certos rapazinhos efeminados, suscitavam mais sorrisos do que indignação.[46] O escritor Glenway Wescott e o editor Monroe Wheeler podiam expor sua homossexualidade e levar em Paris uma tranquila vida de casal. Os escritores negros, como Claude McKay ou Langston Hughes, não se proibiam aventuras masculinas; Countee Cullen foi a Paris com seu companheiro Harold Jackman, figura do Renascimento Negro do Harlem. Certos homens não hesitavam em se travestir, como o estranho Dr.

O'Connor, inspirado num personagem real, descrito por Djuna Barnes em *Nightwood*. Mais do que entre os homens, a homossexualidade se revelava frequente entre as intelectuais americanas. Esse tipo de preferência sexual, embora se eleve, segundo as pesquisas, a 5% ou 7% de um determinado grupo, ultrapassava 50% entre as escritoras vindas do Novo Mundo. Evidentemente, estas encontravam em Paris um ambiente mais tolerante, que lhes permitia viver segundo seus gostos. Algumas constituíam uma vida de casal "clássica" e regrada, a exemplo de Gertrude Stein e Alice Toklas. Gertrude explicou a Hemingway que, se o ato homossexual masculino era "feio e asqueroso", as mulheres, entre elas, "jamais fazem nada que possa enojá-las, nada que seja repugnante"; assim, podiam viver em felicidade e harmonia.[47] Outros casais femininos mantinham sua ligação de um modo mais ou menos sereno. Annie W. Ellerman, Bryher em literatura, enquanto preservava as aparências graças a um casamento de fachada com McAlmon, era a companheira da poeta Hilda Doolittle, que assinava suas obras como H.D. Contudo, nenhuma das duas se proibia certas aventuras externas. O mesmo ocorria com o casal formado pela grande jornalista Janet Flanner e Solita Solano, que lhe servia de secretária-arquivista; muitas vezes Janet dormia fora de casa, mas sempre voltava para Solita, mesmo quando ficou muito apaixonada por Noël Murphy, cunhada do esteta Gerald Murphy. A livreira Sylvia Beach viveu em grande harmonia com Adrienne Monnier, que, como ela, mantinha uma loja de livros à rue de l'Odéon. Mas em 1936, ao retornar de uma viagem aos Estados Unidos, onde fora comemorar os 84 anos de seu pai, Sylvia descobriu que Adrienne a substituíra pela jovem fotógrafa alemã Gisèle Freund; resignando-se diante do fato consumado, Sylvia se instalou num pequeno aposento em cima de sua livraria e contentou-se com ir fazer as refeições na casa de sua antiga companheira.

Nem sempre as histórias de amor se resolviam de modo igualmente pacífico. Assim, o par constituído pelas codiretoras da *Little Review*, Jane Heap e Margaret Anderson, se rompeu quando a segunda se apaixonou pela cantora Georgette Leblanc; Jane Heap, furiosa, retornou sozinha a Nova York. O casal que Djuna Barnes e a escultora Thelma Wood formaram de 1927 a 1931 foi perturbado por tempestades quase cotidianas. É verdade que nenhuma das duas ocultava muito seus impulsos, apesar do risco de melindrar a companheira; Peggy Guggenheim, divertida e ao mesmo tempo embaraçada, relata que, durante uma noitada em Paris, recebeu uma "proposta (não ouso dizer de casamento) de uma certa Thelma Wood que caiu de joelhos diante de mim".[48] Djuna transpôs sua história de amor para *Nightwood*, que narrava o idílio entre Robine e Nora, e depois entre Robine e Jenny.

As lésbicas de Paris haviam construído uma espécie de contrassociedade. Elas se encontravam em certos cabarés, como o Monocle e o Gipsy Bar, no bulevar Edgar-Quinet, ou o Palmyre, à Place Blanche. Nesses locais, podiam dançar juntas, trocar carinhos, buscar uma companheira, vestir-se segundo o próprio gosto, como este grupo descrito por John Glassco: "Soberbas criaturas vestidas em terno e gravata escuros e de bom corte, sapatos de salto baixo".[49] Todas exaltavam a liberdade de amar e relatavam abertamente, em suas obras literárias, as aventuras que haviam vivido.

A figura de proa da comunidade lésbica era Natalie Barney, que podia ignorar as convenções graças à sua considerável fortuna, à sua beleza loura, calma e serena, à sua prestigiosa rede de amizades no mundo da cultura e da política, à sua indiferença perante a religião e ao seu repúdio a qualquer invasão desta última sobre a vida privada e os prazeres. É verdade que Natalie dividia o tempo em duas partes bem distintas. Em seu salão, as regras da respeitabilidade mundana clássica eram rigorosamente seguidas. Os convidados bebiam chá e degustavam delicadas *pâtisseries*, mantendo conversações circunspectas. As lésbicas eram instadas a banir de seu vestuário qualquer forma de masculinidade. Em contraposição, no âmbito privado, Natalie não se proibia nada. No Templo da Amizade, adjacente ao seu domicílio à rue Jacob, organizava festas pagãs em homenagem a Safo; suas amigas se fantasiavam de deusas antigas; a escritora Colette, inteiramente despida, dançava livremente, enquanto Janet Flanner se apresentava usando fraque e cartola. Se a animadora do outro grande salão literário, Gertrude Stein, foi sempre fiel à sua companheira Alice, Natalie, ao contrário, multiplicou as conquistas, as quais muitas vezes ficaram tão impressionadas pela beleza fulgurante, pelo charme e pela inteligência da amante que a evocaram em suas obras. Em meio ao grupo das parceiras de Natalie podem ser citadas a cortesã Liane de Pougy, que transcreveu o caso em seu romance *Idylle saphique* (1901); as escritoras Renée Vivien, que evoca seus amores com Barney em *Études et préludes* (1901), Colette, cuja personagem Flossie, da série das *Claudine* (1903), era o decalque de Natalie, e Lucie Delarue-Mardrus, que baseou em sua amante a figura de Laurette em *L'Ange et les pervers* (1930). Entre as outras ligações de Natalie incluíam-se Dolly Wilde, sobrinha de Oscar Wilde, a pintora Romaine Brooks e a duquesa de Gramont. Mesmo as lésbicas que não parecem ter mantido relações íntimas com Natalie Barney introduziram essa personalidade singular em seus escritos: ela foi a Évangeline Musset no *Ladies Almanack* de Djuna Barnes e a Valérie Seymour de *O poço da solidão* de Radclyffe Hall. Natalie, por sua vez, descreveu o *ménage à trois* que ela formou com Liane de Pougy e a baronesa Mimi

Franchetti em seu romance póstumo *Amants féminins ou la troisième*.⁵⁰ Seus *Pensées d'une amazone* bem demonstram que sua prioridade foi sempre o amor: "Amor, lirismo dos sentidos", "A cada amor, mais longe do que o amor".⁵¹

Raros engajamentos políticos

A respeito dos engajamentos políticos, Mary Jayne Gold observava: "Na França, trata-se de algo inevitável, tanto quanto a culinária ou o amor".⁵² Em Paris desenvolviam-se debates animadíssimos nas assembleias parlamentares e nos jornais. Os cidadãos trocavam ideias nas conversas privadas, em casa ou nas *terrasses* dos cafés. Manifestações e reuniões diversas eram organizadas na via pública. Desse modo, os escritores americanos eram inevitavelmente confrontados com o choque das ideias e encontravam, se assim desejassem, possibilidades de engajamento nos combates do momento. No entanto, somente cerca de dez deles assumiram posições mais ou menos explícitas.

Deve-se classificar à parte Ezra Pound, que foi o único a sucumbir às sereias fascistas. Seduzido pelo regime mussolinista, ele se estabeleceu na Itália em 1924, tendo em seguida afirmado sua simpatia pelo nazismo e publicado filípicas contra os judeus. Durante a Segunda Guerra Mundial, pronunciou na rádio italiana alocuções pró-fascistas, de modo que, após o conflito, o governo americano mandou prendê-lo como criminoso de guerra, mas acabou renunciando a julgá-lo: declarado louco, Pound foi internado num asilo psiquiátrico. Libertado em 1958, foi terminar seus dias em Veneza, e nunca voltou a se manifestar em público.

Entre os recém-chegados, uma pequena minoria era politizada à esquerda, antes mesmo de deixar os Estados Unidos. Era o caso de Kay Boyle, influenciada pelo progressismo de seus pais, que preconizavam a solidariedade entre ricos e pobres e a liberação sexual da mulher; em 1936, ela publicou o romance *Death of a Man*, que condenava o nazismo. Walter Lowenfels, Dorothy Parker, John Dos Passos também expunham opiniões resolutamente antifascistas. William Carlos Williams se dizia socialista anticapitalista e acreditava que as massas pobres esperavam a revolução; Malcolm Cowley desejava que o governo americano desse seu apoio aos republicanos durante a guerra civil da Espanha; Claude McKay e Langston Hughes visitaram a URSS e se declararam interessados pela experiência política e social que ali se desenvolvia. Todos se diziam mais ou menos próximos do comunismo: a maioria havia tomado a defesa dos anarquistas Sacco e Vanzetti, condenados nos Estados Unidos e executados em 1927. À exceção de Dos Passos, que moderou suas escolhas e tornou-se firmemente antiestalinista a partir da guerra da Espanha, todos foram vítimas do macarthismo após a Segunda Guerra Mundial. Kay Boyle viveu tempo suficiente para opor-se à intervenção militar dos Estados Unidos no Vietnã.

Na verdade, a maioria dos americanos chegava a Paris sem exibir escolhas ideológicas determinadas. Quase todos permaneciam nessa linha e preferiam continuar afastados dos combates políticos. Nos primeiros artigos que enviou ao seu jornal canadense, Hemingway recomendou fortemente aos Estados Unidos que se mantivessem neutros na guerra que, mais dia menos dia, explodiria na Europa. Ele lembrava que o Velho Mundo sempre conhecera dilacerações assassinas; os americanos não deviam, sob pretexto algum, participar desses enfrentamentos que não lhes concerniam.[53] De igual modo, Henry Miller, preocupado unicamente com a redação de sua obra, proclamava com firmeza: "Eu não tenho nenhuma lealdade, nenhuma responsabilidade, nenhum ódio, nenhum preconceito, nenhuma paixão. Não sou nem pró nem contra.

Sou neutro".⁵⁴ Em 9 de fevereiro de 1934, encontrando-se por acaso no meio de uma manifestação duramente reprimida pelas forças da ordem, ele buscou, com a energia do desespero, escapar da multidão e voltar para casa. Depois, não quis se informar sobre as origens do confronto nem saber se o elemento determinante era a crise política e econômica atravessada pela França, o caso Stavisky ou a ascensão da extrema direita. Contudo, a evolução da conjuntura não deixava indiferentes todos os americanos. Em certos casos, alguns expressavam uma opinião. Por exemplo, em 1924, Scott Fitzgerald, de volta de uma curta viagem à Itália, escreveu a um amigo que se sentia deprimido pela descoberta de um "país morto", no qual a "pseudoatividade" de Mussolini se identificava somente às "últimas convulsões espasmódicas de um cadáver"; ele concluía que os transalpinos deviam estar verdadeiramente desesperados para se submeterem a tamanho tirano.⁵⁵ A presença de muitos refugiados políticos em Paris – armênios, russos do movimento branco, russos progressistas antiestalinistas, judeus e democratas da Alemanha, espanhóis – apresentava muitas questões aos americanos mais sensíveis às duras consequências da dissidência política. Era o caso de Mary Jayne Gold. Em suas memórias, ela confidencia: "Grande alma, eu era instintivamente inclinada à liberdade e à igualdade". Os membros da família parisiense que a hospedava, companheiros de estrada dos marxistas, exerceram sobre ela uma forte influência: "Eles contribuíram enormemente para formar, ou melhor, para reformar minhas opiniões políticas".⁵⁶ Mais tarde, em 1940, Mary Jayne, recolhida em Marselha, conheceu o compatriota Varian Fry e o ajudou em sua ação clandestina, permitindo que os intelectuais antifascistas se abrigassem nos Estados Unidos. Outra atenta observadora da política, a jornalista Janet Flanner, que, no início de seu longo período na França, se dizia neutra, como muitos outros americanos, e não dava razão nem aos comunistas nem aos fascistas, evoluiu progressivamente. Acabou por elogiar a esquerda francesa, que se opusera às forças reacionárias. Expressou viva admiração por Léon Blum, que havia "concebido mais reformas sociais do que qualquer um dos seus predecessores"; ela considerava Blum inteligente demais para ter êxito em política, mas predizia que "um dia, sem dúvida alguma, esse notável intelectual judeu será apreciado pela história".[57] Em 1944, Janet Flanner, continuando em sua trajetória progressista, publicou um estudo mordaz sobre o marechal Pétain, apresentando-o não como o salvador da França, mas como o assassino da República, mais apavorado pelo socialismo e pelos judeus do que pela Alemanha; ela lhe atribuía como principal façanha uma extrema longevidade!

O marxismo era a principal inquietação dos poucos americanos que se questionavam no domínio ideológico. Anaïs Nin se sentia particularmente afetada, porque um de seus amantes preferidos, Gonzalo Moré (retratado como Rango), militava num grupo de revolucionários vermelhos sul-americanos. Anaïs mantinha com ele longas discussões que a deixavam perplexa quanto à natureza dos princípios marxistas, assim como quanto à maturidade e à qualidade do engajamento de seu amigo. De fato, este, por um lado, indignava-se com o fato de um de seus camaradas preferir cuidar da mulher e dos filhos, gravemente doentes, em vez de devotar-se à causa da necessária revolução mundial: "Sacrificar o futuro de vários milhões de pessoas por duas pessoas!".[58] Por outro lado, Rango manifestou seu desassossego quando precisou agir pessoalmente, pois o partido lhe pedira que julgasse e executasse um traidor. Ele também caía no conceito de sua cultíssima protetora por amaldiçoar os intelectuais e desejar queimar os livros que, em sua opinião, nao traziam solução alguma para os problemas dos pobres. Embora tenha sido tentada por uma adesão ao marxismo, Anaïs se viu afastada dessa possibilidade pela rigidez da doutrina, que impunha linhas únicas de pensamento e de conduta, e pelo simplismo de seu amante. E concluía: "Não consigo compartilhar sua fé. Ela parece utópica e ingênua. Rango tem a ilusão de que o marxismo reorganizará o mundo".[59]

A guerra da Espanha, com seu cortejo de horrores, constituiu o supremo indicador relativo aos engajamentos políticos. Os americanos, até então neutros, permaneceram nessa postura, exceto Hemingway, que foi para a Espanha. Os que hesitavam ante a escolha do marxismo esqueceram às vezes o debate teórico e passaram à ação. De novo, Anaïs Nin oferece um bom exemplo desse comportamento. Sentada num café da Place Denfert-Rochereau, ela comprou um jornal que relatava os acontecimentos na Espanha. Então leu: "Massacres. Torturas. Crueldade. Fanatismo. Pessoas queimadas com gasolina. Ventres abertos em forma de cruz. Freiras inteiramente despidas".[60] Em consequência, permitiu que Rango organizasse reuniões secretas em sua *péniche* e assistiu aos comícios comunistas. Durante um destes, ouviu Dolores Ibárruri, *La Pasionaria*, e André Malraux, "ela com sua face ardente e sua voz poderosa, ele com sua nervosa intensidade, uma chama de outro gênero".[61] Anaïs gostaria de deixar-se levar por essa torrente verbal e talvez de aproximar-se do ideal revolucionário, mas sentiu-se incapaz disso. Então, optou por agir concretamente e socorrer os refugiados que, no início de 1939, entraram na França pela fronteira dos Pireneus. Esses 500 mil brigadistas e suas famílias, que inspiravam grande temor por causa de sua reputação de revolucionários impiedosos, eram desarmados e encerrados em locais requisitados para esse propósito, assim como em campos de concentração improvisados onde as condições de detenção se revelaram extremamente duras. Janet Flanner, que assistiu a esse êxodo, avaliou que "os espanhóis, chegando como uma horda de convidados sem eira nem beira, foram tratados praticamente como prisioneiros de guerra".[62] Nancy Cunard organizou doações em benefício deles.

Assim, nas fileiras americanas, raro foi o engajamento político. Muitas vezes este dependia das escolhas já feitas nos Estados Unidos ou dos conhecimentos travados na França. No caso das grandes convulsões, como a guerra da Espanha, a sensibilidade de cada um, os dilemas morais, a abertura para o outro exerceram grande papel na atitude da pequena minoria que tomou partido. Anaïs Nin, tal como Henry Miller, considerava que sua vocação de escritora ultrapassava qualquer outra consideração. Mas, diante do triste êxodo dos espanhóis, ela tentou remediar a miséria destes e criticou severamente a indiferença e o egoísmo de seu amante.

7
Paris, uma escola para o escritor

Paris oferecia a imagem de uma cidade de passado prestigioso que ao mesmo tempo servia como ponto de ancoragem à criação contemporânea, uma cidade onde a liberdade e a intensidade das trocas favoreciam a diversidade das pesquisas artísticas, uma cidade onde a literatura podia se desenvolver graças a excepcionais possibilidades de publicação. Assim, para os americanos, não existia outro lugar que reunisse tantas condições favoráveis à elaboração de uma nova arte de escrever. Dadaísmo, surrealismo, cubismo, entre outros, propunham muitas fontes de inspiração, discutidas, aceitas ou contestadas. Nesse vasto debate intelectual, os artistas tomavam mais consciência de si mesmos, de sua identidade, de suas aspirações, de suas relações com a cultura francesa, vista como um modelo mais ou menos reivindicado.

O fermento parisiense

Os escritores americanos de Paris ponderavam que viviam num local de criação único no mundo: conservatório de todas as artes e, ao mesmo tempo, laboratório onde nascia uma cultura nova. Por isso, Gertrude Stein podia assegurar que Paris e a França constituíam o "pano de fundo natural para a arte e a literatura do século XX".[1] Para a célebre colecionadora de arte moderna, a capital oferecia tantas condições estimulantes que os numerosos estrangeiros que lá iam para escrever, pintar, esculpir, compor não teriam podido levar a termo suas obras nos respectivos países de origem: "Em casa, eles podiam ser dentistas!".[2] Sem dúvida, nem todos os artistas rodopiavam nas asas da inspiração e muitos permaneciam na obscuridade, mas todos podiam tentar sua sorte: Paris, dizia Ezra Pound, era o "paraíso dos artistas, seja qual for o mérito deles".[3]

Se Paris tolerava todas as audácias artísticas, era porque, nessa cidade antiga e prestigiosa, o passado solidamente enraizado e estreitamente mesclado ao presente dava à cultura um alicerce indestrutível. De fato, os americanos achavam que um povo como aquele da capital francesa, fiel à herança do passado, aos seus valores, à sua arte de viver, possuía tamanho vigor que não podia temer as inovações. O anteparo de vida e de resistência constituído pela história garantia a cada criador uma liberdade sem igual e autorizava todas as experiências. Abbott Liebling observava que os teatros nova-iorquinos nunca programavam as obras do passado, pois somente as criações contemporâneas lhes pareciam oferecer algum interesse. Em Paris, ao contrário, Liebling, que revelava gostos ecléticos, aplaudia no *music-hall* o *comique troupier** Polin, cujo repertório datava de 1890, e os contemporâneos Mistinguett e Maurice Chevalier. Apreciava as peças de Racine e de Molière na Comédie-Française, e também o teatro moderno de Jules Romains e de Jean Giraudoux no Théâtre

---

* Cantor de café-concerto e de *music-hall* que interpretava, vestido de soldado (*troupier*), um repertório geralmente cheio de subentendidos maliciosos. (N.T.)

des Champs-Élysées. No Mogador ou no Gaîté-Lyrique, encantava-se com a opereta *Les Cloches de Corneville*, de Robert Planquette, criada em 1877, assim como gostava da comédia musical *No no Nanette*, de Vincent Youmans, levada a público pela primeira vez em Paris em 1927. Liebling frequentava sucessivamente o Grand-Guignol do beco Chaptal, onde eram encenadas velhas peças de terror, muitas vezes consideradas fora de moda, e as salas especializadas em vanguarda.[4] De igual modo, o afro-americano Countee Cullen se emocionava com as obras de Beethoven e de Berlioz ouvidas nas salas de concerto e se divertia no *music-hall*, onde se produziam jovens artistas.

Os americanos deixavam-se levar pela febre artística que caracterizava a Paris do entreguerras. Começavam visitando os museus e assistiam aos espetáculos clássicos. Depois descobriam que, a cada dia, a capital lhes oferecia um vernissage, a estreia de uma peça de teatro, a apresentação de uma obra musical do Groupe des Six,* de um balé dançado por uma trupe russa ou sueca, de uma nova revista de *music-hall*, ou ainda uma manifestação dadaísta, um espetáculo de circo, um filme surrealista. Os mais ricos eram convidados para as faustosas noitadas organizadas pelo generoso mecenas Étienne de Beaumont com a colaboração artística de seus amigos Picasso, Cocteau, Milhaud, Satie. Henry Miller não tinha nem recursos nem gosto para assistir às grandes estreias mundanas, mas se mostrava sensível ao intenso trabalho de criação que observava em Paris: "O escultor defronte daqui talha uma estátua em seu jardim [...]. Cada casa encerra um escritor, um pintor, um músico, um escultor, um bailarino ou um ator. Assim é na minha rua, mas em Paris existem centenas de ruas semelhantes.

---

* Grupo de vanguarda constituído pelos compositores franceses Georges Auric, Louis Durey, Arthur Honegger, Darius Milhaud, Francis Poulenc e Germain Tailleferre. (N.T.)

Há um constante exército de artistas trabalhando, o maior de qualquer cidade do mundo. Isso é o que constitui Paris, esta grande massa de homens e mulheres que se consagram às coisas do espírito. É isso que anima a cidade, o que faz dela o ímã do mundo cultural".[5]

Os artistas que, em vida, já eram considerados mestres recebiam muitas homenagens. Os músicos americanos se acotovelavam para acompanhar os cursos dos grandes professores franceses, como Nadia Boulanger, que tinha como alunos Aaron Copland e Virgil Thomson; Vincent d'Indy, que dava aulas a Cole Porter; ou Erik Satie, que acolhia George Antheil. O mesmo se dava no domínio das artes plásticas: David Bourne, o jovem escritor bem-sucedido, protagonista do romance *O jardim do Éden* de Hemingway, procurava um ilustrador para seu novo livro e vivia o embaraço da escolha entre vários mestres: Picasso, Dufy, Derain, Pascin ou Marie Laurencin. Anaïs Nin, por recomendação imperiosa de sua amiga francesa Hélène Boussinesq, corria ao teatro para admirar as encenações de Jouvet, Dullin e Pitoëff. Muitos escritores se mostravam impressionados ao saberem que Joyce residia em Paris, pois, segundo a expressão de Sylvia Beach, o irlandês era considerado um "deus" pela geração mais nova.

Paris oferecia um imenso leque de recursos para os jovens que desejavam saciar sua sede de cultura. O percurso de Ezra Pound fornece um bom exemplo das curiosidades que podiam ser satisfeitas na Cidade-Luz. Quando chegou, em 1920, o poeta se apaixonou pelo unanimismo, o qual, teorizado por Jules Romains, recomendava aos escritores que estudassem o indivíduo através de suas relações sociais, e portanto se orientassem para um retrato da vida coletiva. Pound também ficou interessadíssimo pelo dadaísmo, por seu poder de subversão, sua mistura das formas artísticas, sua dimensão internacional. Ele defendeu ardentemente Joyce, apreciou trocar ideias com Gertrude Stein e Hemingway, exaltou-se diante das fotografias surrealistas de Man Ray, compôs uma ópera com George Antheil, experimentou-se na escultura... Dos Passos, por sua vez, foi particularmente seduzido pela música que podia ouvir na capital: afirmava experimentar um "apego doentio"[6] a Debussy e *Pelléas et Mélisande*, cujo libreto ele recitava; também apreciava Milhaud, Poulenc e Honegger, do Groupe des Six, assim como Satie; entusiasmou-se pelos Ballets Russes, que lhe davam a impressão de representar o que a tragédia encarnara para os gregos: "*A sagração da primavera* me parecia ser o apogeu da arte teatral [...]. A música de Stravinski estava em nosso sangue".[7] Em contraposição, Dos Passos, espírito muito crítico, manteve-se reservado em relação a Joyce, a quem conheceu na casa de Sylvia Beach: "Tive a oportunidade de trocar um débil aperto de mão com um homem pálido e indiferente que se encolhia junto à estufa",[8] Quanto a *Ulisses*, o americano achava que o livro apresentava páginas magníficas e outras bem tediosas. Enfim, Dos Passos sentiu-se desalentado com os dadaístas, suas manifestações e seu pequeno hino, que lhe parecia pueril: "Dada, Dada". Ele acrescentava: "Era uma famosa trupe de malucos".[9]

Para os americanos, um dos pontos fortes do fulcro parisiense residia na riqueza e na liberdade das trocas intelectuais. Certos debates, alimentados por suscetibilidades pessoais, às vezes lhes pareciam mesquinhos, mas, no conjunto, os escritores apreciavam a qualidade das discussoes e o desinteresse dos protagonistas, que sabiam manter-se independentes dos grupos de pressão e das forças financeiras. Ezra Pound compartilhava essa análise: "Paris é cheia de *vendettas* e mexericos pessoais, de historinhas malévolas, de respostas descorteses [...]. Porém, a cidade continua sendo o lugar onde, mais do que em qualquer outro, podemos encontrar muitos homens e coisas que não estão à venda".[10] Henry Miller, que assistiu a um debate público sobre a defesa do cinema francês, ficou impressionado pela pertinência das intervenções: eram invocados o talento de Max Linder – que não diminuía em nada o de Charlie Chaplin, qualificado de "mímico universal" –, a força do gênero cômico na tela, os filmes surrealistas como *Um cão andaluz* de Luis Buñuel, as relações entre cinema e artes plásticas, as leis da indústria cinematográfica. Certos participantes citavam Sacha Guitry, Élie Faure, André Salmon e, de maneira mais inesperada, Rabelais e Boccaccio.[11] A extremamente clássica Edith Wharton, que às vezes frequentava círculos intelectuais de vanguarda, traçou o retrato de um grupo juvenil que professava um niilismo filosófico muito distante das inclinações dessa elegante aristocrata das letras. Ela, porém, reconhecia nos jovens um "espírito curioso, erudito e analítico, uma inteligência treinada [...], as sutis vibrações da inteligência", que pareciam inerentes a Paris.[12] Pound também destacava essa inteligência dos franceses, da qual detectava uma ilustração magnífica nos escritos de Flaubert, no *Bouvard et Pécuchet* e, sobretudo, em seu *Dicionário das ideias feitas*, essa "coleção gargantuesca de imbecilidades".[13]

Mas, para facilitar a participação no movimento das ideias, os americanos precisavam conhecer a língua francesa. Nesse aspecto, a situação se revelava bastante variável. Alguns, como Scott Fitzgerald, permaneceram à parte. Outros se mostravam perfeitamente à vontade, familiarizados que eram com o idioma de Molière desde a infância, caso de Natalie Barney, Harry Crosby, Malcolm Cowley, William Carlos Williams, que fizera uma parte de seus estudos secundários no liceu Condorcet, onde fora matriculado pela mãe, ela mesma excelente francófona. Gertrude Stein dominava a língua, mas se recusava a utilizá-la por escrito. Henry Miller, por sua vez, pouco à vontade no início de sua estada, fez grandes esforços para ler e falar, compreender os diálogos dos filmes e até mesmo escrever. Na verdade, ele admirava o francês, e confidenciou a um amigo: "No próximo ano escreverei nessa língua prestigiosa. Eu a amo. Amo a maneira pela qual os adjetivos afluem, e as expressões nuançadas, a cadência, a sonoridade, a sutileza de tudo isso".[14] Djuna Barnes expressou o mesmo canto de amor por essa "língua que escoa graciosamente, vogais e consoantes ondulando como renda, e no entanto indomável, girando de maneira estável".[15] Alguns americanos, desejosos de aperfeiçoar seu conhecimento da língua e da cultura francesas, seguiam cursos nas grandes instituições universitárias da capital. Alain Locke frequentou o Collège de France; muitos de seus confrades se matricularam na Sorbonne, caso de Dos Passos, T.S. Eliot, Abbott Liebling, Jessie Fauset, Gwendolyn Bennett, John Matheus, Mary Jayne Gold, que se sentiu arrastada por um delicioso e proveitoso "redemoinho cultural".[16]

A leitura oferecia um dos principais caminhos para entrar no universo francês. Muitas vezes os americanos se diziam surpresos pelo número de livrarias e sebos que pontilhavam as ruas de Paris. Também se espantavam com o aspecto modesto dos livros, simples brochuras, contrariamente às obras americanas, geralmente impressas em papéis luxuosos e adornadas com capas duras que chamavam a atenção. Os franceses, notavam os visitantes, priorizavam o conteúdo, e não a aparência dos livros. O ritmo dos lançamentos era considerado importante, algo que, segundo Gertrude Stein, constituía um sinal de vitalidade: "O pulso mais seguro para indicar a situação de um país é a produção da arte que o caracteriza e que não tem nenhuma relação com sua vida material".[17]

Uma vez instalados em Paris, os americanos, em sua maioria, eram tomados por uma bulimia de leitura. Assim, Henry Miller era, segundo o testemunho de seu amigo Brassaï, o típico "devorador de livros": "Consumia uns dez por semana. Ele lê tal qual um esfomeado come", dizia Durrell a seu respeito. "Lia no café, no restaurante, no metrô, na cama e, de preferência, na privada."[18] Entre os clássicos, Miller situava Rabelais acima de Cervantes, Swift e Goethe; sentia-se próximo de Montaigne, o qual, como ele, identificava o pensamento com a vida. Após ter lido toda a *Comédia humana* de Balzac, Miller afirmou sua preferência pelos estranhos *Seráfita* e *Louis Lambert*. Apaixonou-se por Proust e confidenciou a Anaïs Nin: "Proust me atordoa. Estou chegando ao fim do primeiro volume e deliberadamente parei de ler, pois quero racionar meu prazer e meu sofrimento".[19] Entre os contemporâneos, Miller assinalou seu interesse ou sua admiração por Valéry, Gide, Saint-Exupéry, Claudel, Cocteau, Morand, Cendrars, Breton e os surrealistas, Delteil,[20] Céline, cuja escrita, violenta e calcada sobre a linguagem falada, deixou-o impressionado.[21] A maioria dos americanos avaliava a importância de Proust e se empenhava em traçar um paralelo entre ele e Joyce. Na verdade, cada escritor construía seu próprio panteão literário. Pound amava particularmente o teatro de Cocteau, sobretudo *Antígona*, mas também os surrealistas, Drieu La Rochelle, Giraudoux, Larbeau, Benda, Morand. Hemingway, assim como Miller, admirava Rabelais, e o citava com frequência; também apreciava Stendhal, Flaubert, Maupassant; descobriu com prazer os romances policiais de Georges Simenon e tentou, em vão, convencer Gertrude Stein a lê-los. Harry Crosby mergulhava deliciado na obra de Montaigne e de Pascal; admirava igualmente os romancistas e certos poetas do século XIX, como Nerval e Rimbaud.

Desse modo, o turbilhão cultural parisiense, os espetáculos, as leituras, os debates constituíam uma espécie de escola que formava o gosto dos escritores, ampliava-lhes o horizonte, dava-lhes pontos de ancoragem e de comparação, suscitava sua adesão ou sua rejeição, às vezes sua perplexidade, despertava entre eles uma real emulação. Sua escrita resultava, em boa parte, das experiências que viviam no núcleo criativo de Paris.

Escrever

Os americanos tinham esperança de, bem estabelecidos em Paris, escapar ao conformismo e à mediocridade que, segundo eles, oprimiam muitos de seus confrades permanecidos nos Estados Unidos. Queriam elaborar novas formas literárias, ainda que isso arruinasse tudo o que os precedera. Era o que proclamava um grupo de jovens intelectuais apresentados por Edith Wharton: "O que nós desejamos é quebrar os velhos moldes, demolir os velhos pontos de referência [...]. O instinto do artista: destruir para renovar".[22] Ezra Pound se dirigira a Paris justamente para encontrar ali valores literários, morais e políticos que ele procurara em vão nos Estados Unidos e na Inglaterra. Seu objetivo era claramente o de desarrumar tudo o que existia. Henry Miller também queria metamorfosear a arte de escrever: "Quando parti da América, joguei fora todas as minhas ideias preconcebidas sobre a literatura. Assim que cheguei, senti algo diferente no ar, em meu ar. Ao olhar as vitrines, os livros, os manifestos, os títulos, as ideias que proliferam aqui como enxames de moscas, compreendi que tudo isso me trouxera para cá. Em Paris, entreguei-me a uma reflexão mais profunda, mais séria do que nunca sobre a escrita".[23] Certos escritores compreendiam que seu trajeto rumo à capital francesa equivalia simbolicamente à viagem iniciática realizada por Gauguin para o Taiti e por Van Gogh para Arles.

Os americanos da Geração Perdida não constituíam uma escola artística *stricto sensu*. Seguiam caminhos criativos singulares, que correspondiam ao temperamento de cada um, às suas experiências e aspirações. Contudo, orientações e influências comuns se exerciam sobre eles, o que permite destacar pontos também comuns. Muitos escritores visavam sobretudo construir um estilo simples, despojado e seco. Para tal fim, Gertrude Stein, entre outros conselhos, prescreveu a Hemingway que suprimisse os adjetivos e os advérbios de que os jornalistas abusam, e que sugerisse mais do que descrevesse. Atento a essa lição, Hemingway levava um escritor de ficção que era seu duplo a dizer: "Perceba até que ponto tudo é complicado e em seguida expresse tudo, simplesmente".[24] Às recomendações de Gertrude Stein, Hemingway acrescentou a visita ao Louvre e ao Jeu de Paume, onde os quadros de Manet, Monet e sobretudo Cézanne foram para ele uma revelação. De fato, os artistas, simplesmente pintando, mas não de maneira simplista, obtinham o resultado que ele mesmo buscava atingir com palavras: chegar a uma realidade escondida por trás das aparências. Porém, nem todos os americanos eram convertidos à simplicidade. Por exemplo Miller, marcado por Céline, adotou com frequência uma sintaxe sincopada, procurou imagens fortes, não hesitou em dar às suas descrições uma dimensão alucinatória.

Oferecer um reflexo da verdadeira vida: esse era um dos outros objetivos principais atribuídos à literatura por muitos escritores. Esse objetivo, apesar de sua aparente evidência, não se mostrava fácil de alcançar. Assim, Robert McAlmon, que, em seus romances, reproduzia o real tal como o percebera, com sinceridade mas sem retoques, suscitava a crítica de seus pares: para eles, o caráter bruto das observações e a ausência de releitura constituíam graves fraquezas. Henry Miller aderia resolutamente à ambição geral de realismo: "Um livro é um fragmento de vida, uma manifestação de vida, assim como um cavalo ou uma estrela";[25] a literatura devia apoiar-se em "documentos humanos"; Miller acrescentava: "Cada linha e cada palavra têm uma relação vital com minha vida".[26] De igual modo, Ernest Hemingway sempre recordou o conselho que recebera de Gertrude Stein: "Escreva a frase mais verdadeira que você conhece",[27] o que implicava a adoção de um estilo sem afetação; ele mesmo fazia seu porta-voz de ficção, David Bourne, dizer: "Olhe as coisas, escute e sinta". Numa carta aos pais, que, chocados por sua coletânea de novelas *In Our Time*, tinham-lhe devolvido o livro sem lê-lo por inteiro, Hemingway explicou que procurava "transmitir o sentido da vida tal como ela é", o que o obrigava a pintar o "feio, tanto quanto aquilo que é belo": tamanha sinceridade permitia ao leitor acreditar que havia compartilhado as experiências do autor.[28] Hemingway, que, obtido o sucesso, se transformara em conselheiro do seu colega mais velho na carreira, Scott Fitzgerald, criticou este último por ter traído seus modelos, o casal Murphy, no romance *Suave é a noite*, atribuindo-lhes caracteres que não eram realmente os deles. Segundo Hemingway, o escritor, se modificasse o retrato de seus modelos, transformava-os em "dossiês clínicos esplendidamente falsificados"; o autor podia inventar, claro, mas "tão escrupulosamente que mais tarde aquilo acontecerá verdadeiramente assim". Hemingway concluía: "O que estanca um escritor é não escutar [...]. Você vê bastante bem, mas já não escuta".[29] Miller, embora reconhecesse praticar a mentira na literatura, não estava muito distante de Hemingway, pois reunia a verdade e suas alterações sob a bandeira da autenticidade e da sinceridade: "Ficção e invenção constituem o próprio tecido da vida".[30]

Para os escritores que estavam em Paris, a busca pelo vivido passava especialmente por uma espécie de submissão à influência mais ou menos direta que a velha e rica cidade exercia sobre eles. Os americanos se lembravam dos incontáveis intelectuais que os tinham precedido naqueles lugares, lembrança incessantemente reavivada pelos nomes das ruas, pelas estátuas e pelas placas comemorativas. Essa coorte de prestigiosos criadores desaparecidos constituía uma espécie de corpo místico com o qual era preciso entrar em comunhão pela leitura e pela reflexão. Além disso os americanos, passeantes assíduos, percorriam as artérias da capital; registravam múltiplas imagens e cenas de rua, folheavam os livros nas livrarias e nos sebos, interrogavam os garçons e os motoristas de táxi, liam os jornais e recortavam certos artigos, conversavam longamente com seus compatriotas e com os artistas franceses. Alguns, como Ernest Hemingway, deixavam-se penetrar passivamente pelo mundo circundante; outros, a exemplo de Janet Flanner, acumulavam as anotações. Miller reiterou longamente seu método: "Necessito perambular muito, aqui e ali, perder tempo, parecer me divertir, ao passo que, o tempo todo, é claro, estou estudando a vida, as pessoas".[31]

"Quase não existem ruas em Paris que eu não tenha conhecido. Em cada uma, eu poderia instalar uma placa que comemorasse em letras douradas uma rica experiência nova, uma profunda realização, um momento de exaltação. Em Paris, não é preciso nenhum estimulante artificial. A atmosfera é saturada de criação. Deve-se fazer um esforço para evitar ser estimulado demais."[32]

Anaïs Nin e William Carlos Williams explicavam que também registravam múltiplas imagens e impressões, de maneira inconsciente e intuitiva. Mais tarde, de volta às suas casas, tomavam consciência da riqueza dos materiais coletados, o que abria as comportas da escrita. Miller, que procedia do mesmo modo, perguntava-se, uma vez instalado à sua mesa: "Qual compartimento abrirei primeiro no gaveteiro chinês de minha mente? Cada um contém uma receita, uma prescrição, uma fórmula".[33] Ele se sentia tão inspirado que acreditava poder escrever um livro por mês, se lhe fossem dados os recursos para tal. Hemingway assegurava que, em seu caso, a criação obedecia a mecanismos naturais e bastante misteriosos. Um dia, confidenciou a Gertrude Stein: "Quando me vem uma ideia, eu reduzo a chama, como num pequeno *réchaud* a álcool, ao ponto mais baixo possível. Então tudo explode, e minha ideia nasceu".[34] Quando pousava a pena, Hemingway se obrigava a não pensar mais na obra que estava sendo escrita, a fim de permitir que seu subconsciente registrasse tudo o que ele via e ouvia nas ruas de Paris. Depois retomava o trabalho e constatava que, tendo superalimentado sua inspiração, perdia o controle do texto: "O conto que eu estava escrevendo se fazia sozinho, e eu tinha dificuldade de seguir o ritmo que ele me impunha".[35]

    A fidelidade ao real se revelava tamanha que muitos personagens postos em cena pelos escritores americanos correspondiam a modelos bem vivos. Em *Suave é a noite*, Fitzgerald baseia os dois personagens principais em traços tomados de empréstimo a dois casais: Gerald e Sara Murphy por um lado, o próprio Fitzgerald e sua esposa Zelda por outro. *O sol também se levanta* multiplica os retratos reais: Hemingway se transpõe para Jack Barnes, lady Duff Cooper se torna lady Brett Ashley, Harold Loeb inspira Robert Cohn, Harold Stearns origina Harvey Stone, Glenway Wescott se transforma em Robert Prentice... Miller se entrega ao mesmo jogo em seu *Trópico de Câncer*: sua mulher June é rebatizada de Mona, o amigo Alfred Perlès se chama Carl, Samuel Putnam é Marlowe, Richard Osborn corresponde a Fillmore... Anaïs Nin, em seu diário e em suas obras de ficção fortemente inspiradas por esse diário, dá vida a Antonin Artaud, André Breton, Louise de Vilmorin, Jean Carteret... Djuna Barnes lança mão do mesmo procedimento em *Nightwood*, no qual, sob nomes falsos, aparecem Henry Bernstein, Gabriele D'Annunzio, Jean Cocteau, Gertrude Stein, André Breton, cuja silhueta fugitiva é sugerida por alusões ao seu livro *Nadja*.

O surrealismo que influenciou certos americanos encarnava uma outra forma, muito particular, de busca pela vida verdadeira. De fato, em seu manifesto de 1924, André Breton proclamava que o movimento ambicionava expressar o "funcionamento real do pensamento", estabelecendo um vínculo estreito entre o mundo sensível e o mundo do sonho, entre o real e o imaginário, para atingir a verdade absoluta. William Carlos Williams mostrou seu interesse por essa busca quando decidiu traduzir para o inglês o romance surrealista *Les Dernières Nuits de Paris*, de Philippe Soupault. Outros americanos, que transfiguraram a topografia parisiense num vasto mapa do inconsciente justapondo grandes vias, becos sem saída, ruelas tortuosas, também sofreram a influência surrealista. O mesmo se deu com Djuna Barnes, que, em *Nightwood*, descreveu as deambulações noturnas de suas heroínas em uma atmosfera de sonho, situou uma parte do enredo num bairro Saint-Sulpice fantasmático, pôs em cena uma sonâmbula esquartejada entre dois universos. Henry Miller ilustrou a mesma veia quando, após uma errância incontrolada, enumerou as imagens que surgiam em sua mente: "Cabras de subúrbio, apartamentos [...] mulas, passarelas e sentinelas, aves decapitadas, chifres de cervo ornados de fitas, máquinas de costura enferrujadas, ícones [...]. Devo convocar ao hall da vertigem essa lira conhecida sob o nome de Ponte do Brooklyn, ao mesmo tempo conservando o sabor e o aroma da Place de Rungis".[36]

Anaïs Nin expôs sua simpatia pelos surrealistas no início dos anos 1930; depois, no final de 1937, afastou-se deles, criticando-os por terem elaborado um sistema demasiado intelectual e qualificando Breton de "homem de laboratório".[37] Robert McAlmon e John Glassco também tomaram distância, porque consideravam o surrealismo, apesar da inteligência dos seus promotores, muito abstrato, obscuro e pesado; os casamentos inesperados entre palavras lhes davam a impressão de ter como único objetivo o de surpreender; e a "escrita automática, esta parece trabalho braçal".[38]

As pesquisas literárias mais audaciosas foram aquelas às quais se dedicou Gertrude Stein. Esta, por mais revolucionária que fosse sua busca, pretendia situar-se sob o signo da simplicidade e da autenticidade. De fato, ela queria restituir a natureza profunda de cada indivíduo, aquilo a que chamava de "ritmo interior" dele, a pulsação da vida, em suma. Recusava-se a ler textos em francês, mas escutava atentamente a língua falada em Paris, observava-lhe as inflexões e as singularidades, aquilo que, segundo ela, lhe permitia, pelo jogo das diferenças, compreender melhor as complexidades do inglês e fornecer uma nova expressão desse idioma.

Foi a pintura cubista que serviu de ponto de partida ao estilo de escrita elaborado por Gertrude Stein. Ela admirava essa estética de ruptura e podia tranquilamente estudá-la em sua casa, uma vez que possuía, entre outras, vinte obras cubistas de Picasso, sete de Juan Gris, duas de Braque. Era seduzida pela desconstrução que a nova escola propunha, pela ausência de hierarquia na composição, pela escolha de modelos simples, até mesmo insignificantes, fragmentados em facetas justapostas e autônomas que embaralhavam a legibilidade, mas revelavam uma realidade até então oculta. Desse modo Gertrude Stein, transpondo essa abordagem para a escrita, dedicava-se a tratar dos temas pouco ambiciosos, dos momentos da vida cotidiana, das simples descrições de lugares ou de multidões, dos retratos aparentemente pouco aprofundados de personalidades do mundo das artes e das letras. À narração cronológica, ela preferia os instantâneos. Expressava-se de maneira rasa e elementar, com termos insípidos e muitas repetições, algo que ela qualificava de "insistência", para penetrar a verdade dos indivíduos e das coisas. De fato, segundo Gertrude, a vida e a natureza eram baseadas em infinitas repetições, separadas por ínfimas diferenças: a rã se deslocava sempre por saltos, mas todos distintos pelo comprimento e pela altura; as aves se expressavam por cantos uniformes, mas variando muito levemente em modulação e intensidade. De igual modo, o homem se revelava constante em seu pensamento profundo, mas podia evoluir insensivelmente. Para se manter em contato estreito com essa realidade, Gertrude Stein se recusava a dominar a linguagem e, ao contrário, submetia-se ao ritmo que esta impunha. Assim, dedicava-se a pulverizar a frase, a desconstruir as estruturas gramaticais e sintáticas. Ela considerava que a língua não é o reflexo de uma estrutura, mas a justaposição de elementos aleatórios independentes dos códigos ordinários. Por isso, em nome da insistência, alinhava séries de palavras e de frases idênticas e, com o tempo, levemente dessemelhantes, o que supostamente traduzia o pensamento real dos seres. As palavras e as frases eram guarnecidas de pronomes, de advérbios de tempo e de lugar que acentuavam a obscuridade do discurso, mas multiplicavam as polissemias e as homofonias. Essa escrita muitas vezes tendia à ladainha e à silabação de jogos infantis, como demonstra o célebre verso de Gertrude Stein: "Rose is a rose is a rose". Em *O mundo é redondo*, primeiro livro cubista para crianças, Gertrude, consciente de que a maioria dos jovens não poderia de saída compreender o discurso, convidava os adultos a ler em voz alta, bem depressa, para fazer surgir o sentido latente: "Não se preocupem com as vírgulas que não estão presentes, leiam as palavras. Não se inquietem com o sentido que está presente, leiam as palavras mais depressa".[39] As ideias de Gertrude Stein influenciaram certos poetas, como E.E. Cummings, e interessaram outros. Hemingway, que lhe era devedor de conselhos dos quais se beneficiara, mostrava-se dividido: apreciava certas passagens escritas por sua amiga, mas pensava que o método dela repousava em parte sobre uma certa preguiça: a autora descuidava de reler a si mesma e de buscar a inteligibilidade: "O início desse livro *The Making of Americans* era maravilhoso e a continuação era excelente, mas tudo isso desembocava em repetições intermináveis que um escritor mais consciencioso ou menos preguiçoso teria jogado na cesta de lixo".[40] O editor Eugène Jolas, que publicou certos textos de Gertrude Stein em sua revista *transition*, ficava perplexo: gostava de certos "encadeamentos rítmicos" e das "repetições encantatórias de palavras corriqueiras", mas achava que esses "gaguejos esotéricos" não demoravam a revelar-se tediosos e pueris.[41] John Glassco, bem mais severo, condenava esses escritos "pretensiosos e de uma arrogância absoluta".[42] Quanto a Claude McKay, este deu o golpe de misericórdia, ao qualificar Gertrude de "grande sacerdotisa da arte sem arte".[43]

Uma afirmação identitária

"Eu descobri Paris ao mesmo tempo em que me descobri", deu-se conta Henry Miller.[44] Muitos outros escritores constataram a mesma coisa. Essa revelação identitária era favorecida pela distância em relação aos Estados Unidos, pelo exílio, pelo mergulho no ambiente parisiense, muito francês e ao mesmo tempo cosmopolita, pelos numerosos encontros, pelas experiências inéditas. Alguns viviam o transplante e a consequente mutação como uma libertação. Sentiam que se desprendiam da cultura americana, de suas limitações e de seu materialismo, para desenvolver-se num universo novo, mais condizente com as expectativas. Miller, que atravessou essa mutação com deleite, observou: "Nunca me tornarei um europeu, mas, graças a Deus, já não sou um americano". Ele só lamentava ter demorado demais para atravessar o Atlântico, e concluía: "Eu adoro a França. Não estou exagerando".[45] Gertrude Stein, a um jornalista que lhe perguntava o que ela pensava da França, respondeu: "Eu a amo, eu a defendo, eu moro nela".[46] Anaïs Nin fazia um de seus personagens pronunciar palavras que explicavam o sentido da verdadeira ascese que podia se realizar em Paris: "Quando era jovem, em meu país, eu situava acima de tudo a saúde, a energia, a vitalidade. Foi mais tarde, aqui, em Paris, que os poetas me ensinaram a desprezar a vida, me convenceram de que é mais romântico ser desesperado, mais nobre revoltar-se e morrer, do que resignar-se a viver como todo mundo, na mediocridade do cotidiano".[47]

Outros escritores, ao contrário, mostravam-se menos receptivos à supremacia de Paris. Descobriam que a grande cidade, apesar de seu prestígio e de seu brilho, frequentemente era suja e ruidosa, que os serviços públicos se revelavam mal organizados, as medidas administrativas complicadas, os habitantes muitas vezes pouco acolhedores. A metrópole envelhecida parecia ilustrar o declínio do Velho Mundo. Anaïs Nin, com sua personalidade complexa, oferece um bom exemplo do mal-estar sentido por uma parte dos escritores. Anaïs reconhecia a própria dívida em relação a Paris, que marcara uma etapa decisiva em seu percurso de artista e de mulher, despertara sua mente e seus sentidos, oferecera-lhe incontáveis experiências em todos os domínios. Nem por isso, contudo, ela atingira o equilíbrio que buscava, e sentia até mesmo um certo desassossego, compensando-o com uma vida de excessos; sobre uma de suas personagens, transposição de si mesma, dizia: "Para melhor combater essa angústia, ela preenchera furiosamente sua vida com amizades, amores, criações".[48] Recolhida em seu rústico retiro de Louveciennes, Anaïs já não suportava a tranquilidade da cidadezinha, o silêncio e a paz, o toque dos sinos; respirava o "odor de mofo do passado".[49] Acabava tendo saudade dos grandes espaços americanos, do dinamismo do Novo Mundo, das luzes ofuscantes e dos automóveis rápidos, do "ritmo elétrico de Nova York", que dava à pessoa a impressão de "cavalgar um fogoso puro-sangue".[50]

Os americanos que não cediam a uma admiração incondicional por Paris se dividiam em dois grupos. O primeiro, o dos pessimistas, era atormentado por uma verdadeira consciência culpada. Alguns compreendiam que o problema jazia nas profundezas deles mesmos, incapazes de encontrar um equilíbrio, onde quer que estivessem. Outros se davam conta de que haviam desperdiçado seu tempo abandonando-se a uma vida de prazeres fúteis: em *Trópico de Câncer*, o personagem Fillmore, duplo de Richard Osborn, queria deixar Paris porque, afinal, havia apreciado ali unicamente a licenciosidade, o álcool e as mulheres. O segundo grupo, o dos otimistas, descobria que a capital havia exercido o papel de um laboratório identitário: esses escritores não tinham aderido totalmente à cultura francesa, mas ao mesmo tempo haviam podido decifrar os vínculos que os prendiam à sua pátria. De longe, tinham apreendido melhor sua identidade de origem. Na maioria das vezes, aquilo que os aborrecia na França correspondia ao que eles amavam na América. A rejeição ao ambiente encarquilhado de Paris significava que eles permaneciam sensíveis à modernidade americana, aos arranha-céus, à publicidade, às audácias industriais, ao jazz. Em última análise, Paris, apesar de tudo, cumpria seu papel agregador facilitando o surgimento das vanguardas. Scott Fitzgerald, isolado por sua ignorância do francês, sua desconfiança, suas crises de etilismo, conscientizou-se em Paris dos incontáveis laços com sua terra natal que ele havia conservado.

Os negros americanos constituíam, na busca identitária, um caso particular. Tinham deixado os Estados Unidos, onde eram atormentados pelo desprezo, por constrangimentos e interdições sociais, esperando encontrar na França uma situação melhor. Jessie Fauset observava: "Gosto de viver com pessoas e num ambiente que não me recordam o tempo todo a determinação *Você não pode*. Sou negra e quero ser reconhecida como tal".[51] Claude McKay sentia de maneira aguda a consciência de sua cor, a "altivez instintiva, animal e puramente física de uma pessoa de cor que decidiu ser ela mesma levando uma existência simples e civilizada".[52] Paris e a França ofereciam precisamente uma imagem de abertura e uma generosidade que davam aos afro-americanos a impressão de que podiam saciar sua sede de dignidade, de igualdade e de liberdade. Muitos negros ficavam felizes por frequentarem sem impedimentos todos os locais públicos e por adquirirem uma existência individual, autônoma, visível. Para eles, Paris simbolizava os ideais ocidentais que os Estados Unidos haviam traído. Assim, a maioria dos escritores de cor desejava identificar-se com a cultura branca ocidental, emancipadora. Simultaneamente, os intelectuais parisienses descobriam a arte negra e pensavam que os negros americanos reconheceriam nela suas raízes. Nancy Cunard editava uma antologia que visava desmontar o preconceito racial e provar que os negros eram herdeiros de uma história própria, tão nobre e rica quanto a dos brancos. Mas os americanos, temendo que a arte africana fizesse-os passar por primitivos e fascinados pelos valores ocidentais, não procuravam valorizar sua diferença nem exibir-se como descendentes das tribos africanas ou dos antigos escravos.

Uma pequena minoria de negros, da qual Claude McKay, o mais revoltado dos intelectuais de cor, era a figura de proa, apresentava outro ponto de vista. McKay viajara muito, especialmente à Europa, à URSS, onde suas ideias marxistas lhe haviam valido uma boa acolhida, ao Marrocos, o que fazia dele um dos raros afro-americanos a ter posto os pés na África, a Marselha, onde se misturara à plebe imigrada. Sem dúvida essa vasta experiência o levava a prestar uma homenagem comedida aos valores franceses que permitiam viver mais agradavelmente do que sob a férula dos racistas americanos ou sob a opressão soviética. Mas McKay não cedia à admiração geral suscitada pela cultura francesa. Achava que esta, pensada por brancos para brancos, se revelava exasperante e opressora, à força de proclamar sua superioridade e sua dimensão universal. Criticava os franceses por se definirem, com total boa-fé, como o povo eleito da civilização, e por se transformarem assim em nacionalistas. McKay conhecia as realidades do colonialismo francês na África e suspeitava que o país dos direitos humanos queria assimilar as pessoas de cor para dividi-las e enfraquecer nelas qualquer veleidade de libertação. Por isso, convidava seus irmãos a "existirem enquanto negros num mundo branco, sem sobrecarregar a consciência com aquela puta extenuada que era a moralidade branca".[53] Claude McKay, filho rebelde da América e hóspede crítico da França, foi um dos primeiros a proclamar seu orgulho de ser negro; ele influenciou a geração de Léopold Senghor, de Aimé Césaire, de Léon-Gontran

Damas, e, ao mesmo tempo que eles, descobriu a noção de negritude. McKay observava: "Não quero ser um americano cem por cento, tanto quanto não quero ser, o que seria o pior dos destinos, um amigo profissional da França. Em literatura, quero ser eu mesmo".[54]

8
A edição americana em Paris

Os autores americanos – jornalistas, romancistas, poetas, ensaístas – buscavam, muito naturalmente, publicar suas obras, e em Paris encontraram compatriotas dispostos a ajudá-los. Nesse particular, a capital reunia diversas condições favoráveis: baixo custo econômico da edição, presença de ricos mecenas americanos amigos das artes, multiplicação dos jornais generalistas anglófonos e, sobretudo, das revistas de vanguarda, igualmente anglófonas, animadas por intelectuais de primeiro plano estabelecidos na capital, liberalismo da censura francesa. Assim, divulgaram-se muitos artigos e trabalhos, alguns dos quais marcaram uma data importante na história da literatura americana.

Condições favoráveis à edição

Em Paris constituíra-se um importante grupo de escritores e jornalistas americanos que reunia múltiplos talentos. Era o que Scott Fitzgerald constatava: "O melhor da América se encontra em Paris. O americano de Paris é o que a América faz de melhor. Para uma pessoa inteligente, é prazeroso viver num país inteligente".¹ No caso, o melhor da América designava os que viviam de escrever.

Muitos jornalistas americanos residiam na capital francesa e se expressavam nos jornais anglófonos ali publicados, assim como em outros periódicos impressos nos Estados Unidos. Esses redatores forneciam informações detalhadas sobre a obra dos intelectuais americanos estabelecidos em Paris e sobre as atividades artísticas que se desenvolviam na Cidade-Luz. Seus artigos transmitiam a imagem de uma vida cultural fervilhante, de um meio criativo muito dinâmico, de uma viva emulação entre artistas franceses e estrangeiros. Entre os redatores de imprensa, Janet Flanner ocupava o lugar principal. Tendo chegado a Paris em 1922, ela permaneceu na cidade até sua aposentadoria em 1975, exceto ao longo dos anos da Segunda Guerra Mundial, período durante o qual retornou aos Estados Unidos. Vinculada à *New Yorker*, enviava regularmente à revista sua célebre *Letter from Paris*. Essas crônicas, bastante trabalhadas, sempre pertinentes, evocavam toda a vida da capital francesa, até mesmo o noticiário do dia a dia e os grandes casos criminais. Os retratos de artistas e os necrológios elaborados por Flanner eram particularmente meticulosos. Ela revelou aos seus leitores os pintores da Escola de Paris, os Ballets Russes, Gide, Cocteau. Muito próxima dos escritores da Geração Perdida e detentora da reputação de ser a melhor amiga de Gertrude Stein, Janet Flanner contribuiu para difundir o pensamento e a arte dos autores de vanguarda. Solita Solano, menos influente do que sua companheira Janet Flanner, escrevia artigos que expressavam as mesmas opiniões. Outras jornalistas, como Pauline Pfeiffer, segunda esposa de Hemingway, e Pauline Crawford, trabalhavam para a edição francesa da *Vogue*, grande revista feminina americana. Bettina

Bedwell, correspondente em Paris para as indústrias têxteis americanas, redigia crônicas de moda que popularizavam o gosto parisiense. May Birkhead e Elsa Maxwell, íntimas sobretudo dos ricos residentes da *rive droite*, eram especializadas nos relatos mundanos. Florence Gilliam animava a revista literária *Gargoyle*.

Do lado masculino, o mundo do jornalismo incluía William Bird, Walter Lowenfels, William Seabrook, Harold Stearns. Eugène Jolas, por sua vez, representava na capital o *Chicago Tribune* e criou a revista *transition*. Harold Loeb exercia a função de corredator-chefe da publicação artística *Broom*. Certos escritores consagravam à imprensa uma parte de sua atividade, a começar por Hemingway, que fora para Paris como correspondente do *Toronto Star*. Ezra Pound e Samuel Putnam escreviam artigos de crítica literária.

No que concernia à literatura, muitos editores nova-iorquinos tinham-se conscientizado de que um importante número de escritores americanos reconhecidos ou promissores residia em Paris. Por isso, as principais editoras mantinham agentes permanentes na capital francesa a fim de selecionar autores de qualidade e de propor-lhes contratos. Nem sempre as escolhas se revelavam felizes, pois nem todos os artistas que viviam na capital demonstravam dons excepcionais. Por exemplo, como destaca John Glassco, a codiretora da revista *This Quarter*, Ethel Moorhead, publicava demasiados escritores "doentes, famélicos ou desanimados", vários deles desprovidos de talento.[2]

A edição se beneficiava de um precioso estimulante financeiro. De fato, em Paris residiam ricos mecenas americanos, amigos das artes e das letras, apreciadores de belos livros, dispostos a subvencionar publicações e pouco preocupados com a rentabilidade, desde que as obras respondessem a critérios de alta qualidade, inovação e experimentação formal. Esses estetas desinteressados, como Robert McAlmon, Harry e Caresse Crosby, Nancy Cunard, Edward Titus, esposo de Helena Rubinstein, dona de uma próspera firma de produtos de beleza, dedicaram-se à publicação de livros que eles admiravam. Com frequência, o amor ao belo impelia os mecenas a lançarem obras de luxo, impressas em excelente papel e ilustradas por artistas modernos. Às vezes, acrescentavam a elas seus próprios escritos que não tinham seduzido os editores convencionais.

A edição se revelava tanto mais fácil quanto o preço da impressão, levando-se em conta o câmbio, era muito vantajoso para os americanos. Além disso, os salários parisienses eram bem menos elevados do que nos Estados Unidos, de modo que o preço de custo se mostrava muito acessível. A tiragem de uma pequena revista, no máximo quinhentos exemplares, não ultrapassava a modesta soma de vinte dólares.

Outro fator favorável: uma censura complacente. A lei francesa proibia, é claro, a importação de livros licenciosos e imorais, mas não impedia a publicação de tais obras em língua estrangeira. Assim, em 1938, de 602 encomendas postais de publicações obscenas apreendidas pelas autoridades britânicas, 512 provinham da França. Nessas condições, certos editores, como Jack Kahane, inserindo-se na brecha, lançaram obras audaciosas no plano dos costumes, obras para as quais existia um público entre os americanos de Paris e os turistas.

Revistas de vanguarda

Em 1926, cerca de sessenta periódicos americanos eram publicados ou difundidos em Paris. A maioria desses títulos, como o *Wall Street Journal*, o *Christian Science Monitor* ou o *Dry Goods Economist*, não mostrava nenhum interesse pela literatura. A edição parisiense do *New York Herald*, com uma tiragem de 20 mil exemplares, era lida sobretudo pelos ricos americanos da *rive droite*. Estes buscavam informações gerais sobre seu país e sobre os negócios internacionais, relatos sobre a vida mundana, informações práticas; em contraposição, as rubricas literárias ocupavam um lugar secundário. O concorrente do *Herald* era o *Chicago Tribune*, mais lúdico e ao mesmo tempo mais intelectual, com tiragem de 8 mil exemplares. Esse periódico se interessava pela vida literária da *rive gauche* e, eventualmente, empregava jovens escritores em busca de uma pequena renda. Depois da quebra de 1929 e da partida de muitos americanos que viviam em Paris, o que reduziu o número de leitores, o *New York Herald* adquiriu a edição europeia do *Chicago Tribune*.

Longe da grande imprensa, as pequenas revistas americanas, numerosas e frequentemente efêmeras, concorriam para o dinamismo da vida literária. Livres, desprovidas de vínculos institucionais ou anúncios publicitários que pudessem comprometer sua independência, essas publicações se abriam à experimentação da escrita e à pluridisciplinaridade. De fato, os artigos tratavam de assuntos variadíssimos: poesia, romance, novela, filosofia, música, cinema, fotografia, arquitetura, pintura, escultura... Os autores mais vanguardistas, como James Joyce, encontravam facilmente seu lugar nas páginas das revistas, assim como os escritores não anglófonos cujas obras eram traduzidas na totalidade ou sob a forma de excertos.

Uma das primeiras revistas notáveis, *Gargoyle*, saiu durante os anos 1921 e 1922. Fora lançada pelo poeta e editor Arthur Moss, que já criara o jornal literário *The Quill* em Nova York. Com sua esposa e codiretora da revista, Florence Gilliam, Moss se instalara bem perto da livraria Shakespeare and Company, o que lhe possibilitou conhecer muitos escritores *habitués* da casa, como Hemingway, Malcolm Cowley,

Ezra Pound, Hilda Doolittle, Sinclair Lewis. As ilustrações eram assinadas por Picasso, Matisse, Derain, Modigliani. Em 1927, Moss e Florence Gilliam tentaram recuperar a tradição de *Gargoyle* publicando *The Boulevardier*.

The Transatlantic Review, fundada pelo britânico Ford Madox Ford, teve doze números, correspondentes aos meses do ano de 1924. Em suas colunas conviveram Hemingway, Pound, McAlmon, Gertrude Stein, Joyce. *This Quarter*, criada pelo poeta Ernest Walsh e sua protetora, a escocesa Ethel Moorhead, poeta e sufragista, saiu de maneira irregular entre 1925 e 1932. A morte de Walsh, vitimado pela tuberculose em 1926, explica em grande parte as dificuldades da revista. Esta se pretendia deliberadamente experimental, como demonstra a escolha dos colaboradores: Joyce, W.C. Williams, Stein, Cummings, André Breton, Tristan Tzara para os textos; Dalí, Chirico, Duchamp, Ernst para as ilustrações.

A principal revista e, além disso, a mais durável foi *transition*, que saiu de 1927 a 1938. A coleção completa reúne 25 números, entre os quais dois duplos, com aproximadamente trezentas páginas cada um. A tiragem alcançava 4 mil exemplares, ao passo que as outras revistas não ultrapassavam o total de mil. O fundador, Eugène Jolas, recusara-se a usar maiúscula inicial no nome do periódico, a fim de marcar seu caráter vanguardista. Esse caráter era acentuado pelo subtítulo: *An International Journal for Creative Experiment*. Jolas evidenciava bastante sua vontade de renovação anunciando que desejava promover a "revolução da palavra", abrir o "ateliê do espírito internacional e um laboratório para a poesia experimental". Para tal efeito, comprometeu-se a não recusar o manuscrito de autores desconhecidos. No total, foram cerca de quinhentos escritores e artistas que se viram nas páginas de *transition*. A dimensão inovadora da revista foi bem ilustrada pelos textos oferecidos aos leitores. Assim, Joyce publicou nela excertos de seu *Work in Progress*, matriz de *Finnegan's Wake*. Samuel Beckett divulgou ali suas primeiras obras. Kafka foi revelado ao público nesse periódico, mediante trechos em inglês de *O processo*. Stein, Djuna Barnes, Saint-John Perse, Tzara, Queneau, Éluard, Leiris, Soupault, Breton – graças a excertos de *Nadja* – figuraram nos sumários, ao lado de diversos outros escritores. A iconografia era devida, entre outros, a Man Ray, Cartier-Bresson, Berenice Abbott, Chirico, Ernst, Mondrian, Brancusi, Kandinsky. Um dos motivos de orgulho da *transition* foi o fato de ter introduzido o surrealismo nos Estados Unidos, um surrealismo visto como um prolongamento do simbolismo francês. Mais de uma vez, os censores americanos negaram a entrada no país a uma revista que eles consideravam ininteligível. Em novembro de 1927, Eugène Jolas replicou que, se os textos eram incompreensíveis, não via como eles poderiam corromper a juventude do Novo Mundo.

Editoras americanas não conformistas

Mais ainda do que artigos de revista, os escritores faziam questão de publicar livros que constituíam etapas importantes em sua obra, apresentavam marcantes inovações conceituais ou formais, chamavam a atenção sobre eles em caso de sucesso. Pois bem, empresários e estetas desinteressados, muitos dos quais dispunham de importantes recursos financeiros, fundaram editoras que, entre 1919 e 1939, publicaram cerca de trezentos títulos.

Entre os mais notáveis, um dos primeiros a se lançar foi Robert McAlmon, muito à vontade graças ao casamento de fachada com a rica herdeira Bryher. Em 1921 McAlmon fora cofundador, em Nova York, de uma pequena revista de vanguarda chamada *Contact*. Retomou esse nome para batizar a editora que ele criou em 1923 em Paris. Alojou a Contact Publishing Company na livraria de Sylvia Beach, a Shakespeare and Company, à rue de l'Odéon, 12, e confiou a impressão de seus livros a um dijonense, Maurice Darantière, conhecido por ter realizado a primeira edição do *Ulisses* de Joyce. A nova casa anunciou: "Publicaremos obras de vários autores que, por razões comerciais ou legislativas, têm pouca chance de serem editados em outro lugar". McAlmon publicou sete de suas próprias coletâneas de versos e também romances, entre os quais *Village: As it Happened through a Fifteen Year Period*. Essa narrativa, que evocava a atmosfera tacanha de uma aldeola da América profunda, foi muito bem acolhida. Mas McAlmon não tinha perseverança e se comparava a outros escritores com quem convivia em Paris, Hemingway, Fitzgerald, Joyce, talvez Pound, os quais considerava como gigantes. Pensava que não podia rivalizar com eles, e tentava esquecer seu desânimo bebendo e multiplicando as relações passageiras. Exercendo seu espírito crítico na direção da casa, fazia a triagem em meio à profusão de escritores mais ou menos dotados que o rodeavam, na esperança de serem publicados pela Contact. Com um julgamento seguro, ele selecionou os autores que teriam futuro. Assim, editou o primeiro livro de Hemingway, *Three Stories and Ten Poems* (1923), *The Making of Americans* de Gertrude Stein (1925), *Spring and All* de William Carlos Williams (1923), *Ladies Almanack*, livro de culto lésbico de Djuna Barnes (1928), obras de Bryher e Hilda Doolittle, além de uma interessante antologia que reunia textos inéditos escritos por contemporâneos (1925). Mas, por considerar a tarefa editorial pesada demais, McAlmon fechou a Contact em 1929, depois de ter dado vida a trinta obras.

Foi também em 1923 que o jornalista William Bird lançou sua própria empresa de edição, denominada The Three Mountains Press, por referência às três colinas de Paris: Montparnasse, Montmartre e Sainte-Geneviève. Ele instalou num pequeno local situado no Quai d'Anjou, 29, no 6º *arrondissement*, uma antiga prensa manual datada do século XVII. Aconselhado por Pound, Bird imprimiu pessoalmente vários livros escritos por autores da Geração Perdida, especialmente *The Great American Novel*, de William Carlos Williams (1923), *In Our Time*, de Hemingway (1924), *A Draft of XVI Cantos*, de Pound (1925). Associado por algum tempo à Contact Press, William Bird cessou sua atividade em 1926 e voltou à profissão de jornalista.

O jornalista e bibliófilo Edward Titus, que dispunha de importantes recursos graças à fortuna de sua esposa Helena Rubinstein, dirigiu de 1926 a 1932 a editora Black Manikin Press. Titus não buscava lucros: apresentava, em tiragem limitada, obras originais e caprichadas, destinadas a curiosos esclarecidos. Num ateliê situado à rue Delambre, 24, imprimiu 25 livros às vezes audaciosos, como *O amante de Lady Chatterley*, de D.H. Lawrence (1929), romance apreendido por obscenidade pelas autoridades britânicas e americanas, ou *The Case of Mr. Crump*, de Ludwig Lewisohn (1931), obra proibida pela censura nos Estados Unidos, as *Memórias* de Kiki de Montparnasse traduzidas para o inglês (1930), e o primeiro livro de Anaïs Nin, *D.H. Lawrence. An Unprofessional Study* (1932).

A Éditions Narcisse, fundada em 1927 e rebatizada como Black Sun Press no ano seguinte, nasceu também da vontade de dois ricos apreciadores, Harry e Caresse Crosby. Eles queriam publicar seus poemas e tiveram a ideia de concretizar, eles mesmos, esse projeto. Para levá-lo a termo, contrataram um impressor-gravador cuja oficina ficava à rue Cardinale, 2. Foi nesse pequeno local que os Crosby editaram obras particularmente bem-cuidadas. A escolha dos papéis, dos caracteres e das tintas revelava um gosto seguro e elegante. A iconografia, sempre interessante, era frequentemente confiada ao grande ilustrador Alastair. As tiragens eram limitadas, às vezes inferiores a cem exemplares. Além de seus próprios trabalhos, os Crosby publicaram textos de seus amigos, como as *Short Stories* de Kay Boyle (1929), por quem Harry sentia a mais viva admiração. No catálogo da Black Sun Press também figuraram Ernest Hemingway com *Torrents of Spring* (1932), William Faulkner com *Sanctuary* (1932), Pound, Joyce, clássicos como Oscar Wilde e Edgar Allan Poe, autores franceses traduzidos para o inglês, como Laclos, Alain-Fournier, Saint-Exupéry, Radiguet. Após o suicídio de Harry em 1929, Caresse continuou seu trabalho de edição, que no entanto assumiria um ritmo mais irregular após a Segunda Guerra Mundial.

Entre os editores cuja produção se revelou pouco importante em quantidade, mas não em qualidade, Nancy Cunard ocupou um espaço singular. Embora fosse inglesa, ela pode ser citada em companhia dos editores americanos de vanguarda, pois manteve relações muito estreitas com a Geração Perdida. Herdeira da grande empresa de navegação transatlântica que leva seu sobrenome, dispunha de recursos significativos e podia negligenciar as questões de rentabilidade. Em 1928, resgatou a velha prensa manual que William Bird utilizara para as publicações da Three Mountain Press. Então fundou sua própria casa, The Hours Press, e instalou-a em sua propriedade de La Chapelle-Réanville, no departamento de Eure, antes de transferi-la para Paris, um ano mais tarde, para um local situado à rue Guénégaud, 15. Próxima dos surrealistas, ela se especializou na poesia experimental, publicada em volumes de luxo. Foi sob o signo da Hours Press que saiu

A Draft of XXX Cantos de Ezra Pound. Nancy Cunard, apóstola da luta antirracista e companheira do afro-americano Henry Crowder, pianista de jazz, dirigiu o volume coletivo *Negro: An Anthology* (1934), reunião de poemas, ensaios e obras de ficção que ilustravam o talento negro.

Em 1930, Monroe Wheeler e a rica herdeira Barbara Wescott lançaram uma editora que levava o sobrenome de solteira da fundadora, a Harrison of Paris, que foi repatriada para Nova York em 1934. A nova empresa se especializou em edições limitadas e inscreveu treze títulos em seu catálogo, entre os quais dois de Glenway Wescott, companheiro de Monroe Wheeler. A Harrison of Paris selecionou sobretudo clássicos como Shakespeare, Byron, Mérimée, além das fábulas de Esopo ilustradas por Calder.

Jack Kahane, embora fosse um britânico de ascendência romena, merece figurar entre os editores notáveis, porque exerceu um papel importante na difusão dos escritos da Geração Perdida. Uma vez que, contrariamente a muitos de seus confrades, não possuía fortuna pessoal, Kahane precisava ganhar a vida publicando livros. Assim, a editora que ele fundou em 1931, a Obelisk Press, sediada à Place Vendôme, 16, utilizou uma facilidade permitida pela lei francesa: a edição de livros eróticos em inglês, livros pelos quais os turistas se mostravam ávidos. Ao lado de obras medíocres, ele inscreveu em seu catálogo trabalhos mais ambiciosos como *My Life and Loves* (1931), já lançado por conta do autor em 1927, autobiografia na qual o americano-irlandês Franck Harris narrava de maneira crua suas experiências sexuais, ou ainda *The Young and Evil* (1938), dos americanos Charles Henri Ford e Parker Tyler, que tratavam da homossexualidade entre os rapazes da boemia endinheirada. A Obelisk Press também retomou *O amante de Lady Chatterley* numa versão não expurgada (1936) e *O poço da solidão* de Radclyffe Hall, livro condenado pela justiça britânica por sua apologia da homossexualidade feminina. Esse tipo de publicação, que obteve certo sucesso na França, permitia que a empresa sobrevivesse.

Contudo, Kahane, revelando-se mais audacioso, sonhava descobrir um grande autor, ainda desconhecido, e revelar a obra deste. O acontecimento se produziu em 1932. Henry Miller lhe entregara então o manuscrito de seu *Trópico de Câncer*. Jack Kahane relatou o choque produzido sobre ele pela leitura desse texto: "Comecei-o após o almoço, à sombra da grande bétula, e o crepúsculo já se tornava noite quando o terminei. 'Enfim', murmurei internamente. Era o mais terrível, o mais sórdido, o mais magnífico de todos os manuscritos que me haviam chegado às mãos; nada do que eu tinha recebido antes era comparável a ele pelo esplendor da escrita, a profundidade insondável do desespero, o sabor dos retratos, a transbordante alegria do humor. Ao voltar para casa, tive a exaltante sensação de triunfo própria do explorador que se depara finalmente com o objeto que ele procura há anos. Eu tinha nas mãos uma obra de gênio, e me haviam proposto a publicação dela".[3]

O filho de Kahane, o editor Maurice Girodias, confirma a impressão sentida por seu pai: "O que dizer de um livro assim? Magnífico, aterrador, esse livro era bem mais do que uma obra-prima, ele marcava o início de uma era nova. Era a história de um homem sem precedentes, o primeiro homem livre da sociedade contemporânea, alguém que o próprio Freud teria hesitado em imaginar".[4]

Para acelerar a publicação do *Trópico*, Anaïs Nin adiantou 5 mil francos à Obelisk Press, e o livro, o primeiro de Miller, saiu em 1934. Foi logo proibido nos países anglo-saxônicos, o que lhe serviu de excelente propaganda. Kahane enviou muitos exemplares para os Estados Unidos em embalagens sofisticadas a fim de enganar os censores. A venda clandestina permitiu entregar ao autor um cheque de 3 mil francos e reembolsar parcialmente Anaïs Nin. Desde então Kahane, até sua morte em 1939, editou um número maior de obras de qualidade, assinadas, entre outros, por James Joyce, Lawrence Durrell e Anaïs Nin.

Michael Fraenkel e Walter Lowenfels, que professavam ideias de esquerda, conceberam um projeto original. A Carrefour Press, fundada por eles em 1930, anunciou em um manifesto, *Anonymous. The Need for Anonymity*, que as obras publicadas não mencionariam o nome do autor, o que evitaria os julgamentos preconcebidos e a competição entre escritores. De fato, os dois primeiros livros, o romance *Werther's Young Brother*, de Fraenkel, e o ensaio *USA with Music*, de Lowenfels, saíram de maneira anônima. Mais tarde, esses autores desconhecidos, vítimas de plágio, colocaram seus nomes nas capas das obras. Após o retorno de Lowenfels aos Estados Unidos, em 1934, Fraenkel ficou sozinho à frente da editora. Em 1939, ele publicou a extensa correspondência que havia trocado com seu amigo Henry Miller.

Foi em 1931 que Gertrude Stein, por sua vez, se dedicou à edição. Aproximava-se então dos sessenta anos e deplorava que o número de suas obras publicadas fosse muito reduzido ou confinado em revistas de circulação restrita. Então decidiu criar uma empresa voltada para a impressão de seus próprios trabalhos. Para esse fim, vendeu um quadro de Picasso selecionado em sua coleção, *Mulher com leque*, e assim pôde financiar a Plain Edition. De imediato publicou *Lucy Church Amiably*, e em seguida *How to Write*, no qual expunha suas ideias sobre a forma literária. Para anunciar a publicação desse livro, redigiu um texto que ressaltava, com alguma ênfase, a importância dele: "É fato incontestável que a influência de Gertrude Stein sobre a geração de jovens escritores de hoje constituiu a força mais vital para as letras americanas. Um livro dessa pioneira sobre sua abordagem técnica da arte e sobre a teoria da escrita é, neste momento, do maior interesse e da maior importância. Esse livro está agora disponível".[5]

Como a notoriedade de Gertrude Stein aumentara, as edições Random House lhe propuseram um contrato interessante para suas obras futuras. Então, dali em diante, Gertrude reservou a Plain Edition para a publicação de seus trabalhos teóricos exigentes e pouco acessíveis ao grande público. Dessa maneira, a edição anglófona ancorada em Paris complementou e frequentemente precedeu as publicações feitas nos Estados Unidos pelos escritores da Geração Perdida. A capital francesa constituiu de fato um laboratório para a vanguarda americana.

Conclusão

"Paris sempre valia a pena, e você sempre recebia alguma coisa em retribuição ao que lhe dava", lembra Ernest Hemingway.[1] E acrescenta, em um artigo: "Era uma cidade maravilhosa para alguém ser jovem, e exercia um papel essencial na educação de um homem".[2]

No início, os escritores da Geração Perdida se distanciavam deliberadamente dos Estados Unidos: distância geográfica, claro, mas sobretudo distância psicológica e cultural. Alguns vivenciavam sua partida como uma verdadeira ruptura que deveria conduzi-los a uma reconstrução multiforme. Disponíveis para toda reencarnação identitária, pareciam conformar-se à velha divisa latina *Ubi bene ibi patria*: "No lugar onde me sinto bem, aí é minha pátria".

Ao chegarem, os americanos encontravam precisamente novos modos de pensamento e de comportamento, com frequência opostos àquilo que haviam conhecido e deplorado em seu país. Descobriam em Paris um passado rico e antigo, uma atenção às coisas do espírito desconhecida do outro lado do Atlântico, uma vitalidade artística e literária excepcional, uma liberdade que parecia quase sem limites, ou pelo menos uma permissividade singular no domínio dos costumes, uma refinada arte de viver, um equilíbrio que possibilitava a convivência entre o legado das maiores mentes e o bom senso popular, as mais grandiosas obras de arte e o charme intacto das ruelas. O racionalismo, com sua fama de estar na base da inteligência parisiense, levava os franceses a exercer um espírito crítico revigorante para quem se queixava de ter sofrido o rasteiro conformismo americano. Mas os escritores vindos do Novo Mundo ingressavam rapidamente na escola de seus anfitriões e, por sua vez, julgavam estes últimos. Amor a Paris, sem dúvida, mas raramente amor cego. De fato, os estrangeiros destacavam os defeitos dos parisienses, sua estreiteza, sua frieza às vezes depreciativa, sua mentalidade rotineira, seu frequente desdém pelo conforto e pela higiene, seu gosto excessivo pelo lucro. Quanto à condenação lançada pelos recém-chegados ao início da americanização de Paris, tratava-se de uma declaração de amor invertida: os habitantes da capital, que aceitavam as importações de além-Atlântico, eram na verdade acusados de renegar sua própria e sedutora identidade. De certo modo, os americanos se declaravam mais parisienses do que os parisienses de verdade.

Paris, *volens nolens*,* abria os braços àqueles que buscavam uma nova cultura, valores originais, modos de expressão inéditos. Os americanos se precipitavam aos museus e às salas de exposição, corriam de um concerto a um balé, de um monumento universalmente admirado a uma ruela tão desconhecida quanto pitoresca, de um salão a uma livraria. Multiplicavam os encontros fugazes e mantinham amizades profundas. Desentendiam-se e se ajudavam mutuamente. Às vezes formavam grupinhos baseados em simpatias recíprocas, em afinidades intelectuais ou sexuais, na similaridade da cor

---

* "Querendo ou não querendo." (N.T.)

da pele. Mas esses grupos nunca permaneciam fechados, pois as influências parisienses se insinuavam neles por múltiplos caminhos. Os americanos encontravam os mais prestigiosos intelectuais franceses, presentes nos cafés e nos restaurantes, convidados aos salões e à maioria dos cenáculos. Pela leitura, os jovens autores da Geração Perdida se exercitavam em captar a herança dos grandes escritores clássicos franceses e beber nas fontes da criação contemporânea.

Terminada sua experiência parisiense, os americanos geralmente reconheciam que haviam evoluído, mas não seguiam forçosamente o caminho que previam ao chegar. A mudança tinha pouco a ver com política, domínio ao qual os escritores raramente prestavam firme atenção. Somente um deles, Ezra Pound, sucumbira às sereias do fascismo italiano. Alguns tinham participado eventualmente dos combates travados pela esquerda. Fosse como fosse, os escritores do Novo Mundo não se haviam voltado para as literaturas carregadas de ideologia: a atenção deles não era retida nem pelos autores nazistas e fascistas nem pelos defensores do realismo socialista, forma de arte didática e difusora de uma insistente propaganda soviética. Se jamais citavam Mikhail Cholokhov, celebrado na longínqua URSS, os americanos tampouco pareciam conhecer os bem próximos romancistas franceses da corrente proletária, tais como Henry Poulaille, Henri Barbusse ou Eugène Dabit. A grande maioria deles se voltava para outros horizontes.

Todos tinham consciência de que Paris lhes proporcionara uma lição de vida desconhecida em outro lugar. Foi o que Anaïs Nin expressou em 1939, quando, com alguns de seus compatriotas, deixou a capital francesa: "Todos sabíamos estar abandonando um estilo de vida que nunca mais encontraríamos, amigos que talvez não revíssemos jamais. Eu sabia que era o fim de nossa vida romântica".[3] Essa vida romântica era tecida de incontáveis impressões e de encontros felizes, tristes ou desconcertantes. Era essa Paris do cotidiano que se reflete nas fotografias de Henri Cartier-Bresson, a Paris popular retratada por Robert Doisneau, a Paris moderna e equívoca que a objetiva de Brassaï captou.

Os americanos não se agruparam numa escola artística. Sem dúvida, mostravam-se unidos por uma preocupação comum, que consistia em decifrar o universo parisiense para melhor conhecerem a si mesmos e enriquecer sua arte. Porém, muito individualistas, seguiram caminhos diferentes. Cada um enumerava as influências que havia aceitado e definia seu panteão literário, o qual justapunha, entre outros, Rabelais, Montaigne, os romancistas do século XIX, Proust, Céline, os surrealistas e mesmo o cubismo transferido das artes plásticas para a escrita. Na verdade, os americanos estavam em busca de seu eu profundo, o que explica o caráter amplamente autobiográfico de suas obras; nestas, mesmo aquilo que parecia concernir à ficção repousava sobre experiências e observações bem reais.

Encontrar seu eu profundo. À diferença dos refugiados políticos – russos do movimento branco, armênios, alemães, espanhóis –, que haviam escapado de seus países para salvar a própria vida, os americanos tinham apenas fugido da mediocridade que sentiam em sua terra natal. Mas podiam retornar a ela, desde que desejassem. Assim, sua busca se revelava essencialmente psicológica e estética. Eles procuravam uma nova regra de vida, uma moral e uma maneira de expressar o melhor possível os fundamentos de sua identidade reconstruída.

Distanciados dos Estados Unidos, afastados dos controles institucionais, culturais, ideológicos, religiosos e familiares que ali se exercem, os americanos podiam aderir livremente às regras que escolhessem. Inebriados por essa liberdade, aplicavam seu espírito crítico simultaneamente à

França e à sua pátria. As inevitáveis comparações que surgiam os ajudavam a melhor compreender o mal-estar que haviam experimentado em sua terra e as singularidades do universo americano. Ora, este último, visto de longe, não se mostrava totalmente negativo. Muitos deploravam o barulho, os odores, a agitação das vastas metrópoles do Novo Mundo, mas esses traços também podiam ser compreendidos como os sinais de uma vitalidade desconhecida na velha Europa em declínio. As caçadas esportivas nos grandes espaços do Oeste americano ou a robusta pesca recreativa no Atlântico podiam fazer parecerem bem pálidas as proezas dos que pescavam com linha à beira do Marne. Sem dúvida, os americanos não faziam uma ida e volta completa entre os dois mundos e não se reconciliavam totalmente com seu país de origem. Porém, marcados pelo choque da ruptura, instruídos por sua reflexão crítica e pelas constantes comparações que faziam entre os dois universos, eles se realizavam, aprofundavam sua consciência, reinventavam sua identidade. Aqueles que sentiam aspirações confusas compreendiam claramente aquilo para o qual tendiam. Os sedentos de liberdade se autorizavam todo tipo de licença. Os que desejavam elaborar uma nova escrita exploravam caminhos ainda desconhecidos e podiam publicar o resultado disso nas revistas de vanguarda. Alguns negros se reapropriavam de suas raízes africanas e, fosse como fosse, a maioria deles descobria os elementos constitutivos da negritude. Os escritores se tornavam plenamente aquilo que eram em potencial. Em suma, o exílio parisiense se revelava fundador. Graças a ele, a Geração Perdida se reencontrara.

.

Resumos biográficos

ALDRICH, Mildred (1853-1928). Mildred Aldrich se inicia como jornalista em publicações de Boston. Em 1898, ela se estabelece em Paris na condição de correspondente de imprensa e ali permanece até sua morte. Frequenta o salão de Gertrude Stein. Coleta informações originais sobre a primeira batalha do Marne em 1914, porque mora perto do local dos combates; dali extrai o tema de seu primeiro livro, *A Hilltop on the Marne* (1915). Intervém com tanta ênfase para convencer os Estados Unidos a entrarem na guerra que o governo francês lhe atribui a Legião de Honra.

ANDERSON, Margaret (1886-1973). Jornalista influente, de 1914 a 1929 Margaret Anderson dirige *The Little Review*, na qual publica obras de vanguarda como as de Pound, Stein, Williams, Hemingway, Breton, Cocteau. Em 1920, após ter editado excertos do *Ulisses* de James Joyce, é condenada nos Estados Unidos por obscenidade. Com suas companheiras sucessivas, Jane Heap e Georgette Leblanc, adere às teorias do mago Gurdjieff, o qual encoraja suas discípulas lésbicas e as reúne no grupo The Rope (O Cordame). Publica um estudo sobre Gurdjieff e uma autobiografia, *My Thirty Year's War. An Autobiography*.

BARNES, Djuna (1892-1982). Nascida numa família de artistas não conformistas, Djuna Barnes não recebe educação clássica. Inicia a carreira de escritora com peças de teatro e artigos na *Vanity Fair* e na *New Yorker*. Pouco após a Grande Guerra, instala-se em Paris, onde aprecia uma atmosfera de liberdade que lhe permite viver com sua companheira, a escultora Thelma Wood, à rue Saint-Romain, 9. Frequenta a comunidade lésbica da capital, Gertrude Stein, Natalie Barney, Sylvia Beach, Janet Flanner, Jane Heap, mas também Joyce, Pound, T.S. Eliot. Publica seu primeiro romance, *Ryder*, em 1928. Elementos autobiográficos aparecem no *Ladie's Almanack* (1928), texto à *clé* que é uma sátira do salão de Natalie Barney, e no singular *Nightwood* (1937), livro de culto do lesbianismo. Após a guerra, Djuna Barnes vive em Greenwich Village. A partir de então, depressiva, ela publica pouco.

BARNEY, Natalie (1876-1972). Natalie Clifford Barney, oriunda de uma família riquíssima, é filha do "rei" das ferrovias americanas. É criada em Paris por uma mãe pintora e amiga das artes. Abertamente lésbica, multiplica as relações, especialmente com a grande cortesã Liane de Pougy, que a apelida *Moonbeam* (raio de lua), em razão da cor de seus cabelos. Em 1908, instala-se à rue Jacob, 20, e, de 1910 a 1970, mantém nesse endereço um influente salão onde a *Tout-Paris* intelectual, artística e política convive intensamente. Rémy de Gourmont se apega a ela e lhe atribui outro apelido, a Amazona. Natalie organiza festas sáficas no Templo da Amizade, pequeno edifício neoclássico situado em seu jardim. Livre, brilhante, charmosa, geralmente ela desarma os críticos. Entre outras obras, deixa poemas, aforismos (*Éparpillements*, 1910; *Pensées d'une amazone*, 1920), *Souvenirs indiscrets* (1960), *Traits et portraits* (1963), um romance póstumo, *Amants féminins ou la troisième* (2019).

BEACH, Sylvia (1887-1962). Originária de Baltimore, Sylvia Beach, filha de um pastor, se estabelece em Paris em 1916. Em 1919, abre a livraria Shakespeare and Company à rue Dupuytren e, em 1921, transfere-a para a rue de l'Odéon, 12. Torna-se a companheira de sua vizinha, a cultíssima livreira Adrienne Monnier. Sylvia vende livros e revistas redigidos em inglês. A livraria também faz as vezes de biblioteca circulante e de posta-restante para os americanos de passagem por Paris. O estabelecimento é frequentado pela maioria dos membros da Geração Perdida, especialmente Hemingway, que se torna um amigo, e por escritores franceses, entre os quais André Gide e Paul Valéry. Entusiasmada pela obra de Joyce, Sylvia publica, apesar de numerosas dificuldades, o *Ulisses* (1922). Encarcerada como americana em 1943, é libertada graças à intervenção de seu amigo Jacques Benoist-Méchin, próximo do governo de Vichy. Suas memórias, *Shakespeare and Company* (1922), fornecem um testemunho precioso sobre a vida literária em Paris no entreguerras.

BEDWELL, Bettina (1889-1947). Depois de estudar no Instituto de Arte de Chicago, Bedwell se desloca para Paris como correspondente das indústrias têxteis americanas e jornalista de moda. Colabora frequentemente com sua amiga Kay Boyle. Escreve um romance, *Yellow Dusk* (1937), sobre o ambiente da alta-costura parisiense. Retorna aos Estados Unidos em 1939.

BENNETT, Gwendolyn (1902-1981). Afro-americana, Gwendolyn Bennett passa a primeira infância numa reserva indígena de Nevada, onde seus pais são professores. Ensina artes na universidade Howard. Sua obra em prosa e em verso celebra com frequência a cultura negra. Entre 1924 e 1926, graças a uma bolsa, vive em Paris e segue cursos na Sorbonne. Sofre com a solidão, mas aprecia sua experiência francesa.

BIRD, William (1888-1963). Diplomado pelo Trinity College de Connecticut, William Bird, famoso pela personalidade simpática, desenvolve uma carreira de jornalista. Residente em Paris, dirige de 1923 a 1926 uma editora, Three Mountains Press, na qual, ao lado dos grandes autores, publica um de seus livros, o guia de enologia *A Practical Guide to French Wines* (1922). A partir de 1937, trabalha para o *New York Sun*. Após a guerra, vive em Tânger, e em 1960 retorna à França.

BIRKHEAD, May (1882-1941). Durante 29 anos, May Birkhead é vinculada à edição parisiense do *New York Herald* e correspondente do *Chicago Tribune*.

BISHOP, John (1892-1944). Originário da Nova Inglaterra, John Bishop faz seus estudos em Princeton, onde se liga a Scott Fitzgerald. Durante a guerra, serve na França como tenente da infantaria, mas, destinado à guarda dos prisioneiros e depois à desmobilização, não participa dos combates. De volta aos Estados Unidos, escreve a novela "Resurrection", inspirada em sua experiência militar. De 1922 a 1933, vive na França, em Orgeval, onde compra um castelo. Deixou poemas e romances.

BOYLE, Kay (1902-1982). Oriunda de uma família de intelectuais socialistas, Kay Boyle estuda arquitetura e violino, e depois se volta para a literatura. Casa-se com um francês e segue com ele para Paris em 1923. Em pouco tempo, deixa o marido para viver com o poeta Ernest Walsh, com o qual terá uma filha. Aproxima-se dos escritores da Geração Perdida. Após a morte de Walsh, em 1926, casa-se duas vezes. Começa a publicar na Black Sun Press, de seus amigos, o casal Crosby, e na revista *transition*, de Eugène Jolas. Seu romance *Death of a Man* (1936) é um alerta contra o nazismo. Kay Boyle retorna aos Estados

Unidos no início da Segunda Guerra e milita pela igualdade de direitos, pela proibição de armas nucleares, pela retirada dos Estados Unidos do Vietnã, engajamentos que lhe valem sérios problemas na época do macartismo. Deixa cerca de cinquenta livros, entre romances, poemas, ensaios, traduções de obras francesas, várias vezes contemplados por prêmios.

BROMFIELD, Louis (1896-1956). Louis Bromfield estuda agronomia na universidade Cornell e depois jornalismo na universidade Columbia. Durante a Grande Guerra, seu comportamento no front francês como voluntário socorrista de ambulância lhe vale a Legião de Honra e a Cruz de Guerra. De volta aos Estados Unidos, trabalha como jornalista. Seu primeiro romance, *The Green Bay Three* (1924), cuja ação é parcialmente situada em Paris, obtém grande sucesso. Em 1925, ele se instala na capital francesa e frequenta os escritores da Geração Perdida. Seus romances seguintes, como *The Rains Came* (1937), também ganham o favor do público. Em 1930, Bromfield vai residir em Senlis, num velho presbitério, onde recebe os amigos. Concebe o jardim de sua colega Edith Wharton, que possui uma residência em Saint-Brice-sous-Forêt. Apaixona-se pela agricultura orgânica e, de volta ao seu Ohio natal em 1938, aplica esses princípios em sua propriedade de Malabar Farm, continuando ao mesmo tempo a carreira de escritor.

BRYHER (1894-1983). Annie Ellerman, Bryher em literatura, é filha do riquíssimo empresário britânico sir John Ellerman. Para ocultar sua longa ligação lésbica com Hilda Doolittle, ela contrai em 1921 um casamento de fachada com Robert McAlmon, de quem se divorcia em 1927. Casa-se de novo com o escritor Kenneth Macpherson, que aceita viver em *ménage à trois* com Hilda. Bryher frequenta a Geração Perdida e, graças à sua fortuna, exerce um ativo papel de mecenas. Interessa-se por cinema e divulga os filmes de Eisenstein no Ocidente. Durante a Segunda Guerra, instalada na Suíça, ela ajuda os refugiados judeus alemães. Deixa poemas e quinze romances.

CALLAGHAN, Morley (1903-1990). Canadense inglês, Callaghan trabalha no jornal *Toronto Star*, e ali se liga a Hemingway, que o ajuda a publicar suas primeiras novelas. Em 1929 Callaghan vai ao encontro do amigo em Paris, onde travava conhecimento com alguns membros da Geração Perdida. Durante uma luta amigável de boxe, arbitrada por Fitzgerald, ele nocauteia o esportista Hemingway, e este último não lhe perdoa. De volta ao Canadá, Morley Callaghan publica romances que o tornam um dos autores mais reconhecidos da literatura canadense anglófona.

CATHER, Willa (1873-1947). Willa Cather vem de uma família de proprietários de terras agrícolas das grandes planícies do Oeste americano, as quais estimulam sua inspiração. Após estudar na universidade de Nebraska, ela lança-se no jornalismo e na literatura. Publica romances, entre os quais *Pionners* (1913), *A Lost Lady* (1923), *The Professor's House* (1925) e, sobretudo, *One of Ours* (1922), que ilustra o mal-estar da sociedade americana e lhe vale o prêmio Pulitzer.

COWLEY, Malcolm (1898-1989). Filho de um médico de Pittsburgh, Malcolm Cowley se diploma em Harvard. Durante a Grande Guerra, serve na França como socorrista de ambulância. Tendo retornado a Paris nos anos 1920, é uma das figuras da Geração Perdida. Torna-se um influente crítico literário, a tal ponto que alguns de seus contemporâneos, para não comprometerem suas carreiras, refazem os próprios textos que recebiam críticas pouco favoráveis. De volta aos Estados Unidos, Cowley redige um precioso volume de lembranças sobre Paris, *Exil's Return* (1934), e, por seus prefácios e antologias, contribui muito para o brilho póstumo de seus amigos, especialmente Fitzgerald.

CREVEL, René (1900-1935). Oriundo de uma família burguesa, René Crevel manifesta uma personalidade complexa e atormentada. Próximo de André Breton, pertence à corrente surrealista e se interessa também pelo dadaísmo. Adere ao Partido Comunista em 1927 e, com este último, participa em 1935 do Congresso Internacional de Escritores pela Defesa da Cultura. No mesmo ano, ao saber-se doente de tuberculose, ele se suicida.

CROSBY, Harry (1898-1929) e **CROSBY, Caresse** (1891-1970). Nascido numa riquíssima família de Boston, Harry Crosby é sobrinho de John Pierpont Morgan, grande banqueiro de Wall Street, e de Walter Berry, bibliófilo erudito e presidente da Câmara de Comércio Americana de Paris. Harry faz seus estudos em Harvard. Em 1922, ele se casa, contra a vontade da família, com Mary Phelps, divorciada e mãe de duas crianças, conhecida por ter inventado o sutiã moderno. Harry rebatiza sua esposa como Caresse e os dois, recém-casados, se estabelecem em Paris. Formam um casal livre, levando uma requintada vida boêmia, multiplicando as relações amorosas, organizando festas opulentas que muitas vezes degeneram em orgias nas quais o álcool e as drogas circulam abundantemente. Apaixonados por literatura, em 1927 os Crosby fundam as Éditions Narcisse, rebatizadas pouco depois como Black Sun Press. Podem, assim, publicar seus poemas e as obras de seus amigos da Geração Perdida. Em 1929, Harry, de passagem por

Nova York, se suicida, sem motivo conhecido, junto com sua amante do momento. Caresse mantém viva a editora deles. Harry deixa *Sonnets* (1925-1927), *Transit of Venus* (1928), *The Sun* (1929). Caresse também publica versos, como *Crosses of Gold* (1925) e *Poems for Harry* (1930).

CULLEN, Countee (1903-1946). Menor abandonado, o afro--americano Countee Cullen é adotado pelo pastor Cullen, que o cria no Harlem. Countee será mais tarde uma das figuras importantes do Renascimento Negro estabelecido nesse bairro. Estuda em Harvard, torna-se professor de francês e publica coletâneas de poesia. Chega à França nos anos 1920 e mostra-se tão seduzido por esse país que, até a guerra, passa ali todos os seus verões: "É em Paris que eu gostaria de construir meus castelos na Espanha". Em Paris, leva uma vida bastante ativa: concertos clássicos, *music-hall*, baile negro da rue Blomet, encontros com os pintores afro-americanos da capital.

CUMMINGS, Edward Estlin, dito E.E. (1894-1962). Oriundo de uma família culta de Massachusetts, Cummings escreve poemas desde a infância. Em 1916, é diplomado por Harvard, onde efetuou, entre outros, estudos muito avançados em grego e em latim. Em 1917, com seu colega de estudos John Dos Passos, alista-se como socorrista de ambulância e é enviado ao front francês. Em setembro de 1917, é detido pelas autoridades francesas, com seu amigo William Slater Brown, por pacifismo e suspeita de espionagem. Fica preso durante mais de três meses; libertado por falta de provas, relata essa experiência em *O quarto enorme* (1922). Muito apegado a Paris, Cummings vive ali de 1921 a 1923 e retorna à cidade ao longo de toda a sua vida. Deixa uma obra poética importante, vanguardista menos pela inspiração do que pela forma, inspirada em Pound e Gertrude Stein. Ele desorganiza a sintaxe, as maiúsculas, a pontuação e a diagramação tradicionais.

CUNARD, Nancy (1896-1965). Nancy Cunard vem da alta sociedade britânica; o pai, sir Bache Cunard, é proprietário da companhia de navegação transatlântica que leva seu sobrenome. Em conflito com a mãe e hostil aos valores de seu ambiente, Nancy é revoltada. Em 1920 instala-se em Paris, onde leva uma vida livre, entrega-se às drogas e ao álcool, multiplica os relacionamentos, por exemplo com Huxley, Aragon, Tzara, o pianista negro Henry Crowder... Em 1928, funda a editora Hours Press, que publica Pound e a primeira obra de Beckett, *Whoroscope* (1930). Nos anos 1930, Nancy se empenha contra o racismo (*Black Man and White Bodyship*, 1931; *Negro: An Antology*, 1934) e ajuda os republicanos espanhóis. Durante a Segunda Guerra, põe-se a serviço da Resistência francesa em Londres. Após a guerra, sua saúde física e mental mostra-se alterada pelos excessos aos quais ela se entregava havia anos.

DOOLITTLE, Hilda (1886-1961). Hilda Doolittle adota o estilo imagista de Ezra Pound. Este lhe sugere adotar H.D. como pseudônimo literário. Bissexual, de 1918 até sua morte, em 1961, ela vive uma longa relação com a escritora Bryher. Frágil, recorre várias vezes à psicanálise, particularmente com Freud em 1933; deixa um precioso depoimento sobre essa análise, *Tribute to Freud* (1956). Publica coletâneas de versos, como *Heliodora* (1924), e romances feministas.

DOS PASSOS, John (1896-1970). Vindo de uma família abastada de origem portuguesa, Dos Passos, acompanhado de um preceptor, percorre a Europa durante a juventude e, em 1916, diploma-se em Harvard. Alista-se como socorrista de ambulância em 1917 e, terminada a guerra, estuda antropologia na Sorbonne. Obtém fama com seu romance pacifista *Três soldados* (1921) e em seguida publica diversas obras, entre as quais *Manhattan Transfer* (1925) e a trilogia *USA* (1938). Próximo do comunismo – até mesmo passa uma temporada na URSS em 1928 –, quer ilustrar a luta de classes e a ação das forças coletivas que transformam a sociedade. A partir da guerra da Espanha, evolui cada vez mais para o conservadorismo. Seus romances empregam a técnica da fragmentação: para sugerir o caráter multiforme e incoerente do mundo moderno, ele justapõe artigos de imprensa, notícias biográficas, canções, comentários pessoais, lembrando, no conjunto, uma montagem cinematográfica. Em suas preciosas lembranças, *The Best Times* (1966), ele evoca seus anos parisienses, o interesse pela cultura francesa, os encontros, a amizade por certos membros da Geração Perdida, sobretudo Hemingway.

DU BOIS, William (1868-1963). O afro-americano William Du Bois é um infatigável defensor da igualdade racial nos Estados Unidos. Primeiro homem de cor a doutorar-se por Harvard (1895), é ao mesmo tempo um universitário e um escritor que publica numerosos trabalhos de sociologia, de história e de ciência política relativos ao problema negro. Declara-se socialista reformista e pacifista, lutando por uma integração que leve à igualdade. É apegado às raízes africanas dos negros americanos.

ELIOT, Thomas Stearns (1888-1965). Nascido numa família de Saint-Louis, no Missouri, Eliot efetua seus estudos de letras clássicas, de francês e de alemão em Harvard e na Sorbonne. Em 1927, é naturalizado britânico e se converte ao anglicanismo. Vai muitas vezes a Paris e frequenta as aulas do mago

Gurdjieff. Adquire renome com o poema de 1922 *A terra desolada* e o consolida com a peça *Assassínio na catedral* (1935), que evoca a morte de Thomas Becket. Recebe o prêmio Nobel de Literatura em 1948.

FAUSET, Jessie (1882-1961). Filha de um pastor metodista afro-americano, Jessie Fauset nasce em Nova Jersey. Faz seus estudos em Cornell e especializa-se em literatura francesa. Professora, crítica, romancista, divulga a obra dos artistas do Renascimento do Harlem: McKay, Toomer, Hughes, Cullen. Na adolescência, passa uma temporada em Paris, aonde retorna em meados nos anos 1920 e em 1934; também visita o sul da França. Frequentemente, lembra que aprecia a atmosfera de igualdade e de liberdade que o país oferece. Seu romance *Comedy: American Style* (1933) narra a história de um casamento misto entre uma afro-americana e um francês de Toulouse.

FITZGERALD, Scott (1896-1940). Scott Fitzgerald nasce numa família da pequena burguesia de Minnesota. Consegue entrar para a universidade de Princeton, onde sua imaturidade o impede de inserir-se verdadeiramente. Mais interessado em poesia do que nos estudos, não obtém o diploma. Alistado no exército americano em 1917, é designado para Montgomery, no Alabama, onde trava conhecimento com a bela e anticonformista Zelda. O sucesso e os importantes direitos autorais de seu primeiro romance, *Este lado do paraíso* (1920), permitem-lhe desposar Zelda. Beneficiando-se de uma favorável taxa de câmbio e atraído pela reputação da França, o casal vive em Paris e na Côte d'Azur de 1924 a 1926, e depois de 1929 a 1931. Os Fitzgerald frequentam, entre outros, Hemingway, Dos Passos, Picasso, Gerald e Sara Murphy. Bonitos, ricos, despreocupados, extravagantes, eles encarnam o espírito dos Anos Loucos. *O grande*

Gatsby (1925) e as novelas prosseguem rendendo substanciais direitos a Scott. Mas seus últimos anos são difíceis: alcoólatra, separado de Zelda em razão da esquizofrenia desta, roteirista pouco apreciado pelos cineastas, ele mergulha na depressão, mas ainda publica um grande romance, *Suave é a noite* (1934), inspirado em sua própria história, assim como certas novelas ("Babilônia revisitada", 1931; "The Crack-up", 1981). A obra de Fitzgerald se revela sensível e desesperada: o jazz, os coquetéis, os belos automóveis não fazem esquecer o tempo que passa, a inconstância dos sentimentos, a inutilidade do sucesso material, a nostalgia de uma felicidade perdida ou inacessível.

FITZGERALD, Zelda (1900-1948). Zelda Sayre, oriunda de uma grande família do sul dos Estados Unidos e filha de um juiz da Corte Suprema do Alabama, é bonita, extrovertida e anticonformista. Casa-se com Scott Fitzgerald em 1920. Os dois, instalados em Nova York, e depois na França, encarnam o espírito dos Anos Loucos. Mas o desacordo sobrevém por diversas razões: alcoolismo de Scott, ciúme dele após uma aventura de Zelda com um oficial francês, antipatia de Zelda por Hemingway, amigo de seu marido, aborrecimento de Zelda quando Scott, para escrever, deixa-a em segundo plano. Aspirando a brilhar por si mesma, ela escreve novelas e manifesta um interesse obsessivo pela dança. Na verdade, Zelda sofre de esquizofrenia. É internada em vários estabelecimentos. Durante um período de remissão, escreve o romance *Esta valsa é minha* (1932), no qual apresenta a própria versão da história de seu casamento. Morre em 1948, queimada viva no incêndio da clínica onde estava internada.

FLANNER, Janet (1892-1978). Nativa de Indianapolis, Janet Flanner faz seus estudos na universidade de Chicago. Estreia no jornalismo em 1916 e vive em Paris de 1922 a 1975, exceto durante a Segunda Guerra Mundial. De 1925 até sua aposentadoria em 1975, é a grande cronista da *New Yorker*, à qual dá uma linha mais política. Ela envia à revista suas célebres *Letters from Paris*. Nestas, descreve a vida política e social da França, relata os principais eventos do dia a dia, traça o retrato dos dirigentes e dos artistas, tudo isso com inteligência, vivacidade, clareza, sensibilidade, humor. É amiga dos escritores da Geração Perdida. Mantém relações femininas, sobretudo com Solita Solano, para a qual sempre retorna.

FORD, Charles Henri (1908-2002). O poeta surrealista Charles Henri Ford vive em Paris de 1931 a 1934. É o companheiro do pintor Pavel Tchelitchev. Frequenta o salão de Gertrude Stein e trava conhecimento com os escritores da Geração Perdida. Com Parker Tyler ele publica, pela Obelisk Press em Paris, *The Young and Evil* (1933), frequentemente considerado o primeiro romance gay e proibido nos países anglo-saxônicos até 1975.

FORD, Ford Madox (1873-1939). O inglês Ford Madox Ford é um editor e escritor prolífico. De 1908 a 1910, ele publica em Londres *The English Review*, com o objetivo de dar oportunidade a autores ainda não muito conhecidos, como Ezra Pound. Ford instala-se na França em 1922 e publica, ao longo de todo o ano de 1924, *The Transatlantic Review*, amplamente aberta aos escritores da Geração Perdida.

FRAENKEL, Michael (1896-1957). Oriundo de uma família de judeus lituanos emigrados para os Estados Unidos, Fraenkel se instala em Paris em 1926, começa a publicar versos e torna-se amigo de Henry Miller. Com Walter Lowenfels, funda em 1930 a editora Carrefour Press, que publica seu romance *Werther's Younger Brother* (1930). Retorna aos Estados Unidos antes da Segunda Guerra.

GILLIAM, Florence (1897-2006). A jornalista Florence Gilliam, esposa do editor Arthur Moss, instala-se na França em 1913. O casal funda em 1921 a revista literária *Gargoyle* e se separa em 1931. Florence Gilliam publica artigos na imprensa americana de Paris. Apegada à cultura francesa, ela retorna a Paris após a Segunda Guerra e organiza a ajuda proporcionada pelos Estados Unidos ao seu país de adoção, o que lhe vale a Legião de Honra e a medalha do Reconhecimento Francês.

GIRODIAS, Maurice (1919-1990). Filho do editor e escritor Jack Kahane, Girodias adota o sobrenome da mãe para dissimular perante as autoridades de Vichy suas origens judaicas. Desde a idade de quinze anos, ele ajuda o pai e desenha a capa de *Trópico de Câncer*, de Henry Miller (1934). Funda as Éditions du Chêne em 1941 e a Olympia Press em 1955. Publica obras de sucesso, como *Zorba, o grego*, de Nikos Kazantzakis (1946) e *Sexus*, de Henry Miller (1949), assim como a versão original de *Lolita*, de Vladimir Nabokov (1955), romance recusado anteriormente por trinta editores. Suas memórias, *Une journée sur la terre* (1990), trazem interessantes informações.

GLASSCO, John (1909-1981). Canadense inglês de Montreal, John Glassco abandona os estudos em troca da poesia vanguardista de Pound e de Cummings. Apesar das reservas de sua família, parte rumo a Paris em 1928, em companhia do amigo Graeme Taylor. Na capital francesa, frequenta os ambientes literários anglófonos e, particularmente, Robert McAlmon. Provavelmente bissexual, leva uma vida dissoluta, pontuada por numerosas relações e experiências. Delas extrai a matéria de suas preciosas e saborosas *Mémoires de Montparnasse* (1970). Doente de tuberculose, retorna ao Canadá em 1931. Desenvolve então sua obra poética, às vezes em tom erótico, e traduz numerosos poetas francófonos. Tendo-se tornado mais sensato, exerce o cargo de prefeito de Foster de 1952 a 1954 e, em 1971, é contemplado com o Governor General's Award pelo conjunto da obra.

GOLD, Mary Jayne (1909-1997). Oriunda da alta sociedade protestante da Nova Inglaterra, Mary Jayne Gold, instalada em Paris, viaja Europa afora pilotando seu próprio avião, e leva uma vida luxuosa e despreocupada. Sente-se tão bem na França que pretende continuar ali para sempre. Interessa-se pelo envolvimento de alguns de seus amigos com a esquerda. Em 1940, recolhida em Marselha, de onde espera retornar ao seu país, encontra o compatriota Varian Fry, que organiza a partida de intelectuais antifascistas para os Estados Unidos. Ligada aos princípios democráticos e republicanos, ela se associa a essa atividade clandestina e se ocupa especialmente de André Breton e Victor Serge. Após a guerra, divide o tempo entre Nova York e sua propriedade de Gassin, no Var, onde morre. Deixa o relato muito vívido de seus jovens anos franceses em *Crossroads Marseilles, 1940* (1980).

GUGGENHEIM, Peggy (1898-1979). Proveniente de uma família nova-iorquina muito rica, Peggy Guggenheim se torna mecenas, colecionadora de arte moderna e galerista de prestígio. Instalada em Paris em 1920, é iniciada à arte abstrata por Cocteau e Duchamp. Adquire muitas obras assinadas por Arp, Kandinsky, Brancusi, Dalí, Ernst, com quem vive um breve casamento (1942-1943). Mantém numerosas relações, especialmente com Samuel Beckett e Yves Tanguy. Em 1940, facilita a partida de vários artistas para os Estados Unidos. Depois de reencontrá-los, ela orienta sua coleção para os jovens artistas americanos, como Rothko e Pollock. Terminada a guerra, estabelece-se em Veneza com sua valiosa coleção. Refaz seu itinerário em suas interessantes memórias, *Out of this century: Confessions of an Art Addict* (1987).

GURDJIEFF, Georges (*circa* 1870-1949). Gurdjieff nasce na Armênia russa, de mãe armênia e pai grego, o qual deseja orientá-lo para o sacerdócio ortodoxo. Sua juventude é conhecida unicamente pelo depoimento que ele deixou a respeito. Desvia-se do cristianismo por causa de sua paixão pelo esoterismo no sentido amplo, pelo ocultismo, pela astrologia, pelo espiritismo, pelo sufismo. Teria efetuado grandes viagens através do Afeganistão, do Tibete, da Índia e dos países mediterrâneos. Teria então conhecido sábios, dervixes, seitas místicas, lamas reencarnados que o informaram sobre as experiências deles com as forças espirituais. Ao longo de tudo isso, Gurdjieff exerce vários ofícios mais ou menos honestos que o enriquecem. Em 1912, está em Moscou. Em seguida, foge dos bolcheviques e se instala em Avon, perto de Fontainebleau, e depois em Paris. Cria um centro de ensino baseado em exercícios mentais, mediúnicos, rítmicos, feitos em grupo, com o objetivo de deixar a pessoa em harmonia com as forças vitais e cósmicas. Desse modo o indivíduo seria liberado dos condicionamentos, pensamentos, lembranças, sensações, e chegaria ao verdadeiro conhecimento. Gurdjieff atrai diversos intelectuais mais ou menos interessados, Katherine Mansfield, Aldous Huxley, Arthur Koestler, Jean-François Revel, Louis Pauwels; entre os americanos, Toomer, Eliot, as lésbicas Margaret Anderson, Jane Heap, Solita Solano, para as quais ele constitui o grupo The

Rope (O Cordame). A depender do ponto de vista, Gurdjieff é considerado um grande mestre espiritual ou um charlatão que fundou uma espécie de seita da qual ele seria o guru.

HARRIS, Eddy (1956-). Originário de Indianapolis, o afro-americano Eddy Harris faz seus estudos em Standford. Descreve sua vida no Harlem (*Still Life in Harlem*, 1997) e relata suas viagens. Interroga-se sobre a condição negra (*Native Stranger*, 1993; *Paris en noir et black*, 2000). Alcançada a maturidade, instala-se em Paris, e depois no Poitou-Charentes.

HEAP, Jane (1883-1964). Nascida no Kansas, Jane Heap assume sua homossexualidade e mantém diversas relações, sobretudo com Margaret Anderson, com quem dirige a *Little Review*, especializada em textos de vanguarda. Dá prosseguimento a essa tarefa depois de ser abandonada por Margaret Anderson. Adepta do mago Gurdjieff, segue os cursos dele. Em 1935, instala-se em Londres e continua difundindo o pensamento de Gurdjieff.

HEMINGWAY, Ernest (1899-1961). Nascido perto de Chicago, numa família da média burguesia, ainda muito jovem Hemingway descobre com seu pai, que o leva para caçar, a vida aventurosa em plena natureza. Ao concluir os estudos secundários, em 1917, torna-se jornalista no *Kansas City Star*. Em 1918, alista-se como socorrista de ambulância no front italiano e é gravemente ferido. Em 1921, correspondente na Europa do *Toronto Star*, instala-se em Paris com Hadley, a primeira de suas quatro esposas. Liga-se a Gertrude Stein, que lhe dá conselhos e o apresenta a muitos membros da Geração Perdida; ele frequenta particularmente Sylvia Beach, Fitzgerald, Dos Passos, Pound. Figura muito representativa desse grupo, Hemingway o retrata em seu primeiro romance, *O sol também se levanta* (1926). Várias novelas e o romance póstumo *O jardim do Éden* (1986) também evocam sua temporada na França. Em *Adeus às armas* (1929), ele reconstitui de maneira pessimista sua experiência no front italiano. Retorna aos Estados Unidos no final dos anos 1920 e volta à Europa como correspondente de guerra, ao lado dos republicanos espanhóis durante a guerra civil. Em 1944, assiste à libertação de Paris e atribui a si mesmo o mérito de ter libertado o bar do Ritz, local que lhe é caro. Em seguida, continua sua carreira literária e faz grandes viagens. Recebe o prêmio Nobel em 1954. Lançadas postumamente, sob o título *Paris é uma festa* (1964), suas memórias trazem abundantes informações sobre os anos que ele passou na França. Hemingway exerce forte influência sobre a literatura, por seu estilo: este, muito trabalhado, resulta em grande sobriedade. Bastante lúcido e desencantado, mostra que o sofrimento e a crueldade, inerentes à natureza humana, não podem ser mascarados ou embelezados por nenhum artifício de escrita. Ele rejeita a ornamentação formal. Consciente de sua solidão e desesperançado, escreve numa carta de 1936: "Eu amo demais a vida. Amo-a tanto que sentirei grande resistência quando tiver de me matar". Vinte e cinco anos depois, em 2 de julho de 1961, Hemingway se suicida.

HUGHES, Langston (1902-1967). Durante sua infância difícil, o afro-americano Langston Hughes descobre seu interesse pela literatura e começa a escrever. Por suas numerosas publicações e seu papel de crítico, ele divulga a cultura negra e é uma figura importante do Renascimento do Harlem. Na juventude, frequentemente exerce ofícios modestos, assim como em Paris, onde chega em 1924. Beneficia-se da solidariedade das pessoas comuns, como relata nos capítulos franceses de suas tocantes memórias, *The Big Sea* (1940). Às vezes ele lamenta a estreiteza de espírito dos franceses, mas aprecia a atmosfera de liberdade e o contato com certos intelectuais como René Maran.

IMBS, Bravig (1904-1946). Americano de origem norueguesa, Bravig Imbs é um jornalista vinculado à edição francesa do *Chicago Tribune*. Frequenta o salão de Gertrude Stein. Interessa-se por música, e também compõe poemas e romances. Colabora com André Breton e Bernard Fay. Relata sua vida parisiense em *Confessions of Another Young Man* (1936).

JAKOVSKI, Anatole (1907-1983). Originário da Bessarábia, Jakovski se estabelece em Paris em 1932 e torna-se conhecido como colecionador e crítico de arte. Reúne uma notável coleção de obras *naïves* e, ao morrer, deixa-a para a cidade de Nice.

JOLAS, Eugène (1894-1952). Nascido em Nova Jersey numa família de origem alemã, Jolas é jornalista e escreve na edição parisiense do *Chicago Tribune*. De 1927 a 1938, publica a importante revista literária *transition*. Durante a guerra, traduz para o francês informações militares destinadas aos exércitos aliados e aos membros da Resistência. Após 1945, participa da desnazificaçao da Alemanha.

JOYCE, James (1882-1941). James Joyce nasce numa antiga família irlandesa católica, de doze filhos. Ele, porém, torna-se agnóstico. Apesar das adversidades econômicas sofridas por sua família, do temperamento instável e dos abusos de álcool, efetua sólidos estudos literários, marcados por um vivo interesse por idiomas e gramática comparada. De 1904 a 1920, vive em Trieste, depois em Zurique, e exerce o ofício de professor de inglês. Raramente volta à Irlanda, mas a ilha permanece para ele como uma fonte de inspiração essencial. Em 1920, Joyce instala-se em Paris e consegue dedicar-se inteiramente à sua obra graças à ajuda de seus mecenas e amigos, especialmente Harriet Weaver, Eugène Jolas, Robert McAlmon, Ezra Pound, Valéry Larbaud, Sylvia Beach, que publica *Ulisses* (1922), e Adrienne Monnier, que faz a tradução desse livro para o francês (1929). Ele se torna então o mestre de certos jovens escritores de vanguarda. Seus últimos anos são obscurecidos pela esquizofrenia da filha e por graves problemas oculares. O escritor se realiza sobretudo nos romances e nas novelas, *Dublinenses* (1914), *Retrato do artista quando jovem* (1916), *Ulisses* (1922), que lhe traz a celebridade, e *Finnegans Wake* (1939). Joyce elabora sua própria técnica de escrita. Partindo da ideia de que as palavras são autônomas em relação àquilo que designam, ele não busca representar a realidade objetiva, respeitar a cronologia do relato e sua legibilidade imediata. Manipula os gêneros literários e as técnicas narrativas, e em seus textos introduz símbolos, citações, excertos de imprensa, jogos de palavras... Essa busca pelo inapreensível desconcerta alguns leitores e influencia muitos escritores do século XX: os da *beat generation*, do Nouveau Roman, os estruturalistas.

KAHANE, Jack (1887-1939). Nascido na Inglaterra, de pais romenos, Jack Kahane descobre Paris durante a Grande Guerra, por ocasião de suas licenças militares. Instalado na capital, funda a editora Obelisk Press em 1931. Publica as próprias obras, as quais assina como Cecil Barr (*Daffodil*, 1931; *Amour. French for Love*, 1932), livros eróticos em inglês e obras audaciosas, como *O amante de Lady Chatterley*, de Lawrence, e sobretudo *Trópico de Câncer* (1934), de Henry Miller, que ele descobriu.

LEWIS, Sinclair (1885-1951). Sinclair Lewis é filho de um médico de Minnesota. Diplomado por Yale, lança-se na literatura e obtém imenso sucesso com *Main Street* (1920), retrato irônico da inerte mediocridade dos vilarejos do Meio Oeste. *Babbitt* (1922), outro grande sucesso, fustiga o materialismo e o consumismo dos americanos de classe média. *Sam Dodsworth* (1929) descreve a viagem feita à Europa por um casal do Meio Oeste, as desilusões do homem, sensível e inteligente, enganado pela mulher, e sua busca pelos verdadeiros valores. Lewis é o primeiro americano a receber o prêmio Nobel de Literatura (1930).

LEWISOHN, Ludwig (1882-1955). Nascido em Berlim, Ludwig Lewisohn emigra em 1890 para os Estados Unidos com a família. Faz seus estudos na universidade Columbia. Universitário e crítico, torna-se conhecido pelo romance *The Case of Mr. Crump* (1926), rejeitado pelos editores americanos, que veem na obra uma ofensiva escandalosa contra os valores de seu país. Por isso, o livro sai na França (1931, *Le Destin de M. Crump*). Thomas Mann, autor do prefácio, Sinclair Lewis e Freud consideram o romance uma obra-prima.

LIEBLING, Abbott Joseph (1904-1963). Oriundo de uma família culta de Manhattan, Liebling torna-se jornalista. Em 1926, interrompe a carreira para ir estudar em Paris, e é definitivamente seduzido pela França. Volta regularmente a esse país, especialmente em 1939 e 1944, como correspondente de guerra. Alguns meses antes de morrer, em 1963, ainda está em Paris. Suas últimas palavras, que nenhuma das pessoas que o rodeiam compreende, são pronunciadas em francês. De 1935 até sua morte, Liebling é um brilhante cronista da *New Yorker*. Publica numerosas obras, particularmente sobre a gastronomia francesa (*Bon vivant*, 1963). Seu apetite é tamanho que ele compromete a saúde: torna-se obeso e adoece de gota.

LOCKE, Alain (1885-1954). Escritor afro-americano, Alain Locke conclui sólidos estudos clássicos, divididos entre Berlim e o Collège de France. Artista reconhecido, retorna a Paris. Doutor em filosofia por Harvard em 1918, ajuda os intelectuais e os artistas negros. É um dos pais do Renascimento do Harlem. Publica especialmente *The New Negro* (1925).

LOEB, Harold (1891-1974). Vindo de uma família de banqueiros nova-iorquinos, Harold Loeb é primo de Peggy Guggenheim. Faz seus estudos em Princeton. Alista-se em 1917 e é designado para um trabalho burocrático em Nova York. Editor, anima a revista artística *Broom*. De 1923 a 1929, vive em Paris, onde se torna próximo de Hemingway. Publica romances, entre os quais *Doodab* (1925) e *The Professors Like Vodka* (1927).

LOWENFELS, Walter (1897-1976). Walter Lowenfels, nascido em Nova York, trabalha com o pai, fabricante de manteiga, mas apaixona-se sobretudo pela poesia e pelas questões sociais. Abandonando sua próspera situação material, de 1926 a 1934 vive na Europa, sobretudo em Paris, onde frequenta os meios literários anglófonos. Em 1930, com Michael Fraenkel, funda a editora Carrefour Press, a qual, no início, preserva o anonimato dos autores para evitar os julgamentos preconcebidos. De volta aos Estados Unidos em 1934, continua a escrever e participa do debate político. Membro do Partido Comunista americano, milita pelos direitos civis, pela emancipação dos negros, pelos operários em greve, pela retirada dos americanos do Vietnã. Em 1953, é preso por conspiração contra o governo e condenado, mas recorre e é libertado por falta de provas.

LOY, Mina (1882-1966). Nascida em Londres, mas adotando mais tarde a cidadania americana, Mina Loy se interessa pelas artes. De início, torna-se pintora. Com o marido, também pintor, instala-se em Paris e liga-se a Gertrude Stein, Picasso, Apollinaire. Em 1907, o casal se estabelece em Florença. Mina, que mantém uma relação com Filippo Tommaso Marinetti, adere então ao futurismo, que inspira seus primeiros poemas. Abandonando marido e filhos, retorna a Nova York em 1916 e frequenta Williams, Duchamp, Man Ray. Desposa o boxeador-poeta Arthur Cravan e fica inconsolável quando ele desaparece misteriosamente do México, onde o casal morava. No entreguerras, vive sucessivamente em Florença e em Nova York, antes de retornar a Paris, onde é ajudada por Peggy Guggenheim. Escreve e concebe abajures, além de colagens em papel. Reaproxima-se de Gertrude Stein e dos membros da Geração Perdida, como Djuna Barnes e Hilda Doolittle. Volta definitivamente aos Estados Unidos em 1936.

MACLEISH, Archibald (1892-1962). Originário do Illinois, Archibald MacLeish realiza sólidos estudos em Yale e Harvard. Alistado como voluntário em 1917, torna-se socorrista de ambulância e em seguida oficial de artilharia. Após a guerra, instala-se em Boston como advogado; depois, de 1923 a 1928, reside em Paris. Frequenta os escritores americanos da capital e publica quatro coletâneas de poemas, entre as quais *The Happy Marriage* (1924) e *The Pot of Earth* (1925). De volta aos Estados Unidos, continua sua obra de poeta, de jornalista, de dramaturgo, e ocupa importantes cargos: diretor da Biblioteca do Congresso, secretário-adjunto de Estado para Assuntos Culturais, representante dos Estados Unidos na Unesco e professor em Harvard.

MARAN, René (1887-1960). Nascido na Martinica, de pais guianenses, René Maran faz brilhantes estudos no liceu Michel-de-Montaigne em Bordeaux, e depois na faculdade de direito. Em 1912, é nomeado administrador de ultramar em Ubangui-Chari (hoje, República Centro-Africana). Lança-se na carreira literária e em 1921, por *Batouala, véritable roman nègre*, cujo prefácio denuncia o regime colonial, torna-se o primeiro homem de cor a obter o prêmio Goncourt. Maran, que respeita e admira a cultura francesa, não prega a subversão, mas revolta-se contra os abusos do colonialismo. Para ele, a solução reside na assimilação e numa ampla difusão dos valores franceses no império. Também alimenta reservas quanto ao conceito de negritude. Em 1925, encerra sua carreira de funcionário colonial e fixa-se em Paris, onde prossegue sua carreira literária e recebe os escritores da Geração Perdida.

MATHEUS, John (1887-1983). Professor de francês formado na universidade Columbia, o afro-americano John Matheus completa seus estudos na Sorbonne, em 1925. Ele aprecia a França, e visita o país várias vezes. Participa do Renascimento do Harlem e colabora para a antologia *The New Negro* de Alain Locke. Deixa poemas, ensaios, libretos de ópera.

MAXWELL, Elsa (1883-1963). Violinista de formação, de início Elsa Maxwell se apresenta em palcos de *music-hall*; mais tarde, após 1918, organiza noitadas mundanas e bailes de máscaras nos quais se acotovelam personalidades diversas, ricos homens de negócios, atores de cinema, aristocratas. Em seguida, ela redige crônicas leves e as publica em diversos jornais.

MCALMON, Robert (1895-1956). McAlmon nasce no Kansas, numa família modesta de dez crianças, cujo pai é pastor itinerante. Em 1918, alista-se na Força Aérea, mas não participa dos combates. Instalado em Nova York, estabelece uma sólida amizade com William Carlos Williams, com quem cria a efêmera revista *Contact*. De 1921 a 1940, vive em Paris. Seu casamento de conveniência com Bryher lhe garante importantes rendimentos, com os quais ele funda em 1923 a editora Contact. Publica suas próprias obras (*Post-Adolescence*, 1923; *Village*, 1924; *The Portrait of a Generation*, 1925), assim como livros de Hemingway, Stein, Barnes, Loy, W.C. Williams... Sedutor, sociável e desencantado, grande bebedor, é uma das figuras marcantes da Geração Perdida. Sylvia Beach, Pound, Joyce reconhecem nele numerosas qualidades intelectuais e humanas. McAlmon publica suas memórias, *Being Geniuses Together* (1938), e retorna aos Estados Unidos, onde viverá pobre e esquecido.

MCKAY, Claude (1889-1948). O jamaicano Claude McKay, de origem modesta, instala-se nos Estados Unidos em 1913. Marcado pela segregação, engaja-se no Renascimento do Harlem e torna-se um ativista antirracista. Em 1918, parte para a Europa. Em Londres, descobre o comunismo, e em seguida vai para a URSS, onde é bem recebido e frequenta Trotski. Depois passa seis anos na França, onde trava conhecimento com os intelectuais martinicanos e os afro-americanos exilados. McKay divide seu tempo entre Paris, a Bretanha, Marselha e a Côte d'Azur. Seu primeiro romance, *Home to Harlem* (1928), evocação realista da vida no bairro negro, torna-o conhecido. Seu segundo romance, *Banjo* (1929), colorido e muito autobiográfico, é inspirado por sua temporada na cosmopolita Marselha. Em relação à França, ele demonstra uma benevolência muito crítica. Sempre acossado pelas dificuldades materiais, dirige-se ao Marrocos, depois retorna aos Estados

Unidos em 1934 e publica sua autobiografia *A Long Way from Home* (1937), na qual relata longamente seus anos franceses. Decepcionado pelo comunismo, converte-se ao catolicismo e adota a doutrina social da Igreja.

MILLER, Henry (1891-1980). Filho de um modesto alfaiate de origem alemã, Henry Miller cresce no Brooklyn, interrompe cedo seus estudos e encadeia pequenos ofícios provisórios. Influenciado por June, a segunda das cinco esposas que ele terá ao longo da vida, orienta-se para a carreira literária. Para isso, em 1928 vai uma primeira vez a Paris, onde se instala depois, de 1930 até a guerra. No início, sem recursos, mal falando o francês, torna-se quase um *clochard*. Recebe ajuda material dos amigos, Fraenkel, Perlès, Lowenfels, Osborn, Brassaï. Anaïs Nin, com a qual Miller estabelece uma relação, finalmente o livra das preocupações financeiras. Sua experiência parisiense lhe proporciona um sentimento de total libertação. Curioso, insaciável, ele se sente em casa na Paris popular. Empantura-se de leituras. Forja seu universo: rejeição ao materialismo americano, ao produtivismo e ao consumismo, condenação de todos os conformismos e das ideologias, mentalidade anarquizante que pode conduzir às fímbrias do surrealismo, evasão pelo sexo. Seus livros se revelam inclassificáveis na medida em que mesclam autobiografia, ficção, sonhos e posicionamentos sobre temas diversos. Essa forma de arte se manifesta já em 1934 em seu *Trópico de Câncer*, frequentemente considerado uma obra-prima. Esse livro e os seguintes, *Primavera negra* (1936), *Trópico de Capricórnio* (1939), chocam a tal ponto a censura americana que só serão autorizados trinta anos mais tarde. Miller define, ponto por ponto, o mundo como o vê em suas memórias (*Remember to remember*, 1947; *Max and the White Phagocytes*, 1947; *Dias de paz em Clichy*, 1956; *Um* *diabo no paraíso*, 1956), na correspondência com seu velho amigo Emil, Lawrence Durrell, Blaise Cendrars e Anaïs Nin, ou nos ensaios como *Os livros da minha vida* (1952). Depois de uma temporada na Grécia em 1940, ele volta para os Estados Unidos. A liberação psicológica e sexual que Miller anuncia faz dele o precursor de Jack Kerouac e da geração beat.

MONNIER, Adrienne (1892-1955). Adrienne Monnier cria sua livraria La Maison des Amis des Livres em 1915, à rue de l'Odéon, 7. Ela organiza encontros literários muito apreciados, aos quais comparecem escritores franceses como Gide, Valéry, Romains, Aragon, e diversos americanos da Geração Perdida. Dirige a revista literária *Le Navire d'argent* e publica poemas. Encarrega-se da tradução do *Ulisses*, de Joyce, para o francês (1929). Tem como companheiras Sylvia Beach e, depois, Gisèle Freund.

MOSS, Arthur (1889-1969). Poeta, ensaísta e editor, Arthur Moss estuda na universidade Cornell. Instalado em Greenwich Village, funda a revista *The Quill*; e mais tarde, vivendo em Paris com a segunda esposa, Florence Gilliam, a revista *Gargoyle*, a qual, apesar das colaborações de qualidade, sai apenas em 1921 e 1922. Depois Moss escreve no *New York Times* e no *Paris Herald*. Sua nova revista, *The Boulevardier*, reúne textos de Ernest Hemingway, Sinclair Lewis, Louis Bromfield, e desenhos de Raymond Peynet.

MURPHY, Gerald (1888-1964). Nascido numa rica família de Boston, Gerald Murphy faz seus estudos em Yale, onde se liga ao músico Cole Porter. Casa-se com a não menos rica Sara Wiborg (1883-1975), aparentada com o general Sherman. O casal tem três filhos, com os quais parte rumo a Paris em

1921 para escapar às pressões familiares e sociais. Dividem o tempo entre a capital e sua bela *villa* America, em Cap d'Antibes. Gerald pinta quadros e cenários vanguardistas de teatro, admirados por Picasso e Fernand Léger. Os Murphy recebem com magnificência, e ao mesmo tempo informalidade, seus numerosos amigos, entre os quais Fitzgerald, Dos Passos, Hemingway, Picasso, Léger, Cocteau, Porter... Elegante, moderno, esportivo, caloroso, o casal simboliza o mundo brilhante e ocioso da *intelligentsia* dos anos 1920. O sonho se despedaça quando dois dos filhos dos Murphy adoecem e morrem. Gerald e Sara, desesperados, retornam aos Estados Unidos em 1937.

NIN, Anaïs (1903-1977). Nascida em Paris, de mãe cantora, dinamarquesa de origem, e pai cubano, Joaquín Nin, célebre pianista e musicólogo, Anaïs conhece uma infância cosmopolita. Depois que o pai abandona a família, a mãe decide ir viver em Nova York, levando Anaïs e os outros filhos. Em 1923, a jovem desposa o banqueiro Hugh Guiler e, com ele, muda-se para Paris em 1924, antes de se estabelecer em Louveciennes em 1931. A partir dos onze anos de idade, Anaïs mantém um diário, inicialmente destinado a compensar a ausência do pai. Ao longo de toda a vida, continua registrando nesse diário as emoções de sua alma atormentada e as mais íntimas confidências. Mantém diversas ligações amorosas, especialmente com Henry Miller. As experiências lésbicas e incestuosas a interessam. É uma das primeiras mulheres a escrever obras eróticas (*Delta de Vênus*, 1977; *Pequenos pássaros*, 1979). Retorna aos Estados Unidos no início da Segunda Guerra Mundial. Em 1955, casa-se com Rupert Pole, sem ter-se divorciado do primeiro marido. Personalidade complexa e contraditória, Anaïs Nin deixa uma obra original e frequentemente desconcertante.

PARKER, Dorothy (1893-1967). Nascida em Nova Jersey, Dorothy Parker torna-se conhecida por seus artigos de crítica literária, seus poemas e roteiros de filmes para William Wyler, Alfred Hitchcock ou Otto Preminger. Espirituosa, mas frágil, é dependente de álcool e faz várias tentativas de suicídio. Comprometida com a esquerda, torna-se vítima do macarthismo durante os anos 1950.

PFEIFFER, Pauline (1895-1951). Oriunda de uma família abastada, Pauline Pfeiffer inicia uma carreira de jornalista. Trabalha para o *Daily Telegraph* de Nova York, a *Vanity Fair* e a *Vogue*. Por ocasião de uma viagem profissional a Paris, conhece Hemingway, o qual, para desposá-la, se divorcia da primeira mulher, Hadley. O escritor se converte ao catolicismo e, assim, pode se casar com Pauline, em Paris, a 10 de maio de 1927, na igreja Saint-Honoré d'Eylau. O casal tem dois filhos e se divorcia em 1940, para permitir que Hemingway despose Martha Gellhorn.

POUND, Ezra (1885-1972). Nascido no Idaho e criado na Filadélfia, Ezra Pound estuda literatura na universidade da Pensilvânia. Professor num colégio de Indiana, é demitido em razão de suas excentricidades. Apaixonado pelos trovadores, em 1908 vai procurar os rastros deles na Itália e depois instala-se em Londres. É seduzido pelas religiões orientais, pelo esoterismo, pelo haicai e pelo nô japoneses. Define uma nova forma poética, o imagismo, repudiando a prosódia tradicional, evocando objetos ou eventos mediante imagens brutas. A partir de 1915 e ao longo de toda a sua vida, compõe *Os cantos*, poemas às vezes curtos, que justapõem incontáveis materiais, citações, ideogramas chineses, hieróglifos egípcios, fragmentos que supostamente reconstituem uma visão coerente do mundo. Em 1920, ele se estabelece em Paris, agrega-se à Geração Perdida, liga-se particularmente a Hemingway, experimenta-se em todas as artes, publica numerosos artigos sobre a vida cultural parisiense. Tendo-se tornado um fervoroso admirador do fascismo, segue para a Itália em 1924. A partir de então, é um propagandista do regime, inclusive durante a guerra; nessa oportunidade, toma partido contra os judeus e os Estados Unidos. Detido em 1945, é o único criminoso de guerra americano. Declarado louco, é internado e, em 1958, libertado. Emparedado no silêncio, termina seus dias em Veneza.

PUTNAM, Samuel (1892-1950). Originário do Illinois, Samuel Putnam escreve na imprensa de Chicago. Instalado em Paris no entreguerras, é conhecido como tradutor de obras francesas, italianas e espanholas para o inglês. Publica um livro de memórias sobre a vida literária parisiense, *Paris Was Our Mistress* (1947).

RAY, Man (1890-1976). Originário da Filadélfia, Man Ray se desenvolve nos ambientes anarquistas e dadaístas de Nova York. Em 1921 instala-se em Paris e logo se agrega ao grupo surrealista. Vive com a modelo Kiki de Montparnasse e frequenta a vanguarda parisiense. Pretende-se tanto pintor quanto fotógrafo. É essa segunda atividade, em particular seus retratos (Joyce, Cocteau, Gertrude Stein, Nancy Cunard...), que lhe vale grande fama. Dirigiu quatro filmes (com destaque para *Les Mystères du château de Dé*, 1929). Em 1940, volta para os Estados Unidos e, em 1951, retorna a Paris para terminar seus dias ali. Suas memórias, *Self-Portrait* (1964), oferecem um interessante depoimento sobre a vida artística da capital.

SEABROOK, William (1884-1945). O jornalista William Seabrook se alista como socorrista de ambulância durante a Grande Guerra e sofre o ataque alemão por gás em Verdun. Após o conflito, é contratado pelo *New York Times* e também publica artigos em revistas populares. Por várias vezes reside em Paris e efetua numerosas viagens das quais extrai a matéria para obras de perspectiva etnológica, tais como *Adventures in Arabia* (1927), *The Magic Island* (1929), *Jungle Ways* (1931). Adquire uma reputação muito controvertida após relatar sua experiência de antropofagia. Em 1935, casa-se na França com a escritora Marjorie Worthington, a qual pede o divórcio em 1941 em razão do alcoolismo e das práticas sádicas do marido. Ele se suicida em 1945.

SEEGER, Alan (1888-1916). Filho de um homem de negócios, Alan Seeger diploma-se em Harvard em 1910. Apaixonado por poesia desde a infância, e em busca de uma terra de cultura, em 1912 ele se estabelece em Paris e se envolve com a vida literária. Frequenta os salões de Gertrude Stein e Natalie Barney. Quando a guerra explode, em 1914, alista-se na Legião Estrangeira. Escreve e repete que sua morte está próxima. De fato, é morto em 4 de julho de 1916, durante a batalha do Somme. Pouco antes, havia escrito: "Que fique bem claro que eu não peguei em armas por ódio aos alemães ou à Alemanha, mas por amor à França". A morte heroica lhe vale uma grande celebridade póstuma. Seus poemas e sua correspondência tiveram sucesso nas livrarias.

SOLANO, Solita (1888-1975). Originária da região de Nova York, Solita Solano, nascida Sarah Wilkinson, é rebelde à educação puritana ministrada por sua família. Adota o nome de uma fictícia avó espanhola. Em 1904, casa-se para ganhar independência e permanece quatro anos com o esposo, que trabalha no Extremo Oriente. Tendo-se tornado jornalista, ela se estabelece em Paris e vive uma longa relação com Janet Flanner; frequenta o ambiente lésbico americano em Paris. Submetida ao domínio do mago Gurdjieff, serve-lhe de secretária durante alguns anos. Sai da França durante a Segunda Guerra Mundial e retorna em 1952, para terminar seus dias nesse país. Deixa poemas e três romances, um dos quais, *This Way Up* (1927), se desenrola parcialmente em Paris.

STEARNS, Harold (1891-1943). Diplomado em Harvard e jornalista conhecido nos Estados Unidos, Stearns se estabelece em Paris depois que sua mulher morre de parto. É correspondente da editora de Horace Liveright e escreve no *Chicago Tribune*. Frequenta Hemingway, Fitzgerald, Wescott, Dos Passos, o qual dirá dele: "Ainda conservava um certo charme atenuado. Sua conversação era sempre divertida". Na verdade, Stearns, que se tornara alcoólatra, vive mesquinhamente de empréstimos e de barbadas hípicas que negocia.

STEIN, Gertrude (1874-1946). Nascida na Pensilvânia, numa família judia abastada, Gertrude Stein passa na França a maior parte de sua vida. Faz estudos de psicologia e de medicina mas não os conclui. Instala-se em Paris em 1904 e começa a reunir uma coleção de quadros que se revelará prestigiosa (Picasso, Matisse, Gris, Picabia...). Em seu apartamento, à rue de Fleurus, 27, mantém um salão literário com sua companheira Alice Toklas, salão transferido em 1938 para a rue Christine, 5. Sua notoriedade é tamanha que, segundo Thornton Wilder, todo americano sabia que precisava visitar dois monumentos em Paris: a torre Eiffel e Gertrude Stein. É ela quem lança a expressão "Geração Perdida" para qualificar os escritores americanos que vivem na França. Entre o final de 1934 e o início de 1935, Gertrude faz pelos Estados Unidos uma triunfal turnê de conferências. Em sua abundante obra, experimenta uma nova forma de escrita derivada do cubismo pictórico. Em 1925, consegue publicar *The Making of Americans*, escrito de 1906 a 1908. O sucesso vem com *A autobiografia de Alice B. Toklas* (1933), que na verdade é sua própria história. Ela ainda se narra em *Everybody's Autobiography* (1937) e em *Paris France* (1941). Durante a guerra, Gertrude e Alice se retiram para Bilignin, no departamento do Ain. A personalidade dominadora de Gertrude lhe vale críticas às vezes fortes.

TITUS, Edward (1870-1952). Jornalista e bibliófilo americano, Edward Titus casa se em 1905 com Helena Rubinstein, rica proprietária de uma empresa de cosméticos. Graças ao financiamento da esposa, de 1926 a 1932 dirige a livraria e editora Black Manikin Press, que publica obras de luxo sobre temas às vezes audaciosos. O casal se divorcia em 1937.

TOKLAS, Alice (1877-1967). Americana de origem polonesa, Alice Toklas estuda piano nos Estados Unidos e, em Paris, conhece Gertrude Stein em 1907. Torna-se companheira dela, e alternadamente governanta, secretária, editora, sempre confidente. Gertrude publica o relato de sua própria vida sob o título *A autobiografia de Alice B. Toklas* (1933), fazendo crer que esta última é a autora do livro. Após a Segunda Guerra, Alice Toklas publica livros de culinária e sua verdadeira autobiografia, *What is Remembered* (1963).

TOOMER, Jean (1894-1967). Filho de um branco e uma negra, Jean Toomer se conscientiza de sua identidade afro-americana quando é confrontado à segregação em vigor no Sul. Com seu romance mais conhecido, *Cane* (1923), ele se afirma como uma figura importante do Renascimento do Harlem. A partir de 1924, vai quase todos os anos à França para acompanhar os ensinamentos do mago Gurdjieff, de quem é adepto.

TYLER, Parker (1904-1974). Poeta e importante crítico de cinema, Parker Tyler colabora com o poeta surrealista Charles Henri Ford.

WALSH, Ernest (1895-1926). Originário de Detroit, Walsh conhece uma juventude aventurosa, durante a qual contrai tuberculose e descobre sua vocação de poeta. Imaginando ter pouco tempo de vida, dirige-se a Paris a fim de encontrar os escritores que admira, especialmente Pound. Trava conhecimento com a escocesa Ethel Moorhead, pintora e sufragista, que o ajuda materialmente. Os dois lançam em 1925 a revista de poesia experimental *This Quarter*. Walsh morre em 1926, após ter se relacionado com Kay Boyle. Ethel Moorhead publica uma coletânea póstuma dos poemas dele (1934).

WESCOTT, Barbara (1904-1977). Vinda de uma rica família, Barbara Wescott desposa o irmão de Glenway Wescott. Em 1930, associa-se a Monroe Wheeler, companheiro de Glenway, para fundar a editora que leva seu sobrenome de solteira, Harrison of Paris. A empresa é repatriada para Nova York em 1934.

WESCOTT, Glenway (1901-1987). Originário de Wisconsin, Glenway Wescott, que não esconde sua homossexualidade, compartilha a vida com Monroe Wheeler, de 1919 até sua morte. Após uma breve temporada na Alemanha, vive na França de 1925 a 1933 e frequenta os escritores da Geração Perdida.

Deixa ensaios, poemas e romances (*The Grandmothers*, 1927; *O falcão peregrino*, 1940).

WHARTON, Edith (1862-1937). Nascida numa família abastada da alta sociedade nova-iorquina, durante sua infância Edith Wharton acompanha os pais através da Europa. Em 1885, casa-se com Teddy Wharton, vindo do mesmo meio que ela; mas os transtornos mentais que afetam seu marido resultam num divórcio em 1913. Ela começa a escrever em 1890 e obtém renome internacional com *The House of Mirth* (1905, ed. bras. *A casa da alegria*). Estabelecida na França em 1906, divide seu tempo entre Paris e suas luxuosas propriedades na província, as viagens (*A Motor-Flight through France*, 1908) e as recepções brilhantes. Recebe a Legião de Honra por seu empenho em favor dos refugiados civis durante a Grande Guerra. Sua obra literária compreende novelas ("Madame de Treymes", 1907), ensaios (especialmente *French Ways and Their Meaning*, 1919), romances (entre os quais *Ethan Frome*, 1911; *A idade da inocência*, 1921, prêmio Pulitzer; *The Gods Arrive*, 1932). Em sua obra de ficção, cujo enredo frequentemente se passa na França, ela analisa com grande sutileza o funcionamento da alta sociedade e as reações individuais de seus protagonistas de personalidade complexa. Nas memórias, *A Backward Glance* (1934), evoca seu percurso e a amizade com Henry James, seu mestre, Paul Bourget, Anna de Noailles, André Gide, Jean Cocteau e muitos outros.

WHEELER, Monroe (1899-1988). Companheiro de Glenway Wescott, Monroe Wheeler dirige uma pequena editora, Harrison of Paris, especializada em tiragens limitadas. Em 1934, volta para os Estados Unidos com Wescott e trabalha para o Museu de Arte Moderna de Nova York.

WILDER, Thornton (1897-1975). Thornton Wilder efetua seus estudos nas universidades de Yale e Princeton. Especializa-se em literatura francesa, matéria que ele ensina em várias universidades. Escreve romances e peças de teatro, a mais conhecida delas é *Nossa cidade* (1938), inspirada em *The Making of Americans*, de sua amiga Gertrude Stein. As obras dele obtêm três vezes o prêmio Pulitzer e um National Book Award.

WILLIAMS, William Carlos (1883-1963). De pai inglês e mãe franco-espanhola, William C. Williams efetua uma parte de seus estudos secundários na Suíça e no liceu Condorcet de Paris. Em 1910, estabelece-se como pediatra em sua cidadezinha natal de Rutherford, em Nova Jersey. Também frequenta Greenwich Village, onde torna-se amigo de Ezra Pound e Robert McAlmon. Por vocação, é romancista, ensaísta, crítico e sobretudo poeta. Deseja rejeitar a tradição e extrair inspiração da cultura americana, do dadaísmo ou do surrealismo. "Imagista", à maneira de Pound, sobretudo no início da carreira, evoca objetos corriqueiros como *O carrinho de mão vermelho*, seu mais célebre poema (1923). Durante suas viagens à França, em 1924 e 1927, conhece a *intelligentsia* parisiense e americana. Deixa um interessante depoimento sobre suas experiências francesas em *A Voyage to Pagany* (1928) e na *Autobiography* (1951).

WOLFE, Thomas (1900-1938). Nascido na Carolina do Norte, numa família modesta com oito filhos, ainda assim Thomas Wolfe consegue estudar em Harvard. Visita algumas vezes a França, onde trava conhecimento com Joyce. Dedica-se a abrir caminho na carreira literária. É lançado por seu romance *História de uma vida perdida – Olhe para trás, anjo* (1929). A dimensão autobiográfica está igualmente presente em várias de suas outras obras, como *Of Time and the River* (1935) e *The Web and the Rock* (1940). Escritores como Jack Kerouac, Philip Roth, Ray Bradbury reconhecem sua dívida intelectual para com ele.

WORTHINGTON, Marjorie (1900-1976). Após cursar a escola de jornalismo de Nova York, Marjorie Worthington se muda para Paris em 1926 e frequenta os escritores da Geração Perdida. Publica novelas em revistas americanas como *Vogue, Vanity Fair, Harper's*. Trava conhecimento com o jornalista William Seabrook e o acompanha à África em 1932. De volta a Paris, eles se casam em 1935: é o terceiro casamento de Marjorie. Em 1941, divorciam-se. Em 1966, Marjorie consagra uma biografia ao seu demoníaco ex-marido.

Notas

Introdução

1. John Steinbeck, *Un Américain à New York et à Paris*, Paris, Julliard, 1956.
2. Ernest Hemingway, *Lettres choisies*, 11 de outubro de 1923, Paris, Gallimard, 1986.
3. Sylvia Beach, *Shakespeare and Company*, Paris, Mercure de France, 1992.
4. Henry Miller, *Tropique du Cancer*, 1934, reed. Paris, Folio, 1975.
5. Henry Miller, *Lettres à Emil*, 1944, reed. Paris, 10/18, 1999.
6. Henry Miller, *Max et les phagocytes*, 1947, reed. Paris, Stock, 1979.
7. John Glassco, *Mémoires de Montparnasse*, Paris, Viviane Hamy, 2007.
8. William Carlos Williams, *Autobiographie*, 1948, reed. Paris, Gallimard, 1973.
9. Ernest Hemingway, *Paris est une fête*, 1964, reed. Paris, Folio, 1973.
10. *Les Années vingt. Les écrivains américains de Paris et leurs amis*, Centre culturel américain de Paris, Catálogo de exposição, 11 de março-25 de abril de 1959.
11. Henry Miller, *Souvenir, souvenirs*, 1953, reed. Paris, Folio, 1988.

1. Os caminhos de Paris

1. John Bainbridge, *Another Way of Living. A Gallery of Americans who Chose to Live in Europe*, Holt R. Winston, 1968, *in* Michèle Fitoussi, *Janet*, JC Lattès, Paris, 2018.
2. Henry Miller, *Souvenir, souvenirs, op. cit.*
3. Scott Fitzgerald, *Éclats du paradis*, Paris, Julliard, 1973.
4. *Ibid.*
5. Henry Miller, *Lettres à Emil*, outubro de 1931, *op. cit.*
6. Sinclair Lewis, *Sam Dodsworth*, 1929, reed. Paris, 10/18, 1985.
7. Louis Bromfield, *La Colline aux cyprès*, 1924, reed. Paris, La Table ronde, 1967.
8. Scott Fitzgerald, *Lettres* (outubro de 1920), Paris, Gallimard, 1965.
9. *Ibid.*
10. Revista *transition*, março de 1928.
11. Henry Miller, *Souvenir, souvenirs, op. cit.*
12. Sylvia Beach, *Shakespeare and Company*, Paris, Mercure de France, 1992.
13. Scott Fitzgerald, *Éclats du paradis* (*L'Enfant de l'hôtel*, 1931), Paris, Julliard, 1973.

14. Hugh Ford, *Published in Paris. L'édition américaine et anglaise à Paris, 1920-1939*, Paris, IMEC Éditions, 1975.
15. Henry Miller, *Printemps noir*, 1936, reed. Paris, Gallimard, 1946.
16. Henry Miller, *Lettres à Emil* (1º de janeiro de 1933), *op. cit.*
17. Edith Wharton, *Les Chemins parcourus*, 1933, reed. Paris, Flammarion, 1995.
18. Alice Toklas, *Ma vie avec Gertrude Stein*, reed. Mônaco, Le Rocher, 1963.
19. Eddy L. Harris, *Paris en noir et black*, Paris, Liana Levi, 2009.
20. Louise Faure-Favier, *Blanche et noir*, Paris, Ferenczi, 1928.
21. Jean Pluyette, *La Doctrine des races et la sélection de l'immigration en France*, Paris, Bossuet, 1930.
22. Paul Souday, *Le Temps*, 12 de julho de 1928.
23. Paul Morand, *Revue 1933*, setembro de 1933.
24. *La Croix*, 9 de agosto de 1923.

2. Descobrindo Paris

1. Sinclair Lewis, *Sam Dodsworth*, 1929, reed. Paris, 10/18, 1985.
2. Alfred Perlès, *Mon ami Henry Miller*, reed. Paris, 10/18, 1972.
3. Sinclair Lewis, *Sam Dodsworth*, *op. cit.*
4. Anaïs Nin, *Journal, 1934-1939*, reed. Paris, Livre de Poche, 1970.
5. Henry Miller, *Lettres à Emil*, março de 1930, *op. cit.*
6. Henry Miller, *Tropique du Cancer*, *op. cit.*
7. Scott Fitzgerald, *Éclats du paradis* (*Les Nageurs*, 1929), *op. cit.*
8. John Glassco, *Mémoires de Montparnasse*, *op. cit.*
9. Henry Miller, *Lettres à Emil*, 9 de março de 1930, *op. cit.*
10. Djuna Barnes, *La Passion*, Ypsilon Éditions, Paris, 2015.
11. Edith Wharton, *Les dieux arrivent*, 1932, reed. Paris, Flammarion, 1999.
12. Anaïs Nin, *Journal, 1931-1934*, *op. cit.*
13. Henry Miller, *Printemps noir*, 1936, reed. Paris, Gallimard, 1946.
14. Ernest Hemingway, *Paris est une fête*, *op. cit.*
15. Anaïs Nin, *Journal, 1931-1934*, *op. cit.*
16. Henry Miller, *Lettres à Emil*, 19 de março de 1930, *op. cit.*
17. Sinclair Lewis, *Sam Dodsworth*, *op. cit.*
18. Anaïs Nin, *Journal, 1934-1939*, *op. cit.*
19. Anaïs Nin, *Les Petits Oiseaux*, 1940, reed. Paris, Livre de Poche, 1980.
20. Sinclair Lewis, *Sam Dodsworth*, *op. cit.*
21. Janet Flanner, *Paris c'était hier. Chroniques d'une Américaine à Paris, 1925-1939*, Paris, Mazarine, 1981.
22. Thomas Wolfe, *La Toile et le Roc*, 1939, reed. Lausanne, L'Âge d'homme, 1984.

23. Sinclair Lewis, *Sam Dodsworth*, *op. cit.*
24. Gertrude Stein, *Flirter au Bon Marché*, Paris, Phébus, 2007.
25. Paul Morand, *New York*, 1930, reed. Paris, Flammarion, 1993.
26. Thomas Wolfe, *La Toile et le Roc*, *op. cit.*
27. Henry Miller, *Lettres à Emil*, março de 1930, *op. cit.*
28. Gertrude Stein, *Autobiographie de tout le monde*, 1935, reed. Paris, Seuil, 1978.

3. Descobrindo os parisienses

1. André Siegfried, *L'Âme des peuples*, Paris, Hachette, 1950. Élie Faure, "Découverte de l'archipel. L'âme française", *La Grande Revue*, 1928, reed. Paris, Livre de Poche, 1978.
2. Ralph Schor, *Le Dernier Siècle français. Destin ou déclin?*, Paris, Perrin, 2016.
3. Henry Miller, *Lettres à Emil*, *op. cit.*
4. *Ibid.*
5. Edith Wharton, *Les Mœurs françaises et comment les comprendre*, 1919, reed. Paris, Payot, 1999.
6. Sinclair Lewis, *Sam Dodsworth*, *op. cit.*
7. Gertrude Stein, *Paris France*, Argel, Charlot, 1941.
8. Abbott J. Liebling, *Bon vivant*, 1986, reed. Paris, La Table ronde, 2017.
9. *Ibid.*
10. William Carlos Williams, *Autobiographie*, *op. cit.*
11. Langston Hughes, *Les Grandes Profondeurs*, Paris, Seghers, 1947.
12. Langston Hughes, *The Weary Blues*, Nova York, Knopf, 1926.
13. Man Ray, *Autoportrait*, Paris, Robert Laffont, 1964.
14. Fernand Braudel, *L'Identité de la France*, Paris, Flammarion, 1989.
15. Gertrude Stein, *Paris France*, *op. cit.*
16. Edith Wharton, *Les Mœurs françaises*, *op. cit.*
17. Henry Miller, *Max et les phagocytes*, *op. cit.*
18. Henry Miller, *Lettres à Emil*, primavera de 1930, *op. cit.*
19. Henry Miller, *Souvenir, souvenirs*, *op. cit.*
20. William Carlos Williams, *Autobiographie*, *op. cit.*
21. Anatole Jakovski, *Les Feux de Montmartre*, Paris, Bibliothèque des arts, 1957.
22. Ezra Pound, *Lettres de Paris*, setembro de 1920, Dijon, Ulysse-Fin de siècle, 1988.
23. *Ibid*, s. d.
24. Henry Miller, *Tropique du Cancer*, 1934, reed. Paris, Folio, 1975.
25. John Dos Passos, *La Belle Vie*, Paris, Gallimard-Mercure de France, 2002.

26. Henry Miller, *Tropique du Cancer*, op. cit.
27. Langston Hughes, *The Big Sea*, Nova York, Hill and Wang, 1940.
28. Henry Miller, *Jours tranquilles à Clichy*, 1940, reed. Paris, 10/18, 1973.
29. Anaïs Nin, *Les Chambres du cœur*, Paris, Stock, 2003.
30. Henry Miller, *Tropique du Cancer*, op. cit.
31. Jean-José Frappa, *À Paris sous l'œil des métèques*, Paris, Flammarion, 1926.
32. Gustave Téry, *L'Œuvre*, 11 de junho de 1926.
33. William Carlos Williams, *Autobiographie*, op. cit.
34. *Ibid.*
35. Thomas Wolfe, *La Toile et le Roc*, op. cit.
36. Ernest Hemingway, *Le Soleil se lève aussi*, 1926, reed. Paris, Gallimard, 1966.
37. Scott Fitzgerald, *Retour à Babylone*, 1931, reed. Lausanne, La Petite ourse, 1964.

4. A vida material dos americanos em Paris

1. Ernest Hemingway, *Paris est une fête*, op. cit.
2. Ernest Hemingway, *Lettres choisies*, op. cit.
3. John Glassco, *Mémoires de Montparnasse*, op. cit.
4. Henry Miller, *Lettres à Emil*, 10 de maio de 1930, op. cit.
5. William Carlos Williams, *Autobiographie*, op. cit.
6. Anaïs Nin, *Journal, 1931-1934*, op. cit.
7. Alfred Perlès, *Mon ami Henry Miller*, op. cit.
8. Citado por Jean Chalon, *Chère Natalie Barney*, Paris, Flammarion, 1976.
9. Edith Wharton, *Chez les heureux du monde*, 1905.
10. Alfred Perlès, *Mon ami Henry Miller*, op. cit.
11. Ezra Pound, *Lettres de Paris*, setembro de 1921, op. cit.
12. Henry Miller, *Lettres à Emil*, novembro de 1931, op. cit.
13. Anaïs Nin, *Journal, 1931-1934*, Paris, Stock, 1969.
14. Henry Miller, *Lettres à Emil*, op. cit.
15. Man Ray, *Autoportrait*, op. cit.
16. Ernest Hemingway, *Paris est une fête*, op. cit.
17. Anaïs Nin, *Journal, 1931-1934*, op. cit.
18. Henry Miller, *Max et les phagocytes*, op. cit.
19. Henry Miller, *Lettres à Emil*, op. cit.

5. A sociabilidade do exílio e seus limites

1. William Carlos Williams, *Autobiographie*, op. cit.
2. Henry Miller, *Un diable au paradis*, Paris, Buchet-Chastel, 1956.

3. Sylvia Beach, *Shakespeare and Company*, op. cit.
4. John Dos Passos, *La Belle Vie*, op. cit.
5. Ernest Hemingway, *Paris est une fête*, op. cit.
6. Mary Jayne Gold, *Marseille année 40*, Paris, Phébus, 2001.
7. Henry Miller, *Lettres à Emil*, op. cit.
8. Peggy Guggenheim, *Ma vie et mes folies*, Paris, Plon, 1987.
9. Anatole Jakovski, *Les Feux de Montmartre*, op. cit.
10. John Glassco, *Mémoires de Montparnasse*, op. cit.
11. Anatole Jakovski, *Les Feux de Montmartre*, op. cit.
12. Ernest Hemingway, *En ligne. Choix d'articles*, Paris, Gallimard, 1970.
13. Alfred Perlès, *Mon ami Henry Miller*, op. cit.
14. Ernest Hemingway, *Paris est une fête*, op. cit.
15. Eugène Jolas, *Sur Joyce*, Paris, Plon, 1990.
16. Gertrude Stein, *Autobiographie d'Alice Toklas*, Paris, Gallimard, 1934.
17. *Ibid.*
18. *Ibid.*
19. Ernest Hemingway, *Paris est une fête*, op. cit.
20. Gertrude Stein e Pablo Picasso, *Correspondance*, Paris, Gallimard, 2005.
21. Citado por Andrew Field, *Djuna Barnes*, Paris, Rivages, 1986.
22. John Glassco, *Mémoires de Montparnasse*, op. cit.
23. Ernest Hemingway, carta de 17 de março de 1924, *Nouvelles complètes*, Paris, Gallimard, 1979.
24. Ernest Hemingway, carta de 9 de março de 1922.
25. Ernest Hemingway, carta de 24 de dezembro de 1925 a Scott Fitzgerald, *op. cit.*
26. Ernest Hemingway, *Paris est une fête*, op. cit.
27. John Glassco, *Mémoires de Montparnasse*, op. cit.
28. Brassaï, *Henry Miller, grandeur nature*, Paris, Gallimard, 1975.
29. Ernest Hemingway, carta de 24 ou 31 de outubro de 1929, *Nouvelles completes*, op. cit.
30. Ernest Hemingway, *Paris est une fête*, op. cit.

6. Paris, uma escola de liberdade

1. Citado por Shari Benstock, *Femmes de la rive gauche*, Paris, Éditions des Femmes, 1987.
2. Natalie Barney, *Nouvelles pensées de l'Amazone*, Paris, Mercure de France, 1939.
3. Ernest Hemingway, *Lettres chosies*, 24 de junho de 1923, op. cit.
4. Scott Fitzgerald, *L'envers du paradis*, 1920, reed. Paris, Gallimard, 1978.
5. Henry Miller, *Tropique du Cancer*, op. cit.

6. Anaïs Nin, *Journal, op. cit.*
7. John Glassco, *Mémoires de Montparnasse, op. cit.*
8. James W. Johnson, *Along the Way*, Nova York, Viking Press, 1933, citado por Jocelyn Rotily, *Artistes américains à Paris, 1914-1939*, Paris, L'Harmattan, 1998.
9. Langston Hughes, *The Best of Simple*, Nova York, Hill and Wang, 1961.
10. Eddy L. Harris, *Paris en noir et black*, Paris, Liana Levi, 2009.
11. Countee Cullen, *On These I Stand*, Nova York, Harper, 1947.
12. Ernest Hemingway, *Paris est une fête, op. cit.*
13. Ernest Hemingway, *Lettres chosies*, 20 de março de 1922, *op. cit.*
14. *Ibid.*, 22 de abril de 1925.
15. *Ibid.*, 24 ou 31 de outubro de 1929.
16. John Glassco, *Mémoires de Montparnasse, op. cit.*
17. Ernest Hemingway, *Paris est une fête, op. cit.*
18. Ernest Hemingway, *Lettres choisies*, 26 de dezembro de 1921, *op. cit.*
19. Ernest Hemingway, *Nouvelles complètes*, 7 de setembro de 1926, *op. cit.*
20. Scott Fitzgerald, *Retour à Babylone, op. cit.*
21. John Dos Passos, *La Belle Vie, op. cit.*
22. *Ibid.*
23. Anatole Jakovski, *Les Feux de Montmartre, op. cit.*
24. Anaïs Nin, *Journal, 1931-1934*, Stock, *op. cit.*
25. Henry Miller, *Tropique du Cancer, op. cit.*
26. Thomas Wolfe, *Le Temps et le Fleuve*, 1936, reed. Paris, L'Âge d'homme, 1990.
27. Anaïs Nin, *Venus Erotica,* reed. Paris, Stock, 1969.
28. *Ibid.*
29. Henry Miller, *Tropique du Cancer, op. cit.*
30. Citado por Dominique Saint-Pern, *Les Amants du soleil noir. Harry et Caresse Crosby*, Paris, Grasset, 2005.
31. Anaïs Nin, *Journal, 1931-1934, op. cit.*
32. *Ibid.*
33. Anaïs Nin, *Henry et June. Cahiers secrets*, Paris, Stock, 1986.
34. Anaïs Nin, *Journal de l'amour. Journal inédit et non expurgé, 1932-1939*, Paris, Livre de Poche, 2003.
35. Anaïs Nin, *Henry et June, op. cit.*
36. *Ibid.*
37. Henry Miller, *Jours tranquilles à Clichy, op. cit.*
38. *Ibid.*
39. Anaïs Nin, *Journal, 1931-1934, op. cit.*
40. John Glassco, *Mémoires de Montparnasse, op. cit.*

41. Thomas Wolfe, *La Toile et le Roc*, *op. cit.*
42. Henry Miller, *Souvenir, souvenirs*, *op. cit.*
43. Henry Miller, *Lettres à Emil*, 1944, *op. cit.*
44. Henry Miller, *Souvenir, souvenirs*, *op. cit.*
45. Abbott J. Liebling, *Bon vivant*, 1986, *op. cit.*
46. Anaïs Nin, *Les Enfants de l'albatros*, reed. Paris, Stock, 1958.
47. Ernest Hemingway, *Paris est une fête*, *op. cit.*
48. Peggy Guggenheim, *Ma vie et mes folies*, *op. cit.*
49. John Glassco, *Mémoires de Montparnasse*, *op. cit.*
50. Natalie Barney, *Amants féminins ou la troisième*, Courbesserre, Éros Onyx Éditeurs, 2013.
51. Natalie Barney, *Pensées d'une Amazone*, Paris, Émile Paul Frères, 1920.
52. Mary Jayne Gold, *Marseille année 1940*, *op. cit.*
53. Ernest Hemingway, *En ligne. Choix d'articles*, *op. cit.*
54. Henry Miller, *Tropique du Cancer*, *op. cit.*
55. Scott Fitzgerald, *Lettres à Zelda et autres correspondants*, 19 de abril de 1924, Paris, Gallimard, 1985.
56. Mary Jayne Gold, *Marseille année 40*, *op. cit.*
57. Janet Flanner, *Paris c'était hier. Chroniques d'une Américaine à Paris*, *op. cit.*
58. Anaïs Nin, *Les Chambres du cœur*, *op. cit.*
59. Anaïs Nin, *Journal, 1934-1939*, *op. cit.*
60. *Ibid.*
61. *Ibid.*
62. Janet Flanner, *Paris c'était hier... Chroniques d'une Américaine à Paris*, *op. cit.*

7. Paris, uma escola para o escritor

1. Gertrude Stein, *Paris France*, Argel, Charlot, 1941.
2. *Ibid.*
3. Ezra Pound, *Lettres de Paris*, setembro de 1920, *op. cit.*
4. Abbott Joseph Liebling, *Bon vivant*, *op. cit.*
5. Henry Miller, *Souvenir, souvenirs*, *op. cit.*
6. John Dos Passos, *La Belle Vie*, *op. cit.*
7. *Ibid.*
8. *Ibid.*
9. *Ibid.*
10. Ezra Pound, *Lettres de Paris*, setembro de 1921, *op. cit.*
11. Henry Miller, *Lettres à Emil*, 1944, *op. cit.*
12. Edith Wharton, *Les dieux arrivent*, 1932, reed. Paris, Flammarion, 1999.

13. Ezra Pound, *Lettres de Paris*, agosto de 1922, *op. cit.*
14. Henry Miller, *Lettres à Emil*, 10 de maio de 1930, *op. cit.*
15. Djuna Barnes, "Lament for the Left Bank", *Town and Country*, XCI, dezembro de 1941.
16. Mary Jayne Gold, *Marseille année 40*, *op. cit.*
17. Gertrude Stein, *Paris France*, *op. cit.*
18. Brassaï, *Henry Miller, grandeur nature*, *op. cit.*
19. Henry Miller, *Lettres à Anaïs Nin*, 7 de fevereiro de 1932, Paris, Christian Bourgois, 1967.
20. Miller-Delteil, *Correspondance privée, 1935-1978*, Paris, Belfond, 1980.
21. Henry Miller, *Les livres de ma vie*, Paris, Gallimard, 1957.
22. Edith Wharton, *Les dieux arrivent*, *op. cit.*
23. Henry Miller, *Lettres à Emil*, *op. cit.*
24. Ernest Hemingway, *Le Jardin d'Éden*, 1986, reed. Paris, Gallimard, 1989.
25. Henry Miller, *Dimanche après la guerre*, Paris, Stock, 1977.
26. *Ibid.*
27. Ernest Hemingway, *Paris est une fête*, *op. cit.*
28. Ernest Hemingway, *Lettres choisies*, *op. cit.*
29. *Ibid.*
30. Henry Miller, *Dimanche après la guerre*, *op. cit.*
31. Henry Miller, *Max et les phagocytes*, *op. cit.*
32. Henry Miller, *Souvenir, souvenirs*, *op. cit.*
33. Henry Miller, *Un diable au paradis*, *op. cit.*
34. Alice Toklas, *Ma vie avec Gertrude Stein*, *op. cit.*
35. Ernest Hemingway, *Paris est une fête*, *op. cit.*
36. Henry Miller, *Un diable au paradis*, *op. cit.*
37. Anaïs Nin, *Journal, 1934-1939*, *op. cit.*
38. John Glassco, *Mémoires de Montparnasse*, *op. cit.*
39. Gertrude Stein, *Le monde est rond*, 1939, reed. Noville-sur-Mehaigne, Esperluète Éditions, 2011.
40. Ernest Hemingway, *Paris est une fête*, *op. cit.*
41. Eugène Jolas, *Sur Joyce*, Paris, Plon, 1990.
42. John Glassco, *Mémoires de Montparnasse*, *op. cit.*
43. Claude McKay, *Un sacré bout de chemin*, 1970, reed. Marselha, André Dimanche, 2001.
44. Brassaï, *Henry Miller, grandeur nature*, *op. cit.*
45. Henry Miller, *Lettres à Emil*, abril de 1932, *op. cit.*
46. *L'Intransigeant*, 6 de janeiro de 1934, citado por Nadine Satiat, *Gertrude Stein*, Paris, Flammarion, 2010.
47. Anaïs Nin, *Les Chambres du cœur*, *op. cit.*

48. Anaïs Nin, *Un hiver d'artifices*, 1945, reed. Paris, Éditions des Femmes, 1976.
49. Anaïs Nin, *Journal, 1934-1939*, *op. cit.*
50. *Ibid.*
51. *Paris Tribune*, 1º de fevereiro de 1925.
52. Claude McKay, *Un sacré bout de chemin*, *op. cit.*
53. Claude McKay, *Banjo*, Marselha, André Dimanche, 1999.
54. Claude McKay, carta a W. A. Bradley, 1º de novembro de 1929, citado por Michel Fabre, *La Rive noire. Les écrivains noirs américains à Paris, 1830-1995*, Marselha, André Dimanche, 1999.

8. A edição americana em Paris

1. Citado por André Levot, "Les années parisiennes", *Le Magazine littéraire*, nº 341, março de 1996.
2. John Glassco, *Mémoires de Montparnasse*, *op. cit.*
3. Hugh Ford, *Published in Paris...*, *op. cit.*
4. Maurice Girodias, *Une journée sur la terre*, Paris, La Différence, 1990.
5. Hugh Ford, *Published in Paris...*, *op. cit.*

Conclusão

1. Ernest Hemingway, *Paris est une fête*, *op. cit.*
2. Ernest Hemingway, *En ligne. Choix d'articles*, *op. cit.*
3. Anaïs Nin, *Journal, 1934-1939*, *op. cit.*

Fontes

Escritos autobiográficos, memórias, correspondências

ANDERSON, Margaret. *My Thirty Year's War. An Autobiography.* 1930, reed. Horizon Press, 1982.
BAKER, Joséphine. *Mémoires.* Paris: Dilecta, 2006.
BARNES, Djuna. "Lament for the Left Bank", *Town and Country,* dezembro de 1941.
BARNEY, Natalie. *Pensées d'une amazone.* Paris: Émile Paul frères, 1920.
_____. *Souvenirs indiscrets.* 1960, reed. Paris: Flammarion, 1992.
_____. *Traits et portraits.* Paris: Mercure de France, 2002.
_____. *Toujours vôtre d'amitié tendre.* Paris: Fayard, 2002.
BEACH, Sylvia. *Shakespeare and Company.* Paris: Mercure de France, 1992. [Ed. bras.: *Shakespeare and Company: uma livraria na Paris do entreguerras.* Rio de Janeiro: Casa da Palavra, 2004.]
_____. *Letters.* Columbia University Press, 2010.
BIRD, William. *A Practical Guide of French Wines.* 1922, reed. Paris: Centre national du commerce extérieur, 1948.
BRASSAÏ. *Henry Miller grandeur nature.* Paris: Gallimard, 1975.
CENDRARS, Blaise; MILLER, Henry. *Correspondance, 1934-1979. 45 ans d'amitié.* Paris: Denoël, 1995.
COWLEY, Malcolm. *Exile's Return. A Literary Odyssey of the 1920's.* 1934, reed. Penguin Classics, 1995.
CUMMINGS, E.E. *L'Énorme Chambrée.* 1922, reed. Paris: Christian Bourgois, 1978.
DOS PASSOS, John. *La Belle Vie.* Paris: Gallimard-Mercure de France, 2002.
DURRELL, Lawrence; MILLER, Henry. *Une correspondance privée.* 1963, reed. Paris: Livre de Poche, 1974.
FAUSET, Jessie. *Comedy American Style.* 1933, reed. Dover Publications Inc., 2013.
FITZGERALD, Scott. *Lettres.* Paris: Gallimard, 1965.
_____. *Lettres à Zelda et autres correspondances.* 1985.
_____. *Carnets.* Paris: Fayard, 2002.
FLANNER, Janet. *Paris c'était hier. Chroniques d'une Américaine à Paris, 1925-1939.* Paris: Mazarine, 1981. [Ed. Bras.: *Paris era ontem: 1925-1939.* Rio de Janeiro: José Olympio, 2006.]
GIRODIAS, Maurice. *Une journée sur la terre.* Paris: Éditions de la Différence, 1990.

GLASSCO, John. *Mémoires de Montparnasse*. Paris: Viviane Hamy, 2007.
GOLD, Mary Jayne. *Marseille année 40*. Paris: Phébus, 2001.
GUGGENHEIM, Peggy. *Ma vie et mes folies*. Paris: Plon, 1987.
HARRIS, Eddy L. *Paris en noir et black*. Paris: Liana Levi, 2009.
HEMINGWAY, Ernest. *En ligne. Choix d'articles*. Paris: Gallimard, 1970.
_____. *Paris est une fête*. 1964, reed. Paris: Folio, 1973. [Ed. Bras.: *Paris é uma festa*. Rio de Janeiro: Bertrand Brasil, 2013.]
_____. *Lettres choisies*. Paris: Gallimard, 1981.
HUGHES, Langston. *Les Grandes Profondeurs*. Paris: Seghers, 1947.
IMBS, Bravig. *Confession of Another Young Man*. Henkle-Yewdale House, 1936.
JAKOVSKI, Anatole. *Les Feux de Montmartre*. Paris: Bibliothèque des Arts, 1957.
JOLAS, Eugène. *Sur Joyce*. Paris: Plon, 1990.
KAHANE, Jack. *Memoirs of a Booklegger*. 1939, reed. Obolus Press, 2010.
LIEBLING, Abbott Joseph. *Bon vivant*. 1986, reed. Paris: La Table ronde, 2017.
MCALMON, Robert. *Being Geniuses Together*. 1938, reed. Nova York: Doubleday, 1968.
MCKAY, Claude. *Un sacré bout de Chemin*. 1970, reed. Marselha: André Dimanche, 2001.
MEARSON, Lyon. *The French They are a Funny Race*. Nova York: Mohawk Press, 1931.
MILLER, Henry. *Un diable au paradis*. Paris: Buchet-Chastel, 1956.
_____. *Les livres de ma vie*. Paris: Gallimard, 1957.
_____. *Lettres à Anaïs Nin*. Paris: Christian Bourgois, 1967.
_____. *Jours tranquilles à Clichy*. 1940, reed. Paris: 10/18, 1973. [Ed. bras.: *Dias de paz em Clichy*. Rio de Janeiro: José Olympio, 2004.]
_____. *Dimanche après la guerre*. Paris, Stock, 1977.
_____. *Souvenir, souvenirs*. 1953, reed. Paris: Folio, 1988.
_____. *Lettres à Emil*. 1944, reed. Paris: 10/18, 1999.
MILLER, Henry; DELTEIL, Joseph. *Correspondance privée, 1935-1978*. Paris: Belfond, 1980.
NIN, Anaïs. *Journal, 1931-1934*. Paris: Stock-Livre de Poche, 1970.
_____. *Journal, 1934-1939*. Paris: Stock-Livre de Poche, 1970.
_____. *Henry et June. Cahiers secrets*. Paris: Stock, 1986. [Ed. bras.: *Henry & June*. Porto Alegre: L&PM, 2007.]
_____. *Journal de l'amour. Journal non expurgé, 1932-1939*. Paris: Livre de Poche, 2003.
PERLÈS, Alfred. *Mon ami Henry Miller*. 1956, reed. Paris: 10/18, 1972.
POUND, Ezra. *Lettres à James Joyce*. Paris: Mercure de France, 1970.

_____. *Lettres de Paris*. Dijon: Ulysse-Fin de siècle, 1988.
PUTNAM, Samuel. *Paris Was Our Mistress*. Nova York: Viking, 1947, reed. Southern Illinois University, 1978.
RAY, Man. *Autoportrait*. Paris: Robert Laffont, 1964.
STEIN, Gertrude. *Autobiographie d'Alice Toklas*. Paris: Gallimard, 1934.
_____. *Autobiographie de tout le monde*. 1937, reed. Paris: Seuil, 1978.
_____. *Paris France*. Argel: Charlot, 1941.
STEIN, Gertrude; PICASSO, Pablo. *Correspondance*. Paris: Gallimard, 2005.
STEINBECK, John. *Un Américain à New York et à Paris*. Paris: Julliard, 1956.
TOKLAS, Alice. *Ma vie avec Gertrude Stein*. Mônaco: Éditions du Rocher, 1963.
WHARTON, Edith. *Les Chemins parcourus*. 1933, reed. Paris: Flammarion, 1995.
_____. *Les Mœurs françaises et comment les comprendre*. Paris: Payot, 1999.
WILLIAMS, William Carlos. *A Voyage to Pagany*. 1928, reed. Nova York: New Directions, 1970.
_____. *Autobiographie*. 1948, reed. Paris: Gallimard, 1973.

Obras literárias

BARNES, Djuna. *L'Almanach des dames*. 1928, reed. Paris: Flammarion, 1982.
_____. *Le Bois de la nuit*. 1936, reed. Paris: Seuil, 1957. [Ed. bras.: *No bosque da noite*. São Paulo: Códex, 2010.]
_____. *Divagations malicieuses*. Marselha: Éditions Ryôan-ji, 1985.
_____. *La Passion*. Paris: Ypsilon Éditeur, 2015.
BARNEY, Natalie. *Amants féminins ou la troisième*. Cassaniouze: ErosOnyx Éditions, 2019.
BOYLE, Kay. *Death of a Man*. reed. New Directions, 1989.
CATHER, Willa. *L'un des nôtres*. 1922, reed. Paris: Rivages, 1993.
DOS PASSOS, John. *L'An premier du siècle*. 1932, reed. Paris: Folio, 1960.
FITZGERALD, Scott. *Retour à Babylone*. 1931, reed. Lausanne: La Petite Ourse, 1964.
_____. *Tendre est la nuit*. 1934, reed. Paris: Livre de Poche, 1972. [Ed. bras.: *Suave é a noite*. São Paulo: Penguin-Companhia, 2023.]
_____. *La Fêlure*. Paris: Gallimard, 1981.
FITZGERALD, Scott e Zelda. *Éclats du paradis*. Paris: Julliard, 1973. [Ed. bras.: *Pedaços do paraíso*. Cultura Editora, 1980].

FITZGERALD, Zelda, *Accordez-moi cette valse*. 1932, reed. Paris: Livre de Poche, 1973. [Ed. bras.: *Esta valsa é minha*. São Paulo: Cia. das Letras, 2014.]
HEMINGWAY, Ernest. *Le soleil se lève aussi*. 1926, reed. Paris: Gallimard, 1966. [Ed. bras.: *O sol também se levanta*. Rio de Janeiro: Bertrand Brasil, 2014.]
_____. *Le Jardin d'Éden*. 1986, reed. Paris: Gallimard, 1989. [Ed. bras.: *O jardim do Éden*. Rio de Janeiro: Bertrand Brasil, 2022.]
_____. *Nouvelles completes*. Paris, 1999.
LEWIS, Sinclair. *Sam Dodsworth*. 1929, reed. Paris: 10/18, 1985.
LEWISOHN, Ludwig. *Le Destin de M. Crump*. 1926, reed. Paris: Phébus, 1996.
LOEB, Harold. *The Professors Like Vodka*. 1917, reed. Southern Illinois University Press, 1974.
MILLER, Henry. *Tropique du Cancer*. 1934, reed. Paris: Folio, 1975. [Ed. bras.: *Trópico de Câncer*. Rio de Janeiro: José Olympio, 2017.]
_____. *Printemps noir*. 1936, reed. Paris: Gallimard, 1946.
_____. *Max et les phagocytes*. 1947, reed. Paris: Stock, 1979.
NIN, Anaïs. *Les Petits Oiseaux*. 1940, reed. Paris: Livre de Poche, 1980. [Ed. bras.: *Pequenos pássaros*. Porto Alegre: L&PM, 2019.]
_____. *Un hiver d'artifice*. 1945, reed. Paris: Éditions des Femmes, 1976.
_____. *Venus Erotica*, Paris: Stock, 1969. [Ed. bras.: *Delta de vênus*. Porto Alegre: L&PM, 2005.]
_____. *Les Enfants de l'albatros*. Paris: Stock, 1978.
_____. *Alice et autres nouvelles*. Paris: La Musardine, 1999.
_____. *Les Chambres du cœur*. Paris: Stock, 2003.
POUGY, Liane de. *Idylle saphique*. 1901, reed. Paris: Éditions des Femmes, 1987.
POUND, Ezra. *Les Cantos*. Paris: Flammarion, 1986. [Ed. bras.: *Os cantos*. Rio de Janeiro: Nova Fronteira, 1986.]
STEIN, Gertrude. *Lucy Church Amiably*. Paris: Imprimerie Union, 1930.
_____. *Le monde est rond*. 1939, reed. Noville-sur-Méhaigne: Esperluète Éditions, 2011. [Ed. bras.: *O mundo é redondo*. São Paulo: Iluminuras, 2020.]
_____. *Flirter au Bon Marché*. Paris: Phébus, 2007.
VAN WICK, William. *On the Terrasse*. Paris: E.W. Titus at the Sign of the Black Manikin, 1930.
WESCOTT, Glenway. *Le Faucon pèlerin*. 1940, reed. Paris: Calmann-Lévy, 1997. [Ed. bras.: *O Falcão Peregrino*. São Paulo: Planeta, 2003.]
WHARTON, Edith. *Les dieux arrivent*. 1932, reed. Paris: Flammarion, 1999.

WOLFE, Thomas. *Le Temps et le Fleuve*, 1936, reed. Lausanne: L'Âge d'homme, 1990.
_____. *La Toile et le Roc*. 1939, reed. Lausanne: L'Âge d'homme, 1984.

Depoimentos franceses

ARON, Robert; DANDIEU, Arnaud. *Le Cancer américain*. 1931, reed. Paris: L'Âge d'homme, 2008.
DUHAMEL, Georges. *Scènes de la vie future*. 1930, reed. Paris: Mille et Une Nuits, 2003.
DURTAIN, Luc. *Quelques mots d'USA*. Paris: Éditions Lemarget, 1939.
FRAPPA, Jean-José. *À Paris sous l'œil des métèques*. Paris: Flammarion, 1926.
MAUROIS, André. *Chantiers américains*. Paris: Gallimard, 1933.
MONNIER, Adrienne. *Rue de l'Odéon*. Paris: Albin Michel, 1989.
MORAND, Paul. *New York*. Paris: Flammarion, 1930, reed. 1993.
PREVOST, Jean. *Usonie, esquisse de la civilisation américaine*. Paris: Gallimard, 1939.
SIEGFRIED, André. *Les États-Unis d'aujourd'hui*. Paris: Colin, 1927.

Bibliografia

Metodologia

ANHEIM, Étienne. "L'Historien au pays des merveilles? Histoire et anthropologie au début du XXIe siècle". *L'Homme*, 2012-3, n° 203-4.
BARTHES, Roland *et al. Littérature et réalité*. Paris, Seuil, 1982.
BRUNEL, Pierre. *La Critique littéraire*. Paris: PUF, 1977. [Ed. bras.: *A crítica literária*. São Paulo: Martins Fontes, 1988.]
CERTEAU, Michel de. *L'Écriture de l'histoire*. Paris: Gallimard, 1975.
CHARLE, Christophe. *Homo Historicus. Réflexions sur l'histoire, les historiens et les sciences sociales*. Paris: Colin, 2013.
DENIS, Benoît. *Littérature et engagement. De Pascal à Sartre*. Paris: Aubier, 2000.
GUIRAL, Pierre. *La Société française, 1815-1914, vue par les romanciers*. Paris: Colin, 1962.
GUIRAL, Pierre; TEMIME, Émile. *La Société française à travers la littérature*. Paris: Colin, 1972.
KALIFA, Dominique. "L'Imprimé, le texte et l'histoire: vieilles questions, nouvelles réponses?", *Romantisme*, n° 143/1, 2009.
KARATSON, André; BESSIÈRE, Jean. *Déracinement et littérature*. Lille: Presses universitaires de Lille, 1982.
LYON-CAEN, Judith; RIBARD, Dinah. *L'Historien et la Littérature*. Paris: La Découverte, 2010.
LYON-CAEN, Judith; VINCENT, Marie-Bénédicte. "Histoire et roman". *Vingtième Siècle*, out.-dez. 2011.
MACÉ, Marielle. *Façons de lire, manières d'être*. Paris: Gallimard, 2011.
MORETTI, Franco. *Graphes, cartes et arbres. Modèles abstraits pour une autre histoire de la littérature*. Paris: Les Prairies ordinaires, 2008.
RIOUX, Jean-Pierre; SIRINELLI, Jean-François (org.). *Pour une histoire culturelle*. Paris: Seuil, 1997.
VENAYRE, Sylvain. *Les Origines de la France. Quand les historiens racontaient la nation*. Paris: Seuil, 2013.

Contexto político, social e cultural

ASSELAIN, Jean-Charles. *Histoire économique du XXe siècle*. Paris: FNSP, 1995.
BARD, Christine. *Les Femmes dans la société française au XXe siècle*. Paris: Colin, 2003.

BARROT, Olivier; ORY, Pascal. *Entre-deux-guerres. La création française entre 1919 et 1939*. Paris: François Bourin, 1990.

BERSTEIN, Serge; MILZA, Pierre. *Histoire de la France au XXe siècle*. Bruxelas: Complexe, 1990-1991.

DEWITTE, Philippe. *Les Mouvements nègres en France, 1919-1939*. Paris: L'Harmattan, 1985.

FAUCHERAN, Serge. *Expressionisme, Dada, surréalisme et autres ismes*. Paris: Denoël, 1976.

GOETSCHEL, Pascale; LOYER, Emmanuelle. *Histoire culturelle et intelectuelle de la France de la Belle Époque à nos jours*. Paris: Colin, 2011.

JACKSON, Jeffrey. *Making Jazz French. Music and Modern Life in Interwar Paris*. Duke University Press, 2003.

KALIFA, Dominique. *Paris. Une histoire érotique d'Offenbach aux Sixties*. Paris: Payot, 2018.

KASPI, André. *Le Temps des Américains. Le concours américain à la France en 1917-1918*. Paris: Publications de la Sorbonne, 1976.

KASPI, André; MARÈS, Antoine (org.). *Le Paris des étrangers*. Paris: Imprimerie nationale, 1989.

LEMAÎTRE, Henri. *L'Aventure littéraire du XXe siècle*. Paris: Bordas, 1984.

LEQUIN, Yves. *Histoire des étrangers et de l'immigration en France*. Paris: Larousse, 2006.

NADEAU, Maurice. *Histoire du surréalisme*. Paris: Seuil, 1964.

RIOUX, Jean-Pierre; SIRINELLI, Jean-François. *Histoire culturelle de la France*. t. IV. Paris: Seuil, 1998.

SCHOR, Ralph. *L'Opinion française et les étrangers, 1919-1939*. Paris: Publications de la Sorbonne, 1985.

_____. *L'Antisémitisme en France pendant les années trente*. Bruxelas: Complexe, 1992.

_____. *Histoire de l'immigration en France de la fin du XIXe siècle à nos jours*. Paris: Colin, 1996.

_____. *Histoire de la société française au XXe siècle*. Paris: Belin, 2004.

_____. *Écrire en exil. Les écrivains étrangers en France, 1919-1939*. Paris: CNRS Éditions, 2013.

_____. *Le Dernier Siècle français. Destin ou déclin?* Paris: Perrin, 2016.

SHARPLEY-WHITTING, Tracy Denean. *Bricktop's Paris: African American Women in Paris between the Two World Wars*. State University of New York Press, 2015.

STEARNS, Harold (org.). *Civilization in the United States. An Inquiry by Thirty Americans*. 1922, reed. The Classic US, 2013.

TONNET-LACROIX, Éliane. *La Littérature française de l'entre-deux--guerres*. Paris: Nathan, 1993.
TOURET, Michèle (org.). *Histoire de la littérature française au XXe siècle*. t. I. Paris: PUF, 2000.
TOURNÈS, Ludovic. *New Orleans. Histoire du jazz en France*. Paris: Fayard, 1999.

Os escritores americanos. Estudos gerais

AMFREVILLE, Marc; CAZÉ, Antoine; FABRE, Claire. *Histoire de la littérature américaine*. Paris: PUF, 2014.
Les Années vingt. Les écrivains américains à Paris et leurs amis. Centre culturel américain de Paris, Catálogo de exposição, 11 de mar.- 25 de abr. de 1959.
BENSTOCK, Shari. *Femmes de la rive gauche, 1900-1940*. Paris: Éditions des Femmes, 1987.
BOUVET, Vincent. *La Génération perdue. Des Américains à Paris, 1917-1939*. Paris: Cohen et Cohen, 2016.
BRODIN, Pierre. *Les écrivains américains de l'entre-deux-guerres*. Paris: Horizons de France, 1946.
BURKE, Carolyn. "Paris by night: l'image nocturne de Paris chez les écrivains américains" *Le Paris des étrangers*. Paris: Imprimerie nationale, 1989.
CARACALLA, Jean-Paul. *Saint-Germain des Prés*. Paris: Flammarion, 1993.
CARPENTER, Humphrey. *Au rendez-vous des génies. Écrivains américains à Paris dans les années vingt*. Paris: Aubier, 1990.
COCHET, François; GENET-DELACROIX, Marie-Claude; TROCMÉ, Hélène (org.). *Les Américains en France*. Actes du Colloque de Reims, Maisonneuve et Larose, Paris, 1999.
FABRE, Michel. *La Rive noire. Les écrivains noirs américains à Paris, 1830-1995*. Marselha, André Dimanche, 1999.
FORD, Hugh. *Published in Paris. L'édition américaine et anglaise à Paris, 1920-1939*. Paris: Imec Éditions, 1975.
GALLAGHER, Daniel. *D'Ernest Hemingway à Henry Miller. Mythes et réalités des écrivains américains à Paris (1919-1939)*. Paris: L'Harmattan, 2011.
GREEN, Nancy. *Les Américains à Paris. Hommes d'affaires, comtesses et jeunes oisifs, 1880-1941*. Paris: Belin, 2014.
LAGAYETTE, Pierre. *Histoire de la littérature américaine*. Paris: Hachette, 1997.

MAURICE, René. *Des Américains à Paris*. Paris: Éditions du Sextant, 2004.
MÉRAL, Jean. *Paris dans la littérature américaine*. Paris: Éditions du CNRS, 1983.
MURAT, Laure. *Passage de l'Odéon. Sylvia Beach, Adrienne Monnier et la vie littéraire à Paris dans l'entre-deux-guerres*. Paris: Fayard, 2003.
POUVELLE, Jean; DEMARCHE, Jean-Pierre. *Guide de la littérature américaine des origines à nos jours*. Paris: Ellipses, 2008.
ROGER, Philippe. *L'Ennemi américain. Généalogie de l'antiaméricanisme français*. Paris: Seuil, 2002.
ROTILY, Jocelyne. *Artistes américains à Paris, 1914-1939*. Paris: L'Harmattan, 1998.

Os escritores americanos. Monografias

ASTRE, Georges-Albert. *Hemingway*. Paris: Hachette, 1966.
BAIR, Deirdre. *Anaïs Nin*. Paris: Stock, 1996.
BAKER, Carlos. *Hemingway. Histoire d'une vie*. Paris: Robert Laffont, 1971.
BLANCHON, Philippe. *Gertrude Stein*. Paris: Gallimard, 2020.
BLEU-SCHWENNINGER, Patricia. *John Dos Passos, l'écriture miroir*. Éditions de l'université de Grenoble, 1993.
BRUCCOLI, Matthew. *F. Scott Fitzgerald*. Paris: La Table ronde, 1994.
BUOT, François. *Nancy Cunard*. Paris: Pauvert, 2008.
BURKE, Carolyn. *Becoming Modern: The Life of Mina Loy*. Farrar Straus and Giroux, 1996.
BUSBY, Brian. *A Gentleman of Pleasure: One Life of John Glassco*, Montreal: McGill-Queen's University Press, 2011.
CARPENTER, Humphrey. *Ezra Pound*. Paris: Belfond, 1998.
CHALMET, Véronique. *Peggy Guggenheim. Un fantasme d'éternité*. Paris: Payot, 2009.
CHALON, Jean. *Chère Natalie Barney*. Paris: Flammarion, 1992.
CHARYN, Jérôme. *Hemingway. Portrait de l'artiste en guerrier blessé*. Paris: Gallimard, 1999.
COSSART, Michael de. *Une Américaine à Paris. La princesse Edmond de Polignac et son salon, 1865-1943*. Paris: Plon, 1979.
DEBRAY, Cécile. *L'Aventure des Stein. Catalogue de l'exposition* Cézanne, Matisse, Picasso *au Grand Palais*. Paris: RMN, 2011.
DODAT, François. *Langston Hughes*. Paris: Seghers, 1964.
FERGUSON, Robert. *Henry Miller*. Paris: Plon, 1994.
FIELD, Andrew. *Djuna Barnes*. Paris: Rivages, 1986.
FITOUSSI, Michèle. *Janet*. Paris: JC Lattès, 2018.

GRIMAL, Claude. *Gertrude Stein*. Paris: Belin, 1996.
JONG, Erica. *Henry Miller ou le diable en liberté*. Paris: Grasset, 1993.
KERJAN, Liliane. *Fitzgerald le désenchanté*. Paris: Albin Michel, 2013.
KNOLL, Robert. *McAlmon and the Lost Generation*. Lincoln, University of Nebraska, 1962.
LACOUT, Dominique. *La Vie rêvée d'E.E. Cummings, mélancolie poétique*. Paris: Éditions de la Rue, 1969.
MANSANTI, Céline. *La Revue* transition *(1927-1938). Le modernisme historique en devenir*. Rennes: Presses universitaires de Rennes, 2009.
MARGERIE, Diane de. *Edith Wharton*. Paris: Flammarion, 2000.
MELLOW, James. *Hemingway*. Mônaco: Éditions du Rocher, 1995.
MEYERS, Jeffrey. *Hemingway*. Paris: Belfond, 1987.
ONANA, Charles. *René Maran, le premier Goncourt noir*. Paris: Éditions Duboiris, 2007.
PATTERSON, William. *Gurdjieff et les femmes de la Cordée*. Paris: La Table ronde, 2005.
PEARSON, Neil. *Obelisk. A History of Jack Kahane and the Obelisk Press*. Liverpool University Press, 2007.
REY, Françoise. *La Jouissance et l'Extase*. Paris: Calmann-Lévy, 2001.
SAINT-PERN, Dominique de. *L'Extravagante Dorothy Parker*. Paris: Grasset, 1994.
_____. *Les Amants du soleil noir. Harry et Caresse Crosby*. Paris: Grasset, 2005.
SATIAT, Nadine. *Gertrude Stein*. Paris: Flammarion, 2010.
SAUNIER-OLLIER, Jacqueline. *William Carlos Williams. L'homme et l'œuvre poétique*. Paris: Les Belles Lettres, 1979.
SCHIMIELE, Walter. *Henry Miller*. Paris: Buchet-Chastel, 1969.
SCHORER, Mark. *Sinclair Lewis: an American Life*. Mc Graw-Hill, 1961.
SIMONNOT, Maud. *La Nuit pour adresse*. Paris: Gallimard, 2017.
SYLVANISE, Frédéric. *Langston Hughes, poète jazz, poète blues*. Lyon: ENS Éditions, 2009.
TAYLOR, Kendall. *Zelda et Scott Fitzgerald. Les années vingt jusqu'à la folie*. Paris: Autrement, 2002.
TYTELL, John. *Ezra Pound. Le volcan solitaire*. Paris: Seghers, 1990.
WORTHINGTON, Marjorie. *The Strange World of Willie Seabrook*. Harcourt, Brace and World, 1966.

Índice remissivo

A
Abbott, Berenice 52, 115, 128, 133, 155, 189, 209, 213, 218
Alain-Fournier, Henri-Alban Fournier, dito 158
Alastair 158
Aldrich, Mildred 21, 169
Allendy, René 113
Allen, Woody 8
Anderson, Margaret 118, 169, 184, 185
Anderson, Sherwood 16-17, 96
Annunzio, Gabriele d' 140
Antheil, George 94, 130-131
Aragon, Louis 54, 80, 84, 177, 195
Armstrong, Louis 88
Aron, Robert 47
Artaud, Antonin 83, 112, 140

B
Bahlmann, Anna 69
Baker, Joséphine 26, 45, 87, 88
Balzac, Honoré de 134
Barbusse, Henri 90, 165
Barnes, Djuna 8, 14, 34, 92-93, 110, 116-119, 133, 139, 140, 155-156, 170, 191, 193, 208, 211, 214, 227
Barney, Natalie 9, 18-19, 67, 70, 90-91, 101, 116, 118-119, 132, 170, 199, 210, 212-213, 227
Barthou, Louis 90
Beach, Sylvia 7, 17-18, 21, 80-82, 90, 93-98, 106, 117, 130-131, 156, 170-171, 185, 188, 193, 195, 207-208, 211, 226
Beaumont, Étienne de 129
Bechet, Sidney 45, 88
Beckett, Samuel 155, 177, 184
Bedwell, Bettina 151, 171
Beethoven, Ludwig van 129
Benda, Julien 90, 134
Bennett, Gwendolyn 29, 83, 94, 133, 171

Berlioz, Hector 129
Bernheim, Georges 44, 82
Bernstein, Henry 140
Berthelot, Philippe 90
Binkley, Robert 21
Bird, William 10, 95, 151, 157-158, 172
Birkhead, May 151, 172
Bishop, John 20, 172
Blum, Léon 123
Boccaccio 132
Boisneuf, René 24
Bonnard, Abel 70
Boulanger, Nadia 130
Bourget, Paul 70, 203
Boussinesq, Hélène 130
Boyle, Kay 120-121, 158, 171-172, 202
Brancusi, Constantin 155, 183
Braque, Georges 91, 141
Braudel, Fernand 54, 209
Breton, André 54, 134, 140, 141, 154-155, 169, 175, 183, 187
Bricktop, Ada Smith, dita 87-88, 107, 108, 225
Bromfield, Louis 9, 16, 20, 89, 108, 173, 195, 208
Brooks, Romaine 119
Brown, William Slater 20, 22, 176
Bryher, Annie Ellerman, dita 68, 81, 94, 117, 155-156, 173, 177, 193
Buk, Edward 44
Bullitt, William 44
Buñuel, Luis 8, 132
Byron, lord 159

C
Cagliostro, Alessandro di 69
Calder, Alexander 43, 159
Cambon, Jules 70
Candace, Gratien 27, 28

Carco, Francis 37
Carteret, Jean 140
Cartier-Bresson, Henri 155, 166
Cather, Willa 21, 22, 97, 174
Céline, Louis-Ferdinand 134, 136, 166, 227
Cendrars, Blaise 37, 84, 90, 134, 195
Cervantes, Miguel de 134
Césaire, Aimé 84, 147
Cézanne, Paul 37, 91, 136, 227
Chaplin, Charlie 46, 132
Charters, Jimmy 86, 107
Chevalier, Maurice 87, 128
Chirico, Giorgio de 154, 155
Cholokhov, Mikhail 165
Claudel, Paul 90, 134
Clemenceau, Georges 28
Cleyrergue, Berthe 70
Cocteau, Jean 70-71, 84, 87, 92, 129, 134, 140, 150, 169, 183, 196, 198, 203
Cook 70
Copland, Aaron 130
Cowley, Malcolm 20, 121, 132, 153, 174-175
Crawford, Pauline 150
Crevel, René 92, 175
Crosby, Caresse 69, 71, 109, 111, 152, 157, 212, 227
Crosby, Harry 14, 20, 67, 83, 96, 132, 134, 175
Crowder, Henry 159, 177
Cullen, Countee 29, 83, 104, 116, 129, 176, 179, 212
Cummings, Edward Eslin (E.E.) 20, 22, 143, 154, 176, 182, 227
Cunard, Nancy 125, 146, 152, 158, 159, 177, 198, 226
Curie, Marie 21

D

Dabit, Eugène 165
Dalí, Salvador 8, 75, 154, 183
Damas, Léon Gontran 84, 148

Dandieu, Arnaud 47
Darantière, Maurice 156
Davenport, Russel 21
Debussy, Claude 131
Delarue-Mardrus, Lucie 119
Delteil, Joseph 214
Derain, André 130, 154
Diaghilev, Serguei 71, 82, 89
Diagne, Blaise 24, 28
Doisneau, Robert 166
Doolittle, Hilda 68, 94, 117, 154, 156, 173, 177, 191
Dos Passos, John 9, 20, 22, 37, 40, 51, 53, 60, 80-81, 89, 92, 94, 106, 109, 121, 131, 133, 176-177, 179, 185, 196, 200, 210-212, 214, 226
Doucet, Clément 87
Drieu La Rochelle, Pierre 71, 90, 134
Du Bois, William 28, 178
Duchamp, Marcel 80, 84, 154, 183, 191
Duff Cooper, lady 139
Dufy, Raoul 130
Duhamel, Georges 47, 94
Dullin, Charles 130
Duncan, Isadora 103
Duncan, Raymond 103
Durrell, Lawrence 134, 161, 195
Durtain, Luc 47

E

Eliot, Thomas Stearns (T.S.) 10, 95, 97, 133, 170, 178, 184
Ellerman, John 68, 117, 173
Ellington, Duke 44, 88
Éluard, Paul 54, 155
Ernst, Max 154, 155, 183
Esopo 159
Europe, James Reese 44, 207

F

Fairbanks, Douglas 46
Faulkner, William 158
Faure-Favier, Louise 25, 208
Fauset, Jessie 29, 83, 133, 146, 179

Fitzgerald, Scott 8, 9, 15, 17, 33-34, 48, 56, 59, 63, 67, 71, 83, 85, 89, 97-99, 102, 106-108, 122, 132, 137, 146, 149, 172, 179, 180, 207-208, 210-213, 218, 220, 226, 228
Fitzgerald, Zelda 8, 31, 71, 72, 98, 106, 107, 139, 179, 180, 213, 218, 220, 228
Fitz-James, condessa Rosalie de 70
Flanner, Janet 14, 41, 53, 75, 91-92, 117, 119, 122-123, 125, 138, 150, 170, 180, 200, 209, 213
Flaubert, Gustave 132, 134
Florence 87, 151, 153-154, 182, 195
Ford, Charles Henri 159, 181, 202
Ford, Ford Madox 154, 181
Fraenkel, Michael 74, 161, 181, 190, 194
France, Anatole 33, 40, 56, 90, 133, 190, 201, 203, 207-210, 212-214, 217, 219, 224-225
Franchetti, Mimi 120
Frappa, Jean-José 61, 210
Freud, Sigmund 113, 160, 177, 189
Freund, Gisèle 117, 195
Fry, Varian 84, 122, 183

G

Galantière, Lewis 96
Gauguin, Paul 136
Gershwin, George 46, 87
Gide, André 71, 90, 94-95, 134, 150, 171, 195, 203
Gilliam, Florence 151, 153, 154, 182, 195
Giraudoux, Jean 94, 128, 134
Girodias, Maurice 160, 182, 215
Glassco, John 7, 12, 33, 36, 66, 87, 93, 103, 106, 114, 118, 141, 143, 151, 182, 207, 208, 210-215, 226
Goethe, Johann Wolfgang von 134
Gold, Mary Jayne 84, 120, 122, 133, 176, 183, 211, 213-214
Gramont, duquesa Élisabeth de 119

Gris, Juan 91, 141, 200
Gromaire, Marcel 75
Guggenheim, Peggy 85, 118, 183, 190-191, 211, 213, 226
Guiler, Hugh (Hugo) 7, 68, 112, 196
Guitry, Sacha 132
Gurdjieff, Georges 89, 169, 179, 184, 185, 200, 202, 227
Guthrie, Ramon 21

H

Hall, Radclyffe 116, 119, 160
Harris, Eddy 25, 104, 185
Harris, Franck 159
Hayden, Palmer 29
Heap, Jane 89, 118, 169, 170, 184, 185
Hemingway, Ernest 7-10, 20, 22, 31, 36-37, 40, 45, 50, 53, 62, 65-66, 76, 80-82, 85-86, 88-89, 91-92, 94-99, 102, 105-108, 117, 121, 124, 130-131, 134, 136-139, 143, 150-151, 153-154, 156-158, 163, 169, 171, 174, 178-180, 185-186, 190, 193, 195-198, 200, 207-208, 210-215, 226-227
Herriot, Édouard 90, 94
Hiler, Hilaire 86
Honegger, Arthur 90, 129, 131
Howard, Sidney 21, 171
Huara, Helba 112
Hughes, Langston 29, 32, 54, 60, 73, 76, 83, 104, 116, 121, 179, 186, 209-210, 212, 227-228

I

Ibárruri, Dolores 124
Ingram, Rex 89

J

Jackman, Harold 116
Jacob, Max 70, 76, 90, 91, 119, 170
Jakovski, Anatole 58, 88, 109, 187, 210, 211, 212
Johnson, Charles 29

Johnson, James Weldon 104
Jolas, Eugène 91, 143, 151, 154, 155, 172, 187, 188, 211, 215
Jolson, Al 46
Jones, Lois 29
Jouvenel, Henri de 94
Jouvet, Louis 130
Joyce, James 72, 80, 82, 94, 96, 107, 130, 131, 134, 153-156, 158, 161, 169-171, 187-188, 193, 195, 198, 204, 211, 215, 218-219

K
Kiki de Montparnasse 88, 157, 198

L
Laclos, Pierre Choderlos de 158
Laurencin, Marie 130
Lawrence, David Herbert 96, 157, 161, 188, 195, 218
Lawson, John Howard 21
Leblanc, Georgette 118, 169
Leiris, Michel 155
Lewisohn, Ludwig 16, 157, 189
Lewis, Sinclair 10, 15, 31, 32, 36, 42, 48, 51, 86, 90, 96, 97, 103, 154, 189, 195, 207-209, 227
Liebling, Abbott Joseph 52, 53, 115, 116, 128, 129, 133, 189, 209, 213
Linder, Max 132
Locke, Alain 29, 83, 133, 190, 192
Loeb, Harold 20, 80, 139, 151, 190
Lowenfels, Walter 74, 121, 151, 161, 181, 190, 194
Loy, Mina 73, 103, 191, 193, 226

M
MacArthur, Charles 21
MacLeish, Archibald 20, 89, 94, 191
Malraux, André 124
Manet, Édouard 136
Maran, René 27-28, 84, 89, 187, 192, 227
Matheus, John 29, 133, 192
Matisse, Henri 8, 91, 154, 200, 227
Maupassant, Guy de 134
Mauriac, François 94
Maurois, André 47
Maxwell, Elsa 151, 192
McAlmon, Robert 18, 20, 45, 68, 71-72, 80-81, 83-84, 87, 92-94, 96-97, 106-107, 117, 136, 141, 152, 154-156, 173, 182, 188, 192-193, 204, 227
McKay, Claude 29, 73, 83, 94, 116, 121, 143, 146, 147, 148, 179, 193, 215
Mérimée, Prosper 159
Milhaud, Darius 45, 46, 87, 91, 129, 131
Miller, Henry 7, 12, 14-15, 17, 32-36, 38, 41, 48, 50, 52, 55, 60, 66, 69, 73-75, 77, 79, 83-84, 97, 102, 108-110, 112, 121, 125, 129, 132-135, 137, 140, 143, 160-161, 181-182, 188, 194, 196, 207-215, 217, 219, 226-227
Miller, June 74, 102, 112, 140, 194
Mireille 46
Mistinguett 87, 128
Modigliani, Amedeo 154
Molière 128, 132
Mondrian, Piet 155
Monet, Claude 136
Monnier, Adrienne 80, 93, 95, 117, 171, 188, 195, 226
Montaigne, Michel de 68, 134, 166, 192
Moorhead, Ethel 151, 154, 202
Morand, Paul 26, 46, 90, 94, 134, 208, 209
Moré, Gonzalo (Rango) 41, 61, 112, 123
Morgan, Anne 21, 67, 95, 175
Moss, Arthur 153, 154, 182, 195
Murphy, Gerald 44, 81, 117, 195
Murphy, Noël 117
Murphy, Sara 71, 89, 139, 179

229

N

Nardal, Paulette 84
Nerval, Gérard de 134
Nin, Anaïs 7, 33, 35, 37, 39, 41, 61, 68-69, 71-72, 74,-76, 83, 102, 109-116, 123-125, 130, 134, 138, 140-141, 144, 157, 160-161, 165, 194-196, 208-215, 218, 226
Nordhoff, Charles 21

O

O'Connor, Dr. 117
O'Regan, Joe 74
Orloff, Chana 75
Osborn, Richard 74, 102, 140, 145, 194

P

Paléologue, Maurice 70
Parker, Doroth 42, 89, 121, 159, 181, 197, 202, 227
Pascal, Blaise 134, 223, 224
Pascin, Jules 130
Patout, Pierre 44
Paulhan, Jean 95
Perlès, Alfred 32, 69, 73, 74, 140, 194, 208, 210, 211
Pétain, Philippe 123
Pfeiffer, Pauline 150, 197
Picabia, Francis 91, 200
Picasso, Pablo 8, 44-45, 71, 89, 91-92, 129, 130, 141, 154, 161, 179, 191, 196, 200, 211, 227
Pickford, Mary 46
Pitoëff, Georges 130
Planquette, Robert 129
Pluyette, Jean 25, 208
Poe, Edgar Allan 158
Poincaré, Raymond 27, 43, 66
Pole, Rupert 112, 196
Polignac, princesa Winaretta de 21, 89, 227
Polin 128
Pougy, Liane de 116, 119, 170

Poulaille, Henry 165
Poulenc, Francis 46, 129, 131
Pound, Ezra 58, 73, 76, 82, 90, 92, 94, 96, 103, 120, 128, 130-132, 134-135, 151, 154, 156-159, 165, 169, 170, 176-177, 181-182, 185, 188, 193, 197, 202, 204, 210, 213-214, 226, 228
Prévost, Jean 47
Prophet, Elizabeth 29
Proust, Marcel 134, 166
Putnam, Samuel 140, 151, 198

Q

Queneau, Raymond 84, 155

R

Rabelais, François 132, 134, 166
Racine, Jean 128
Radiguet, Raymond 158
Rank, Otto 83, 113
Ravel, Maurice 46
Régnier, Henri de 70
Reinhardt, Django 88
Renan, Ernest 50
Rimbaud, Arthur 134
Robeson, Paul 44
Rodin, Auguste 91
Romains, Jules 47, 95, 128, 130, 195
Rousseau, Jean-Jacques 69
Rubinstein, Helena 95, 152, 157, 201

S

Sacco e Vanzetti 121
Saint-Exupéry, Antoine de 134, 158
Saint-John Perse, Alexis Léger, dito 155
Salmon, André 132
Savage, Augusta 29
Schlumberger, Jean 95
Schnellock, Emil 74
Seabrook, William 20, 151, 199, 205, 228
Seeger, Alan 19, 199
Senghor, Léopold 84, 147

Shakespeare, William 46, 80, 93, 94, 95, 97, 153, 156, 159, 171, 207, 208, 211, 217
Siegfried, André 47, 209
Simenon, Georges 134
Solano, Solita 75, 117, 150, 181, 184, 199
Souday, Paul 26, 208
Soupault, Philippe 46, 54, 84, 90, 140, 155
Soutine, Chaïm 75
Stavisky, Alexandre 122
Stearns, Harold 14, 73, 83, 109, 139, 151, 178, 200
Steinbeck, John 7, 207
Stein, Gertrude 8-9, 18-19, 21, 24, 43, 51, 54, 90-92, 94, 96-98, 117, 119, 128, 131-134, 136-137, 139-144, 150, 154-156, 161-162, 169-170, 177, 181, 185, 187, 191, 193, 198-201, 204, 208-209, 211-215, 219, 226-227
Stendhal 134
Stravinski, Igor 46, 71, 82, 87, 89, 131
Swift, Jonathan 134

T

Tanner, Henry 29
Tardieu, André 46, 70
Téry, Gustave 61, 210
Thomson, Virgil 87, 91, 92, 130
Titus, Edward 152, 157, 201, 221
Toklas, Alice 91, 93-94, 97, 117, 200-201, 208, 211, 214, 219
Toomer, Jean 83, 179, 184, 201
Tovalou-Houenou, príncipe Kojo 83
Trénet, Charles 46
Tyler, Parker 159, 181, 202
Tzara, Tristan 71, 154, 155, 177

V

Valéry, Paul 90, 94, 95, 134, 171, 188, 195
Van Dongen, Kees 91
Van Gogh, Vincent 37, 136
Van Wyck Mason, Francis 20
Vidal, Gore 113
Vilmorin, Louise de 140

W

Wescott, Barbara 159, 202
Wescott, Glenway 116, 139, 159, 202, 203
West, Mae 46
Wharton, Edith 11, 21, 23, 32, 35, 51, 53, 55-56, 67-70, 72, 97, 132, 135, 173, 203, 208-210, 214, 227
Wheeler, Claude 21, 22
Wheeler, Monroe 116, 159, 202, 203
White 70, 177, 194
Wiener, Jean 45, 87
Wilde, Dolly 119
Wilde, Oscar 119, 158
Wilder, Amos 21
Wilder, Thornton 92, 200, 204
Williams, William Carlos 7, 53, 57, 62, 67, 79-80, 84, 90, 121, 132, 138, 140, 154, 156-157, 169, 191, 193, 204, 207, 209-211, 227
Wolfe, Thomas 42, 47, 62, 110, 115, 204, 209-210, 212-213
Woodruff, Hale 29
Wood, Thelm 118, 170
Wyndham, Lewis 96, 103

Y

Youmans, Vincent 129

Z

Zay, Jean 43

lepmeditores
www.lpm.com.br
o site que conta tudo

Impresso na Gráfica BMF
2023